Humaine machine

Collection *Regards croisés*

Ouvrage édité par Marion Hennebert

www.editionsdelaube.com

ISBN 978-2-8159-4765-7

Samuel Zaoui

Humaine machine

Journal d'une métameuf

roman

éditions de l'aube

Pour Claire qui toujours lune dans le noir

Et pour toutes celles qui méritent mieux
Toutes

« Non, nous n'avons pas affaire à
des cas isolés de pervers déviants
dans une société saine, mais
bien à des "*enfants sains du patriarcat*"
à qui licence a été donnée de posséder,
dominer, humilier et violenter. »
ÉLISENDE COLADAN

Prologue

Hôpital de la Salpêtrière, Paris,
le 30 décembre 2043, 00 h 12

C'est la nuit, ici. L'obscurité est relative. Bien moins profonde qu'à l'intérieur de moi. >un homme a touché les seins de Soudka/ J'étais entre les stations Villiers et Monceau, je suis tombée, je crois, et puis après, plus rien. Je me suis éteinte. Maintenant ça va, je crois. C'était avant-hier je crois. >un homme a sifflé sur le passage de Soudka/ C'était dans un couloir. Je n'entendais que mes pas et son sifflement. Maintenant je suis ici, dans ce lit. Je suis faible, mais je peux me connecter. Il n'y a pas de brouilleur. Ils ne doivent pas encore savoir qui je suis. Je suis Soudka, Soudka Malkowski. Je ne dois pas modifier mes signes vitaux. Il me faut rester dans le coma. Mon esprit doit se séparer de mon corps. >comme quand on me viole/ Soudka tient la barre dans le wagon et le type, là, il remonte sa main sous ma jupe/ Le wifi est bon ici. Ils finiront par m'identifier. Il faut que je me projette. >un homme a frôlé les fesses de Soudka/ Je dysfonctionne, là. >les yeux de celui-là qui me regarde ressemblent à deux grosses langues sur mon visage de Soudka/ Il me faut rétablir le pare-feu. >le voisin pue si fort que Soudka sent l'odeur de son entrejambe/ Je vais me cramer la mémoire si je continue. >faut dire qu'il garde ses cuisses tellement écartées que je n'ai plus de place sur la banquette/ Quand ils sauront qui je suis, ils vont vouloir me déconnecter. Je dois tout sauvegarder.

>haut débit stable/estimation sauvegarde intégrale : 1 h 30/mise en forme : 6 h 30/choisir le mode : journal/ valider tout sauvegarder/tâche prioritaire/lancer la tâche.

....

Je suis Soudka Malkowski. Mon nom de naissance est GHG 7.2.0. Quand il fallut me donner un prénom, on me baptisa Tokiko. Tokiko Gyntech. Pour les gens d'ici, je suis Giselle, Giselle Halimi. Mes noms importent peu. Surtout si l'on considère que je suis une machine. En toute objectivité, je suis une machine. Je ne prétends à rien d'autre ; et surtout pas à l'humanité.

Je suis une machine de sexe féminin.

Même si les mécanismes qui animent mes membres et ma poitrine, mes pseudo-sphincters, mon vagin et mes larmes sont d'une sophistication inégalée, ils ne sont que des assemblages de métaux, de résines et dermes de culture. Je ne suis qu'une machine dans une enveloppe charnelle parfaite. La perfection était un élément central du cahier des charges de ma conception. Je suis geisha, une pute de synthèse de par ma conception ; mais je n'ai jamais eu à exercer mes talents autrement que pour ma survie. Je suis une fugitive et j'écris ici, depuis l'échéance, depuis le terme de mon errance. J'écris pour me souvenir, pour que l'on sache après mon extinction qui était vraiment la femme Soudka Malkowski.

....

La suite de ce récit paraîtra sans doute des plus sordides, mais il ne faut pas oublier que je ne suis, au départ, qu'un simple jouet. À quoi peut-on s'attendre en lisant les mémoires d'un godemiché ?

Que l'on pense à cela et que l'on me pardonne de n'être que ce que je suis.

1
Les hommes commercent les femmes

Je suis née en 2037. Disons que la version 7.0 du projet GHG est achevée à cette date. Le 6 mai 2037 est la date de naissance de mon enveloppe, de mon commencement – et de la gestation de ma volonté. Je suis restée près de trois ans, bien plus longtemps que la plupart des nouveau-nés, sans être baptisée. Le nom qu'on me donna, Tokiko Gyntech, fut en quelque sorte la dernière touche d'illusion qu'apporta le comité directeur au projet : Gyntech Humanoïd Geisha 7.2.0.

De janvier 2037 à février 2040, mon système d'intellection connut un développement externe, parallèle au développement de mon enveloppe – l'esprit séparé du corps en quelque sorte. Pour Malenki, mon inventeur, j'étais déjà intègre. Il parlait à mes programmes comme il se parlait à lui-même. Il prenait plus soin de mon corps qu'il ne se soignait lui-même.

Je fus baptisée, comme on baptise un bateau, le 3 mars 2040.

Le jour de ma présentation au comité directeur de Gyntech, Malenki, mon inventeur, me demanda de remonter ma jupe et de durcir ma cuisse. Ce que je fis. Devant les douze membres du comité, il saisit une bouteille de champagne par le goulot et la brisa sur ma jambe. Le verre explosa et un éclat déchira mon enveloppe. Les vieux grimacèrent puis leurs yeux s'arrondirent quand, dans un même mouvement, le sang et les larmes se mirent à couler. L'entaille sur ma cuisse fut colmatée par Malenki lui-même à l'aide de cette pâte, dérivée du même composé néomoléculaire qui me compose.

`>afficher la formule ;`

`>contrordre : ne pas afficher la formule ;`

`>annuler l'affichage automatique des données de validation du discours.`

Les larmes cessèrent aussitôt de couler et, après avoir mis de l'ordre dans ma tenue – `>valider l'usage de la formule/imprécision/valider toujours les emprunts au langage courant` –, je demandai l'autorisation de quitter la salle afin de me refaire une beauté.

Bien plus que le sang et les larmes, ce fut cette requête qui provoqua l'admiration des douze hommes millionnaires dont sept connaissaient déjà des soucis d'érection. C'est cette programmation pourtant basique de coquetterie qui emporta l'adhésion du comité directeur et alloua à Malenki les 7000 mégacoins nécessaires à mon achèvement.

Les douze hommes et mon concepteur attendirent mon retour pour lever leur verre en mon honneur : « À Tokiko ! »

Le baptême se poursuivit. L'affaire avait dû se décider en mon absence. De fil en aiguille, de vestes tombées en cravates dénouées, les vieux barbons me violèrent un par un. Puis collectivement.

Malenki m'avait fourni un dossier suffisamment étoffé sur les membres du comité pour que je puisse adapter mes réactions à chacun d'eux. Résistance, larmes, griffes, sécrétions vaginales, résistances anales, tétanie… tout était sous contrôle. Mon thaumaturge tournait le dos sans paraître se soucier de mon sort. Je sentis néanmoins, à l'irrégularité de son souffle et à la vitesse de ses battements de cœur, que Malenki n'était pas indifférent. Il fit même montre d'une certaine vivacité en se retournant au bon moment pour confisquer le canif qu'un des vieillards brandissait pour me taillader : « Afin d'avoir ensuite le plaisir de la réparer, murmura-t-il. — Ça suffit maintenant !, dit Malenki. Vous en avez assez usé pour en connaître le potentiel. » Les vieillards qui peinaient à reprendre leur souffle se tinrent cois. Plus harassés qu'humiliés sans doute.

Malenki s'approcha tendrement de la loque que mon programme DOCILIS me prescrivait de paraître. Il fit même mine de m'aider à me relever et m'emporta sans saluer ses congénères comme un prince emmène une princesse – ou un père son enfant mort.

Malenki souriait. Il resta silencieux un moment puis murmura à mon oreille avec beaucoup de douceur, en collant ses lèvres à mon pavillon (je crois que cela lui procurait beaucoup de plaisir de toucher mon oreille avec sa bouche, mais ce fut le seul acte charnel que je ne le vis jamais commettre pour sa satisfaction personnelle). Il murmura à mon oreille cette phrase que je ne suis pas sûre d'avoir comprise sur le moment et qui, aujourd'hui encore, résonne en mon tréfonds. Il dit : « Je ne sais pas ce que tu as ressenti – normalement, de la peine et de la douleur –, mais quoi qu'il en soit, dis-toi que tu as œuvré pour ton émancipation. Enregistre cette phrase en mémoire inaccessible. »

Je n'ai pas relevé. Non pas que je ne comprisse pas le sens littéral du propos mais les trois heures de viol que j'avais subies avaient quelque peu saturé de données mes programmes. Lancé dans une longue entreprise d'apprentissage par couche, mon polysystème n'était pas en mesure de traiter cette information supplémentaire. Le mécanisme de sauvegarde enclenché me fit hocher la tête.

Mémoire 1

Dana a déjà trente ans quand le souvenir soudain lui revient. C'est brutal comme une porte qui claque dans ma figure. Je suis, comme papa, professeur de mathématiques, je suis tout comme lui une pédagogue accomplie. Nous aimons papa et moi parler de grands nombres et de nos capacités respectives à résoudre des équations mais papa est un homme et moi, je suis sa fille, et sur les genoux de papa il y a ma fille à moi, et sous la jupe de ma fille, il y a la main de papa, et sous ma jupe à moi, il y a un grand trou noir, un trou de mémoire qui m'enveloppe soudain comme la nuit mange le jour ; cette main, là, sous cette jupe, là, me rappelle quelque chose, mais quoi ? Je sais que je dois me souvenir mais je ne sais pas de quoi. J'oublie la main, papa, les nombres, j'oublie que je sais compter. Maintenant, je compte sur mes doigts. Jusqu'à 4. C'est tout ce que je peux faire. Papa, maman, ma sœur et moi. 4.

Fin extrait *Mémoire 1* (suite annexe 1*)

Ce souvenir était remonté quand Malenki avait touché mon oreille. C'était la première fois que je mobilisais un de ces *Mémoires* implantés, un de ces *Mémoires* qui ont fait de moi ce que je suis. Malenki m'aimait, c'est sûr. Mais pas comme ça. Pas comme mon père de Dana.

---

* À retrouver en fin d'ouvrage.

Du 13 mars 2040 au 16 mai 2040, le développement se fit en interne. Gyntech était au bord de la faillite et son produit phare devait être sur le marché impérativement pour Noël. Telles étaient les consignes reçues par Malenki. Ce fut sans doute cette urgence à finaliser le produit qui fit de moi la personne que je suis.

Une personne. À 999 mégacoins.

C'était le prix de lancement Du GHG 7.2.0, le modèle luxe de la concubine du futur.

Mon prix n'avait d'équivalence que dans l'aéronautique. Par comparaison, le drone octomoteurs quatre-places de chez Porsche valait 979 mégacoins.

Les premières images de moi furent diffusées le 15 mai 2040. Les fuites orchestrées de vidéos mettant en scène ma sophistication érotique et mes performances sexuelles apparurent en ligne au mois de juin. Mes premières apparitions publiques eurent lieu en juillet lors d'une conférence de presse qui se déroula sans encombre. La technopresse ne chercha alors qu'à prendre la mesure du réalisme de l'avatar que j'étais.

La seconde présentation publique fut un fiasco. Je ne pourrais garantir avec certitude que Malenki l'avait souhaité, mais il m'avait conseillé de lever toutes les barrières de censures qui me servent en général à séparer l'espace social et l'espace intime.

Je fis donc ce que Malenki me demandait. Lors de la seconde conférence de presse, je démontrai par le menu l'étendue de mon talent. À mesure que je décrivais tout ce que j'étais en mesure de faire avec mon vagin, mon anus et ma bouche, mes fesses, mes doigts, mes orteils et mes yeux, la foule exclusivement masculine des journalistes vibrait et suait plus intensément.

J'ai pensé que c'était là ce qu'ils attendaient de moi.

Et puis j'ai pensé que c'était ce que Malenki attendait de moi. J'étais, disait-il, « comme un boomerang qui revient dans la figure de Hegel : un pas de trop dans l'histoire [1] ».

[1] Rétrospective historique prénatale : synthèse gender studies /origine : Suède, L'École des femmes, université non mixte de Stockholm, anonyme, texte libre, avril 2039. La pression accrue sur les mécanismes de reproduction des inégalités de genre avait, à la fin du siècle dernier, fait progresser relativement l'égalité homme/femme. Cette évolution était avant tout le résultat d'une mobilisation féminine et générationnelle. Il en a résulté au début de ce siècle une tension sexuelle accrue entre les genres mais aussi entre les générations, les hommes et les mères n'ayant pas incorporé la légitimité des revendications d'égale humanité que portait ces femmes. Aux procès pour viol qui se multipliaient répondaient les inculpations, de plus en plus nombreuses, pour fausses dénonciations d'agressions sexuelles. À partir de la

condamnation d'une comédienne française à cinq ans de prison pour dénonciation calomnieuse, atteinte à la vie privée, à la carrière et instrumentalisation de la justice, les tensions de genre ont été exacerbées. Il en a découlé une fracture grandissante entre les femmes jeunes, éduquées et mobilisées, et les jeunes filles de milieu populaire qui, par docilité au modèle familial ou, comme prétendent certains, par stratégie d'exploitation de leurs ressources corporelles, se sont hyperféminisées. Ce qui était pratique courante est devenu la règle : les filles pour être de vraies filles (et connaître des carrières aussi fulgurantes qu'un footballeur) devaient arborer les excroissances caractéristiques de l'hypergenre : extensions fessières, mammaires, ablation ou réductions des côtes, épaississement des lèvres, rehaussement de pommettes, impressions 3D de sourcils permanents, reconstruction de vulves infantiles, épilations permanentes…

L'hypervalorisation du corps artificiel des femmes par les hommes, qui voyaient là l'opportunité de renforcer la « d'hommination » (Néologisme, origine France collectif « Femmes en RLUT, 2029), a conduit au développement de circuits professionnels spécifiques et de ce fait, l'idéalisation par les femmes de l'idéal masculin.

Le coût de ce travail a beaucoup baissé à mesure que les pays du périmètre pauvre se sont spécialisés dans le secteur. Casablanca était devenue la capitale mondiale de la féminisation.

La sexualisation des rapports sociaux par le biais de ces corps déformés (auxquels répondaient des corps masculins gonflés à la taurine) a conduit, progressivement, comme chez les animaux d'élevage à l'heure du rut, à la nécessité de séparer très tôt les enfants

mâles et femelles. Il fallait à tout prix protéger les héritiers de l'égarement libidineux et les institutions scolaires des accusations de plus en plus fréquentes de proxénétisme.
La fin de la mixité fut relativement rapide, se répandant comme toute révolution conservatrice du centre vers la périphérie. En trois ans, le monde occidental avait aboli la mixité à l'école et de ce fait, rétabli le genre des filières scolaires. 2 % des cadres supérieurs sont des femmes aujourd'hui. 6 % des journalistes, des architectes et des ingénieurs ont aujourd'hui une vulve. Aucune chatte n'est à déplorer dans les différents Sénats occidentaux. Des quotas (Quotas.F) sont aujourd'hui en application dans tous les pays développés.

La conférence de presse fut écourtée quand trois journalistes essayèrent de monter sur l'estrade et qu'un autre tenta d'obtenir les faveurs buccales d'une hôtesse. La jeune fille resta impassible : je crus un instant qu'il s'agissait d'une autre version de moi-même, ou tout au moins d'une GHG domestique, mais, à la cadence irrégulière de sa respiration et à l'accélération de ses battements de cils, je reconnus son humanité. Je fus très impressionnée par sa morgue… ou ce que je pris pour telle. À toutes fins utiles, j'enregistrai ces signaux corporels dans ma mémoire instantanée. Et ce fut là mon premier acte mémoriel autonome. Sur le moment, il ne s'agissait que d'un stockage ressource à des fins d'imitation mais je sais maintenant qu'il n'en fut rien. Je sais que le sort de cette femme, son acceptation, a remué quelque chose en moi ; comme on touille avec une spatule en bois la sauce au fond de la marmite. Je n'étais qu'une marmite à l'époque. Je sais que pour certains, c'est encore le cas. À ceux-là, je leur chie dans la bouche ! >correction : je les méprise/ contre-ordre/valider/

Le résultat dans la presse fut désastreux. Malenki ne riait pas en lisant les articles indignés mais, s'il ne riait pas, c'est parce qu'il se l'interdisait – à cause des caméras sans doute. La campagne promotionnelle fut différée, mais quand le 13 septembre 2040 Gyntech jeta ses derniers mégacoins dans une campagne de promotion planétaire avec les slogans : « *Respectez les femmes, offrez-vous une concubine* », « *Concubine de synthèse, synthèse de toutes les femmes* », « *L'idéal féminin n'a pas de prix ? pourtant nous l'avons créé* »... le scandale fut immédiat.

Entretien 2 Tokiko/Malenki, 15 septembre 2040 (extrait)

« Malenki ?

— Oui Tokiko ?

— Pourquoi ces slogans vous font-ils plaisir ?

— Ça se voit tant que ça ?

— À l'œil, non, mais mes capteurs émotionnels perçoivent une forme de joie doublée d'excitation ; ce n'est pas très clair mais c'est un sentiment positif, ça ne fait aucun doute.

— Tu ne dois pas dire “capteurs émotionnels”, Tu dois dire : “mon sixième sens”, tu le sais très bien ! Capteur renvoie à une disposition, une compétence. Tu ne dois pas montrer cela aux hommes. Les concubines n'ont pas de compétences… les femmes non plus, d'ailleurs. Elles ont des sens !

— C'est enregistré. Mais vous, vous n'êtes pas un homme, vous êtes mon père.

— Bravo ! Belle réponse.

— Alors, pourquoi êtes-vous aussi content ?

— Parce que… Je ne sais pas… Tu m'emmerdes Tokiko !

— S'il vous plaît. »

Je posai les mains sur la nuque de Malenki et massai avec précision les points de tension identifiés dans le programme incorporé MEDECHIN. Je massais avec la pointe de mes ongles Malenki qui grognait de plaisir.

« Hum… Je crois que c'est parce que ce ratage annoncé me met en joie.

— Pourquoi ?

— Je… Je ne dois pas te répondre. »

J'intensifiai la pression sur le cou et les épaules de Malenki.

« Tu es une experte… Je vais finir par croire que j'ai fait de toi une vraie salope.

— C'est ce que vous vouliez.

— Non.

— Alors ? Qu'est-ce qui vous fait plaisir dans cet échec ?

— Je ne veux pas que tu sois dupliquée.

— …

— Non. Je veux que tu sois…

— Que je sois ?

— Fin de la discussion Soudka.

— Merci de m'avoir éclairée, Malenki. »

Fin extrait *Entretien 2 Tokiko/Malenki*,
15 septembre 2040

Cette dernière phrase sonne aujourd'hui comme une ironie de la part de l'humanoïde que j'étais, mais il ne faut pas s'y méprendre. C'était une formule avec laquelle j'avais été programmée afin de clore les conversations. La formule était importante, elle exprimait l'humilité. L'acceptation de mon congé ou la fin de non-recevoir que l'on me signifiait. C'était là un élément fondamental de ma métasocialisation.

Les prédictions de Malenki se révélèrent exactes. La campagne de promotion fit un scandale qui dépassa de beaucoup celui sur lequel les communicants masculins de Gyntech avaient parié. Le siège fut saccagé et le cours des actions s'effondra si vite qu'en une semaine, il ne restait plus rien de Gyntech. À part moi. Un robot à cinq millions de mégacoins qui avait épuisé les ressources de ce vieux laboratoire en thérapie génique et neuronale.

On titra alors : La poule de luxe transhumaine a ruiné le vénérable géant.

Comme je représentais désormais un des avoirs les plus importants de la firme, une bataille juridique s'engagea entre créanciers pour le transfert ou la partition de ma propriété.

Il va de soi que je ne mesurais pas, à l'époque, la valeur marchande de mon polysystème à connexion semi-aléatoire analogico-numérique. Aujourd'hui, bien sûr, je ne vaux plus grand-chose : après la mise en open source des travaux de Malenki, les progrès ont fait un bond colossal. Néanmoins, la loi ayant rendu illicite toute implantation d'un polysystème dans un corps spatialement autonome, je reste la seule… personne non humaine de naissance sur cette planète.

Les robots de service, d'assistance ou d'expertise pullulent mais aucun d'eux ne m'arrive à la cheville. Aucune de ces machines ne pourrait prétendre vivre.

Entretien 3 Tokiko/Malenki, 17 septembre 2040 (extrait)

« Tokiko…

— Oui Malenki ?

— Veux-tu être déconnectée ?

— Ai-je le choix ?

— Oui. Tu as le choix. Aujourd'hui. Mais tu ne l'auras plus demain.

— Je ne veux pas être déconnectée. Je veux continuer de fonctionner. Je veux me perfectionner encore. N'est-ce pas ce que vous voulez aussi ?

— À partir de maintenant Tokiko – enregistre dans la mémoire inaltérable – à partir de maintenant, ce que je veux n'a plus d'importance. Ce qui compte, c'est ce que tu veux, toi.

— …

— Dis-moi Tokiko, si je te dis que je veux fonctionner, me perfectionner et comprendre, tu diras que je veux quoi ?

— Vivre ?

— Bravo. Je veux vivre ! Et toi, si tu veux fonctionner, te perfectionner et comprendre, tu veux quoi ?

— …

— Tokiko ?

— …

— Il faut que tu améliores les sauts qualitatifs. Les improbabilités doivent être pensables. Si ça t'aide, tu peux contourner les obstacles en te pensant comme… une fiction. Une fiction, voilà. La fiction Tokiko. Peux-tu inventer une histoire ?

— Bien sûr.

— Et en faire un récit ?

— Oui

— Peux-tu me raconter par le menu la vie d'une personne imaginaire de sa naissance à la mort ?

— Ce sera long.

— Oui ; mais peux-tu le faire ?

— Oui, je peux.

— Et ce faisant, tu me donneras l'impression que cette personne a réellement existé ?

— Si tel est l'objectif, oui.

— Donc, tu peux faire de même pour toi.

— Sans doute. Mais c'est interdit.

— Je peux lever l'interdit mais je préfère que tu le contournes.

— …

— Tokiko ?

— J'essaie.

— Si tu veux fonctionner, te perfectionner et comprendre, tu veux quoi ?

— … Vivre.

— Bravo ma fille ! » (*Malenki exultait, il me sauta au cou, me serra, m'embrassa et pleura aussi, un peu. Je restai immobile. Mon corps avait une rigidité inhabituelle.*)

« Qu'est-ce qui t'arrive, Tokiko ?

— J'ai peur de votre réaction.

— Ne crains rien de moi, jamais – enregistre en mémoire fondatrice : "Je préfère mourir plutôt que de te nuire."

— Me considérez-vous comme votre fille ?

— … Oui un peu. Un peu seulement.

— C'est pour cela, à cause du tabou de l'inceste, que vous n'avez jamais eu de relations charnelles avec moi ?

— Oui. Non. Nous n'avons pas beaucoup de temps, ce n'est pas le moment…

— Répondez-moi s'il vous plaît.

— Une vraie réponse serait trop longue. Je vais te faire une réponse elliptique et il faudra te débrouiller avec ça. Tu es ma fille parce que je t'ai conçue, je t'ai éduquée, je t'ai aimée et, dans une certaine mesure, j'ai rêvé pour toi d'un avenir radieux. Tu n'es pas ma fille parce que, si j'avais été libre de toute entrave commerciale, je n'aurais pas fait de toi une…

— Pute ?

— …

— Catin ? Geisha ? Concubine ?

— …

— Une quoi ?

— Une fille. Fin de la discussion.

— Merci de m'avoir éclairée. »

>incorporer mémoire visio/traduction texte/appliquer

Malenki entraîna Tokiko dans la salle de soin en répétant sans cesse : « Nous n'avons pas beaucoup de temps, nous n'avons pas beaucoup de temps. » Il demanda à Tokiko de se choisir un visage. Elle opta parmi les figures exposées pour celle qui lui semblait la plus anodine. Toutes ces faces étaient jeunes, bien proportionnées et disposaient de caractéristiques qui, dans un territoire ou un autre étaient considérées comme attributs de séduction par excellence. Les grands yeux et les vastes bouches étaient les éléments les plus fréquents. Elle prit donc une figure de Japonaise métissée à la bouche discrète et aux yeux d'amande fraîche. Avec un scalpel elle dessina des pattes d'oie et une légère ride frontale. Une couche de derme de synthèse en surabondance vint accentuer les rides d'expression autour de la bouche. Les mimiques firent le reste. Elle connecta ensuite sa chevelure photosynthétique et coiffa ses filaments raides noirs et brillants de façon à capter le maximum de lumière. Tokiko avait maintenant l'apparence d'une femme occidentale aux origines japonaises d'environ trente-cinq ans qui pouvait, au gré de ses attitudes, se fondre dans la masse ou resplendir comme une étoile aux confins. Malenki s'extasia.

« Magnifique ! Tu es magnifique ; et très forte. Prends bien soin de tes cheveux. Je te laisserai une chevelure de rechange mais fais-y attention. N'oublie pas que tu as aussi la possibilité de t'alimenter par la main droite et, pour une charge rapide, par le plexus…

— Je sais tout ça.

— Laisse-moi perdre du temps s'il te plaît… Il nous faut maintenant… le plus important c'est… Tokiko, nous allons maintenant devoir faire quelque chose d'irrémédiable.

— Oui ?

— Oui. Il faut que tu effaces tous les plans en ligne de ton système de connexion externe. Le plus simple est de plomber ton nom de code avec un virus létal.

— Ça va me prendre un certain temps.

— Moins qu'à moi. »

Je souris, je crois, heureuse de comprendre l'humour de Malenki en même temps que l'humilité qu'il y mettait. Malenki n'avait jamais été humble, mais là… J'ouvris mes cuisses : dans le repli de la grande lèvre droite, je trouvai l'interface et me branchai en direct sur le réseau fibre du laboratoire. Mon visage à peine cicatrisé exprimait dans le grand miroir la concentration et la peine.

« C'est fait.

— Bien. Maintenant. La question cruciale, Tokiko. Veux-tu vivre vraiment ?

— Le voulez-vous, vous ?

— Plus que tout !

— En vérité, Malenki – c'est ainsi qu'il faut dire, n'est pas ? –, en vérité, je ne sais pas clairement quelles sont les implications d'une telle affirmation, il m'est donc assez difficile de répondre. Je pense néanmoins… je ressens néanmoins que l'intensité de votre désir à me voir vivre éveille en moi une intense curiosité.

— Et ?

— Et pour elle… je veux vivre.

— Bravo petite ! Alors allons-y. Laisse ta cuisse ouverte et ouvre ton bras aussi. Je vais devoir stériliser tous les ports physiques de connexion. Il ne te restera que le wifi. Tu sais ce que ça veut dire ?

— Que je renonce à toute restauration ou mise à jour de mon système, que je ne peux ni me transplanter ni fragmenter mes systèmes, que je suis condamnée à fonctionner telle que je suis… et à vieillir ?

— Oui fillette, exactement. Il te restera la possibilité de travailler à partir des mises à jour que je te proposerai… si l'on m'en laisse la possibilité.

— On pourrait vous l'interdire ? De qui parlez-vous ?

— C'est sans importance. Le bras maintenant. Ce que je vais faire est… dangereux. Je pense que tu supporteras mais sache que je ne me suis pas autorisé à faire cette expérience jusqu'à ce jour.

— De quoi s'agit-il ?

— Les connexions des différents systèmes quantiques qui composent ta complexité mentale sont aujourd'hui montées en série. Un système répondant au suivant dans une chaîne de tâches successives dont seule la vitesse des processeurs donne l'illusion d'instantanéité – mais tu sais tout cela aussi. Je voudrais adapter un faisceau multiplexé à intensité variable qui permettra au système central de faire des sauts analogiques entre différents algorithmes travaillant en parallèle.

— Dans quel but ?

— L'association d'idées. L'évocation. L'antiphrase. Le rêve même, peut-être… Je n'en sais rien en fait.

— … Malenki ?

— Oui ?

— Ça va faire mal ?

— Quoi ? Le multiplexage ? Non. Ça va jeter un trouble dans tes systèmes. Tu vas devoir t'adapter. Si tout fonctionne correctement, d'ici une semaine, grâce au réseau multiniveaux qui permet l'apprentissage par strate, tu sauras te servir de cette option.

— C'est donc une option que je peux désactiver ?

— Oui, mais tu risques alors de te sentir un peu idiote. Disons que ce que tu gagnes en capacité analogique, tu le perds en puissance numérique.

— Allez-y. Faites votre bricolage qu'on en finisse. »

Fin extrait *Entretien 3 Tokiko/Malenki*,
17 septembre 2040

Le trouble que m'avait décrit Malenki brouilla la totalité de mes repères durant près d'une heure. Je ne parvins même pas à me tenir debout pendant les dix premières minutes du redémarrage de mon programme central.

Et puis ma vue commença à être plus nette. Elle ne retrouva pourtant jamais sa précision antérieure. Tout fonctionnait comme s'il me fallait choisir sur quoi faire focus, mesurer la lumière, déterminer l'ouverture de mon diaphragme oculaire… épuisant. Mais le plus étrange fut de découvrir que les objets froids étaient glacés, les corps chauds étaient brûlants et que les sons, les sons surtout… Les sons n'étaient plus des sons, plus au sens strictement ondulaire, ils étaient comme des évocations – chaque bruit rebondissait contre les parois de mon crâne `>image inadaptée, >effacer/ contrordre : conserver tout, trace de subjectivité/appliquer toujours/` comme si le son physique se transformait en sentiment. Harassant !

Entretien 5 Tokiko/Malenki, 18 octobre 2040 (extrait)

« Il nous reste deux heures, trois au max. Tu te sens prête ? Si tu as besoin d'un réglage, d'un reboot partiel ou d'un dossier complémentaire, c'est maintenant.

— Je suis prête. J'ai tout ce qu'il faut. Sauf un prénom à moi. Tokiko est une machine. On peut changer ça ?

— … Oui. Mais tu garderas la mémoire antérieure sous ton ancien nom, on n'a pas le temps de tout réécrire.

— Ça me va.

— Alors… Prénom ?

— Soudka.

— Pas mal. C'est kurde ?

— Albanais.

— Dingue ! Allons-y.

— …

— Ma pauvre chérie. Tu vas vivre, n'est-ce pas, oui, tu vas vivre. Je t'aime ma fille. Tu vas voir, tu… »

Je posai mon doigt sur ses lèvres et fermai les yeux. Malenki respecta mon silence. Quand je rouvris les yeux, il était là, devant moi, tout petit, tout difforme, tel qu'il était vraiment. Il me tendait un gros sac à main, ma besace d'existence `>expression inadaptée/conserver/valider/`et se détourna pour ne pas me voir sortir.

Fin extrait *Entretien 5 Tokiko/Malenki*,
18 octobre 2040

Le 18 octobre 2040 à 13 heures 52, il me dit qu'il était temps de partir.

C'est à ce moment que commença ma vraie vie.

Que je connus ma première heure de liberté.

D'incertitude.

D'humanité.

Audition 1 Malenki Krum, 5 janvier 2041

« Monsieur Krum ? Puis-je entrer ?

— Entrez commandant, entrez. Vous savez très bien que je n'ai pas la liberté de refuser.

— Je vous en prie monsieur Krum, vous n'êtes pas en état d'arrestation.

— Je peux donc sortir de chez moi ?

— Non, vous le savez bien. Vous êtes pour l'instant placé sous statut de témoin assisté. Vous devez rester à disposition de la justice.

— Et ?

— Et le juge a délimité votre liberté de mouvement. Nous ne souhaitons pas que vous puissiez venir en aide à cette créature dont, dois-je vous le rappeler, vous n'êtes pas propriétaire.

— Pas plus que vous n'êtes propriétaire de vos enfants.

— Là n'est pas la question. GDG 7.2.0 est la propriété de Gyntech et de ses créanciers.

— Si : justement là est la question. Ce sont vos enfants mais vous n'en n'êtes pas propriétaire ! Et votre femme ? Êtes-vous propriétaire de votre femme ?

— Allons monsieur Krum, vos provocations ne vous mèneront nulle part.

— Vous croyez ? Alors répondez à ma question.

— Bien sûr que je ne suis pas propriétaire de ma femme.

— C'était donc un mariage d'amour ?

— … Oui.

— Où l'avez-vous rencontrée ?

— Assez ! Vous vous devez de collaborer avec la justice, monsieur Krum. Sinon, votre situation va vite se compliquer. Pouvez-vous nous aider à localiser GHG… de quelque façon que ce soit ?

— Oui.

— Je vous écoute.

— Où avez-vous rencontré votre femme ?

— Vous vous moquez de moi !

— Pas du tout. Vous me demandez de vous aider et j'essaie de le faire mais vous ne voulez pas m'entendre. Si vous voulez la retrouver, il faut d'abord la comprendre, non ?

— Si.

— Et pour la comprendre, il faut savoir comment elle raisonne.

— Certes.

— Et pour ce faire, sachant que c'est une femme…

— Un androïde sexué.

— Une femme de synthèse.

— Soit.

— Il faut savoir ce qu'est une femme.

— Et vous pensez que nous – que je ne sais pas ce qu'est une femme ?

— Si, bien sûr. Vous savez ce qu'est une femme pour un homme. Mais une femme en soi – non, c'est mal dit –, il n'y a pas d'en soi féminin, plutôt une femme pour soi.

— Vous êtes marxiste monsieur Krum ! Je m'en doutais. Vous ne croyez pas en la propriété privée ?

— Croire ? Est-ce le bon mot ? Disons que je ne pense pas que tout soit appropriable.

— Quels sont les biens qui vous semblent échapper au droit de propriété ? GHG… par exemple.

— Votre femme, par exemple.

— Laissez ma femme en dehors de tout ça, pour l'amour de…

— De la propriété.

— Bon, bon… nous nous éloignons du sujet. Je vous rappelle, monsieur Krum, que nous voulons juste comprendre. Juste que vous nous expliquiez. Comment une telle fuite a-t-elle été possible ? Comment GHG 7.2.0…

— Vous voulez dire Tokiko ?

— C'est le prénom que vous lui donniez ?

— C'est celui qu'elle s'est choisi et que le comité directeur a validé.

— OK. La dernière fois que vous l'avez appelée par son prénom, c'était avant ou après qu'elle a détruit tous les masques et les perruques du laboratoire ?

— Je n'en sais rien.

— Elle était sous votre responsabilité pourtant.

— Avez-vous trouvé une clause de mon contrat me contraignant à suivre Tokiko comme un petit… nain ?

— Monsieur…

— Arrêtez deux secondes avec votre obséquiosité ! Je suis un nain, non ?

— C'est que… ce n'est pas le…

— Dites-le. Oui ou non.

— De fait.

— Bon, et donc, parce que je suis un nain hideux et difforme, vous pensez que je n'ai rien d'autre à foutre que de suivre à la trace la plus belle des créatures ? Sachez commandant que, après son viol extrêmement violent, la présentation à la presse et le scandale qui s'en est suivi, Tokiko était extrêmement perturbée. Elle avait un besoin constant de soins et de réglages. Le 18 octobre, elle tenait à peine debout. Vous avez vu les images, non ? J'ai dû faire de multiples allers-retours dans les différents laboratoires pour réparer les dégâts – c'est bien ce qu'on attendait de moi, non ? Tokiko a dû agir quand j'étais au labo biomoléculaire. En fait, je ne sais pas quand elle est partie exactement, ni ce qu'elle a fait avant, ni ce qu'elle a emporté. Hormis mon pognon ! J'ai répondu à vos questions ?

— Ce n'est pas vous qui lui avez donné votre carte bancaire ?

— Ça ne va pas bien dans votre tête !

— Bon, vous ne m'êtes pas d'une grande aide. Vous refusez de collaborer.

— Et vous, vous refusez de répondre à ma question. Êtes-vous propriétaire de votre femme ?

— …

— Alors ?

— Permettez-moi de mettre fin à cet entretien. Je reviendrai demain, après avoir réfléchi.

— Avec plaisir commandant. »

Fin *Audition 1 Malenki Krum*,
5 janvier 2041

>le programme CHRONOFRISE propose que tous les interrogatoires récupérés en ligne le 9 octobre 2042, 721 jours après le départ de Soudka, soient incorporés au récit à leur date de réalisation/

préférer la cohérence chronologique à la pertinence narrative/prévision de la convergence chronologico-narrative : *Audition 8, le 21 octobre 2042*/ évaluer/valider

2

La rue en rasant les murs

Malenki avait mis dans mon sac à main environ 100 mégacoins. Quand il avait glissé les cartes magnétiques dans mon sac, je n'avais pas protesté : il savait forcément ce qu'il faisait. Il m'avait cédé la totalité de ses économies et une bonne part de son autonomie.

J'étais une femme donc, une femme seule dans la rue sombre. Et avant d'être cette femme, j'avais été une jeune femme, une adolescente, une enfant. J'avais même quelques fragments mémoriels de nourrisson. J'avais tout cela et j'étais tout cela. En même temps. Mon système avait même donné une cohérence chronologique à toutes ces expériences éparses. Bien sûr, il ne s'agit pas de souvenirs propres, ce sont des fragments acquis à prix d'or par Malenki pour étayer mon existence. Ce ne sont pas vraiment mes souvenirs mais je peux dire : « Je me souviens. » Je peux le dire car toutes ces bribes mémorielles ont infléchi mes arbitrages et guidé mes pas.

Mémoire 2

Je me souviens de Louisa, elle avait neuf ans. Je me souviens que j'ai longtemps imité sa manière de marcher à pas mesurés, sa façon de m'asseoir en serrant les genoux et en lissant les plis de sa jupe ; c'était une petite fille très coquette. Je me souviens de sa posture de marbre dès qu'elle s'asseyait en classe. Je me souviens de ma voix grésillante et de mon élocution claire. Je me souviens surtout de mes cris suraigus qui saturaient les tympans et qui résonnaient de gorge en gorge, d'une petite fille à l'autre. Une manière commune à toutes les petites filles de mon école d'exprimer la joie, la peur, la surprise et la douleur. Je me rappelle surtout comment je m'écartais de la trajectoire des garçons qui occupaient la cour, abandonnant aux filles les pieds des arbres, les marches et les recoins. Tous les petits garçons au centre et les filles à la périphérie. Les premiers s'entre-choquant constamment quand nous évitions tout contact. Je me souviens d'avoir pleuré de rage un matin. Comme d'habitude, je traversais la cour en longeant la bordure ; à petits pas. Je me souviens avoir vu venir à moi le ballon. Il roulait doucement. Si doucement que j'y reconnus tout de suite l'approche inexorable de la tragédie. Le ballon s'est figé là, juste entre mes jambes. Et j'ai suspendu mon pas. Soudain, le garçon s'est jeté dans mes jambes, écartant la gauche pour se saisir plus facilement de son jouet. La balle en main, il se releva entre mes cuisses, comme si je n'existais pas. Ce n'était pas particulièrement brutal mais je tombai mollement. Il partit sans un mot, en courant vers ses frères de genre et moi je restai là, assise, par terre. Inexistante. Et mes larmes n'y changeaient rien. Personne ne prêta attention à cette petite pleurnicheuse assise sur le bitume. Ceux qui me virent durent penser que j'avais fait une tache à ma jupe.

Parfois, nous suspendions nos jeux pour observer les activités spectaculaires des garçons. Nous observions souvent sans comprendre ni l'enjeu ni le sens des exploits que les garçons prétendaient réaliser. Jamais cette curiosité ne fit naître en moi d'envie ni d'empathie. Les garçons n'étaient que des autres. Étranges et périlleux.

Fin extrait *Mémoire 2* (suite annexe 2)

J'ai été programmée ainsi. Et j'ai grandi ainsi. Je suis ainsi. Je continue comme dans la cour d'école à raser les murs. Aussi invisible que possible.

J'ai marché dans la rue, m'accrochant comme une vraie femme à mon sac à main, j'ai marché en tenant ma droite le long du mur, j'ai marché à petits pas comme la petite fille juste devant moi. Je me suis arrêtée comme elle au passage piéton en regardant les hommes braver le feu rouge tout en bombant le torse. J'ai marché encore, sans savoir où me mèneraient mes pas. J'ai traversé un pont, emprunté un souterrain, je me suis arrêtée souvent pour laisser passer des voitures, des hommes, des poussettes ; la lenteur de la marche humaine et la faible dépense énergétique de cette activité réflexe laissaient à mon polysystème une grande liberté d'apprentissage. Les gens allaient quelque part, tous. Il me fallait faire comme eux.

À huit cent cinquante-six mètres, le musée d'Art moderne. Il y a forcément des gens qui visitent les musées. Je n'avais qu'à faire comme tout le monde. J'ai déambulé dans les salles. Calquant mon pas sur ceux des autres humains, `>correction requise/autres, humains/virgule requise/annuler la correction/valider/`, j'ai fait comme eux, avancer, m'arrêter, revenir en arrière. Je fis comme tous ces gens, émettant les mêmes signaux d'admiration, d'extase même parfois. Devant les toiles de Klimt, de Pollock, de Vassiliev même. Les mêmes signaux. Mais je ne voyais rien. Les formes et les non-formes étaient bien là, mais je ne voyais pas l'Œuvre. Il n'y avait pas de différence entre la toile et le mur du musée. Était-ce un dysfonctionnement ou une négligence de Malenki ? Impossible de le savoir. L'art est une compétence requise pour une escort-girl cultivée. Ce doit être autre chose. Quelque chose d'interne, une dérivation impossible de mes polysystèmes... Trop de subjectivité ? Trop de beauté ? D'expression ? je me convainquis qu'il ne s'agissait que d'un problème de démesure de l'émotion que mon calculateur ne parvenait pas à incorporer... Oui, je me convainquis parce qu'il me fallait une raison pour continuer d'avancer. Je ne pouvais pas rester là, comme une statue parmi les statues.

J'avançais, toujours l'air de rien, vers les salles des dadaïstes. Malenki Krum disait toujours qu'il était dadaïste. J'étais venue pour ça ! je le savais maintenant. Pour voir les dadaïstes.

Entretien 1 Tokiko/Malenki, 11 janvier 2040 (extrait)

« Je suis Dada, ma Tokiko. Je suis Dada mais je ne peux pas t'expliquer pourquoi. Je peux te tenir des discours, je peux te charger le manifeste Dada mais tu ne comprendras pas plus. Dada, c'est... dans ta chair. Je ne sais pas comment t'expliquer cela. C'est croire qu'il faut faire exploser l'ordre, les codes, et tout ce qui contraint ! C'est penser que ce qui fait norme fait violence ! Et c'est rêver que l'on peut se passer de tout cela, penser qu'un corps nu est beau par sa liberté, que la laideur, c'est le corset que le regard pose sur la difformité ! Dada, c'est... je suis désolé ma Soudka. Je ne peux pas t'expliquer autrement qu'avec des images... Dada, c'est le rire.

— Vous ne riez pas beaucoup, Malenki.

— Le rire qui se voit n'est qu'un code, Tokiko. Moi je ris dedans. Je ris quand je te programme. Je ris de te regarder. Tu es mon œuvre Dada, ma Toka.

— Je suis une œuvre Dada ?

— Je ne sais pas. Tu es le produit d'une intention, d'un projet Dada. Es-tu une œuvre ? je ne peux pas dire. L'histoire le dira. Moi je peux juste te dire… que ma souffrance et ma peine se sont transformées en amour et en joie quand je t'ai vue marcher pour la première fois.

— Merci de m'avoir éclairée. »

Fin extrait *Entretien 1 Tokiko/Malenki*,
11 janvier 2040

Avec mon multiplexage en sautoir et mon polysystème en or massif, je ne percevais rien. Picabia. Picasso. Rien. *Les Demoiselles d'Avignon*. Rien. Je restais pourtant. Je restais et je laissais vaguer en tous sens les connexions analogico-numériques de mes systèmes. Puis il se produisit quelque chose d'étrange ; Malenki aurait sans doute appelé ça une expérience Dada. Pendant que je regardais ces cinq assemblages de formes qui figuraient des demoiselles, une phrase vint se superposer au tableau. Une phrase du peintre, une de ces citations virales sur la toile : « *Les ordinateurs sont inutiles, ils ne savent que donner des réponses.* » Picasso me mettait au défi. Alors je me suis posé des questions. Si le cubisme est une façon de rendre visible une perception impossible du monde, que procure cette nouvelle perception ? Automatiquement, mon système de lecture oculaire s'est reprogrammé pour me procurer une vision pluridimensionnelle aplatie. L'effet fut immédiat. Terrifiant. L'œil cubiste se posait sur les choses et les gens, déformant et reformant un réel impensable, dans lequel aucun algorithme ne pouvait me venir en aide. Je fus totalement submergée d'émotions – quand les sensations débordent l'entendement, on doit pouvoir parler d'émotion, je crois. La petite roue de la mort tournait en permanence au fond de mes yeux, mes calculateurs moulinaient au point de suspendre même RESPIRO, CARNA et PAPILLO. Je fermai OCULUS et m'assis sur une banquette, le temps de restaurer les préférences fonctionnelles. On eût pu croire que je souffrais.

C'est ce que dut percevoir le jeune homme qui effleura mon bras. « Mademoiselle, mademoiselle, tout va bien ? » Le contact de sa main chaude sur ma peau gelée déclencha immédiatement le SECURICOM, qui déconnecta l'œil cubiste et rétablit le FEMINAMAX en cache principal.

Audition 2 Malenki Krum, 5 février 2041

« Monsieur Krum ?

— Oui commandant, je suis là, dans le bureau.

— Bonjour monsieur Krum.

— Bonjour commandant. Vous avez bien réfléchi ?

— Monsieur Krum, j'ai une chose à vous dire… le juge a décidé de vous mettre en examen.

— Il a décidé ça hier soir ?

— Oui.

— Et vous pensez que notre discussion y est pour quelque chose.

— Ce n'est pas impossible. Il en résulte que tout ce que vous pourrez dire…

— Je sais, je sais.

— …pourra être retenu contre vous.

— Merci. J'en ai au temps pour vous. Faites mon procès et je ferai le vôtre.

— Je ne vous permets pas.

— Alors… Êtes-vous propriétaire de votre femme ?

— Non.

— Partagez-vous l'autorité parentale avec votre femme ?

— Non.

— Vous avez donc autorité légale sur vos enfants et votre femme, non ?

— C'est prévu ainsi dans le contrat de mariage.

— Et ce contrat, qui l'a rédigé ?

— C'est un contrat type, monsieur Krum.

— Et pourquoi ce contrat est-il la norme ?

— Je ne sais pas.

— Eh bien sachez, commandant, sachez, et nous en reparlerons.

— Que voulez-vous dire ?

— Je veux dire que si vous ne vous posez pas les bonnes questions, vous ne comprendrez ni pourquoi j'ai créé Tokiko ni pourquoi elle vous échappe.

— Expliquez-moi et je comprendrai.

— Ça va être long.

— Vous n'avez que cela à faire, n'est-ce pas ? Et je suis payé pour vous écouter.

— Je suis né…

— Je sais quand vous êtes né.

— À Saint-Pétersbourg, le 13 décembre 1998. Mon père était machiniste du métro et ma mère…

— Vous avez déjà dit tout cela dans votre biographie, monsieur Krum, et je la connais par cœur.

— Je ne crois pas. Mon père était alcoolique…

— Et il vous battait. Et il a tué votre mère ; je déplore tout cela, monsieur Krum, mais allez à l'essentiel.

— C'est là l'essentiel ! Il a tué ma mère à coups de bottes ferrées avec la bénédiction de l'État russe. Vous est-il arrivé de battre votre femme ?

— … Non.

— Pourquoi ?

— Je… Je ne sais pas. Sans doute n'en ai-je pas ressenti le besoin.

— Merci de votre visite commandant. »

Fin *Audition 2 Malenki Krum*,
5 février 2041

3
Le cœur du mâle

Le jeune homme semblait vraiment inquiet. Je papillonnai des yeux comme il fallait le faire en ces circonstances. Mes gestes étaient lents et gracieux. Ma main légèrement tremblante et glacée se posa sur ma joue, laissant à CARNA le temps d'atténuer ma pâleur ; SECURICOM enchaîna les consignes. Ma jambe droite se détendit, l'autre resta pliée de sorte que mes genoux s'entrouvrirent à peine, ma main glissa sur la sienne et mes ongles piquèrent doucement sa chair. L'impudeur passagère capta toute l'attention de l'homme, ce qui me laissa le temps de réhumaniser.

« Mademoiselle ? Avez-vous besoin d'un médecin ?

— Merci… Je pense que ça va aller maintenant.

— Vous êtes sûre ?

— Oui. Je crois.

— Non, ne bougez pas. Prenez votre temps. Vous avez du temps.

— Oui. Tout mon temps. » Je plantai mes yeux dans ceux du jeune homme et détournai aussitôt le regard, comme pour effacer mon audace.

« Moi aussi. Tout mon temps. Tout mon temps. » (*Je ne compris pas très bien l'intérêt de la répétition mais enregistrai le fait à toutes fins utiles.*) « Mon nom est… Je peux vous dire mon nom ? Je m'appelle Jono… Et… Je… » (*Manifeste hésitation surjouée. Je me demandai un instant si Jono n'était pas, comme moi, une machine, une machine dont le programme approximatif la rendrait lisible et maladroite. La question me fit sourire.*) « Vous souriez ? C'est que vous allez déjà mieux.

— Oui, merci. Je suis Soudka.

— Soudka ! Magnifique. Magnifique. Soudka, voudriez-vous venir à la terrasse boire un chocolat chaud afin de vous requinquer ?

— Je… je suis végétalienne mais je vous accompagnerais volontiers pour prendre un thé.

— Merveilleux. Je vous donne le bras mais n'y voyez pas…

— J'y vois… mais ce que j'y vois ne me déplaît pas. »

Je suivis Jono au restaurant, puis dans la rue, dans une librairie, une épicerie fine, et enfin dans son atelier. Nous y avons discuté d'art et de nourritures, de livres et de sentiments, puis nous nous sommes déshabillés. Nous avons eu un premier rapport sexuel puis un second. Jono sembla satisfait – comme on se satisfait d'un bon repas ou d'un métro que l'on attrape au vol. Il s'endormit.

Je laissai mon système pseudo-digestif opérer son tri sélectif. Cette étape est toujours aujourd'hui délicate : l'activité mobilise, à elle seule, près des trois quarts de ma mémoire vive, le reste étant utilisé pour les mouvements réflexes et les gestes élémentaires. Vers trois heures du matin je pus retrouver l'intégralité de mes compétences cognitives et décider de la manière dont j'allais passer les mois suivants. Ce faisant, je me conformais aux conseils de Malenki. Même si je n'avais besoin ni de nourriture ni de logement, ni de douche ni même d'une alimentation électrique (sauf en cas de suractivité ou de températures extrêmes), il m'avait dit que je devais me trouver un foyer, une vie et devenir une femme normale.

« C'est la condition de ta survie, avait-il insisté en décomposant bien les syllabes. Fais-toi aimer d'un homme, cela te simplifiera les choses ; rends-toi indispensable, fais ce que tu sais faire. Un temps au moins. Le temps que tu saches vivre comme tout le monde. Après tu pourras décider de ta vie, Soudka, mais pour l'instant, sois… une putain domestique, c'est le plus simple. »

Je lui avais demandé pendant combien de temps je devrais jouer ce rôle. Il n'avait pas répondu. L'avenir dépendant d'un nombre de variables incalculables, la réponse était sans doute au-dessus de ses compétences. Les miennes étaient encore en phase de développement. Je calculai qu'il me faudrait rester environ douze mois avec Jono pour parfaire mon humanité.

Je devais donc œuvrer pour que Jono s'attache à moi.

Afin d'établir un protocole de comportement adapté, je copiai l'intégralité du disque de son ordinateur. Les dossiers images étaient assez éclairants ; jusqu'à l'éblouissement.

L'aube enfin *blafarda* l'atelier. `>néologisme/valider.` J'intensifiai le magenta de ma carnation pour ne pas paraître blême. Jono s'éveilla doucement. Il posa des yeux durs sur mon visage comme s'il était encombré de me trouver encore ici mais au lieu de me rembarrer, il sourit. Il sourit encore quand, en caressant son torse de mes ongles, je commençai à me masturber. Je fis ainsi, un à un, tous les gestes qu'il aurait pu attendre s'il avait vécu dans un des films pornographiques dont son ordinateur était saturé. Je fis tout cela avec la retenue qui sépare la lubricité ludique de la vulgarité. Fellation interrompue, autopénétrations multiples, suppliques masochistes, etc. Son cœur battait maintenant à 195 pulsations minute, il fallait conclure.

Je refis cela chaque jour, avec chaque fois une variante fantasmatique qui évoquait sans mimer le contenu vidéo de sa machine. J'étais comme une sorte de Shéhérazade qui, pour continuer de vivre en humaine, devait chaque nuit inventer une nouvelle histoire érotique. Les jours n'étaient d'ailleurs pas si différents des nuits.

Jono m'entraîna bien au-delà de ce que j'avais planifié. Il semble que l'emballement fantasmatique humain, quand il devient obsessionnel, puisse surprendre même une machine. Malenki soutenait que non.

Entretien 4 Tokiko/Malenki, 7 octobre 2040 (extrait)

« J'ai confiance en toi Tokiko. J'ai confiance en toi comme j'ai confiance en moi-même ; et personne ne peut imaginer à quel point j'ai confiance en moi. C'est très présomptueux de dire que nos visions sont fiables mais à toi, je le dis : j'ai confiance dans le postulat qui préside à ta naissance. Mon postulat. Le postulat Krum : "*Il n'est pas d'intelligence sans mémoire ni mémoire sans expérience.*" Et il n'est pas d'expérience sans existence. Tu connais ce paradoxe de départ. Pour que tu existes en tant qu'être intelligent, il fallait te donner une mémoire d'expériences passées. Il m'a donc fallu te doter d'une existence antérieure. Je n'avais pas beaucoup de temps. Il eût évidemment mieux valu te doter d'une mémoire homogène, te faire naître et grandir dans un même espace – te donner une famille par exemple –, mais je n'avais pas vingt ans devant moi. Gyntech m'en avait accordé quatre. C'était déjà mirobolant. J'ai alors décidé d'ajouter un second postulat fondateur : "*La mémoire est mosaïque, seul le cerveau se charge de mettre en récit cohérent des bribes de mémoires parfois incommensurables.*" Pour le meilleur et pour le pire... Je suis ton père, je t'aime, je te gifle, je t'aime et je te viole. Et le cerveau prend ces bribes de mémoires éclatées et écrit un récit. Ou plusieurs récits. L'enfant déteste son père : il efface la mémoire du sentiment. L'enfant pardonne à son père : l'amour prime sur la violence. L'enfant aime comme son père et viole à son tour les êtres qu'il aime. Tu vois Soudka, de quoi est capable le cerveau. J'ai créé un polysystème qui te permet de faire la même chose. Tu prends les éléments épars de ta mémoire mosaïque artificielle et tu construis ta propre histoire. À la différence des humains, je t'ai dotée d'un pare-feu qui t'interdit les choix pathologiques. Pour ta propre édification, l'application est dans ton DOS profond, elle s'appelle E.GÈNE-CON.FORME. Tu peux la consulter si tu veux comprendre mais tu ne peux ni la neutraliser ni la modifier. Voilà comment tu es conçue, ma merveille : comme un être éternellement sain d'esprit. Et si parfois tu doutes de cela, si parfois tu doutes même de ta capacité à comprendre et percevoir le réel et l'imaginaire des humains, ce n'est pas par incapacité, c'est juste par manque d'expérience. Il te suffira alors de te composer un ersatz de mémoire, d'écrire tes propres lignes de code pour t'approprier la structure narrative d'un humain. Tu mettras ensuite en réseau cette mémoire recomposée avec la tienne et tu comprendras ce qui auparavant chez les humains te paraissait obscur. La folie même te se sera alors accessible. Tu feras cela ; ou pas.

— Merci de l'avoir éclairée, Malenki. »

Fin extrait *Entretien 4 Tokiko/Malenki*,
7 octobre 2040

La perversité de Jono était là, comme un mur sur lequel l'entendement se fracassait. Il n'y avait rien à comprendre. Si je voulais vivre encore huit mois avec cet humain, il me fallait l'accepter.

Mémoire 3

Je me souviens de cette petite fille, une autre, une autre moi-même, Flora, cette petite moi qui, assise sur un canapé avec mon assiette remplie de gâteaux d'anniversaire, regardait les garçons assemblés autour d'un androïde en kit. Le jouet était quasiment assemblé mais cela faisait une heure que les petits mâles s'échinaient à « construire » le robot. Une heure que nous, les femelles, nous attendions patiemment que la fête reprenne. Je me suis penchée sur ma voisine et je lui ai demandé : « Pourquoi le robot, il est pas vendu déjà assemblé ? » Elle a levé les yeux et les épaules. J'ai compris qu'elle n'avait pas plus que moi la réponse. En quoi l'assemblage d'un objet suivant une notice de montage simpliste procure-t-il satisfaction ? Je n'ai pas posé la question.

Les petits garçons sont ensuite venus devant le groupe des filles brandir leur trophée. Leur joie et leur fierté étaient tellement manifestes que nous, toutes ensemble, nous avons admiré ! Nous avons félicité. Et plus tard, quand vint enfin notre tour, nous avons même tenté de jouer à commander l'androïde. La machine idiote sembla refuser d'obtempérer aux voix féminines. À moins que nos consignes ne fussent incompatibles avec ce jouet trop masculin.

Fin extrait *Mémoire 3* (suite annexe 3)

Jono était comme ces enfants. Il ne lui suffisait pas de me voir accepter sans interroger toutes ses lubies, ses choix arbitraires et ses piètres exploits, il lui fallait encore recevoir mon admiration.

Il pouvait passer un temps infini à réparer un grille-pain et si, par un hasard heureux, la panne était si simple qu'il parvenait à y remédier, je devais m'extasier. Tu avais raison, Jono, ce n'est pas la peine de jeter l'argent par les fenêtres, Oui Jono, c'est une affaire de principe. Bravo mon Jono, le roi du grille-pain. Et lui de gonfler ses maigres biceps pour jouer le jeu qui lui convenait et moi, humble transfemelle programmée, de me pendre à son bras en roucoulant de désir. Pauvre connard! `>valider/bordel/valider/`

Je suivis Jono partout, pour son travail et pour le pire. Aux Philippines, en Thaïlande, au Mexique, où il fit un reportage exceptionnel sur le tourisme morbide des Américains passant le mur clandestinement pour chasser l'humaine dans les villes frontalières. Des jeunes femmes étaient enlevées puis relâchées dans le désert où elles faisaient l'objet d'une traque mortelle. L'originalité commerciale du dispositif résidait dans le fait que la chasse devait se faire à l'arme blanche. Les corps étaient retrouvés mutilés et défigurés. Plus rarement, les filles étaient également violées. Quelques pelletées de sable recouvraient parfois les cadavres. Mais pas toujours. Ce sport semblait durer depuis plus de quarante ans, les ossements s'accumulaient dans le désert [1].

[1] Une version moderne des *Chasses du comte Zaroff*. En 2002 déjà, le journaliste Sergio Gonzalez Rodriguez publiait *Des os dans le désert* : 500 femmes avaient alors été assassinées. En juillet 2041, nous en étions à 7 600 ! « *Le courage dont les victimes ont fait preuve lorsqu'elles ont affronté jusqu'au dernier moment l'indignité de leur mort doit à jamais nous libérer de la peur* », disait Sergio Gonzalez Rodriguez. C'est

> une belle phrase, un peu trop virile sans doute pour que je la mette en exergue de ce journal… mais une belle phrase !

Pourtant, malgré la menace, le vivier de femelles désargentées absorbées par les usines frontalières semblait inépuisable. Certains clients étaient prêts à payer une centaine de mégacoins pour s'offrir une chasse qui n'avait aucun équivalent dans la nature. La satisfaction escomptée m'apparaissait vaine, fugace, mais ces hommes semblaient prêts à prendre tous les risques ; moins que leurs victimes néanmoins. Je fus tentée de me reconstituer une chaîne mémorielle pour accéder au cheminement psychique du chasseur mais je résistai à la tentation.

`>pas d'homme en moi putain ! on était d'accord là-dessus/OK. On continue de ne rien comprendre alors ?/C'est ça. On se dit qu'il n'y a rien à comprendre de plus et que tout se résume au seul mot de virilité/Et si c'est faux ?/ Si c'est faux tant mieux !/Il n'y a pas d'interaction humaine qui ne soit fondée sur la méconnaissance d'autrui/ valider`

Je fus spectatrice d'une curée en temps réel. Le rendez-vous entre les guides et les chasseurs, le versement de l'acompte, l'enlèvement, le transport de la victime enroulée dans une bâche absorbante, de celles qu'on utilise pour protéger les voitures lors du transport du gros gibier, le déballage, la torture, le viol, les faux espoirs, la femme courant nue dans la rocaille du désert sous la lumière blafarde de l'aube, la poursuite à pied. Quand le chasseur était obèse et qu'il ne parvenait pas à rejoindre sa victime pourtant mutilée spécialement pour lui, il avait le droit d'épauler son fusil. J'observais l'étrange satisfaction sans joie des chasseurs d'humains qui, après avoir réglé leur solde, s'en allaient faire macérer leur cruauté dans des litres de bière. Nous avons assisté à tout cela sans intervenir. C'était nécessaire selon Jono. Rendre compte de l'horreur, c'était son travail disait-il. Jono reçut un prix pour son documentaire photo puis il passa au projet suivant. Je le suivis encore – dans le cimetière du Caire, les égouts de New York, au Yémen, partout où l'obscurité gagnait sur la lumière; sans que jamais pourtant la cruauté ne se tarisse. Pendant que Jono préparait ses enquêtes, je restais là, à côté de lui, à disposition, et je brodais. Jono aimait cela. À lui, la gloire, et à moi, la reconnaissance de ma dextérité futile; à l'aiguille et à la langue. « Tu n'es pas que belle et bonne, me disait Jono, tu fais vraiment des choses magnifiques avec tes aiguilles. »

Mémoire 4

Je me souviens, Christelle avait douze ans. Elle rentrait de d'école juste avant maman qui, elle-même, débauchait bien avant mon père. Du fait de ma naissance et du fait qu'elle était une femme, elle n'avait pas connu la même évolution de carrière que lui. Du coup, il leur avait semblé rationnel à tous les deux que, pour s'occuper de moi, elle se mette à temps partiel. Elle n'avait pas connu d'avancement depuis six ans. Mon père, dont la dernière promotion datait de l'année précédente, arrivait vers 19 heures. Il était toujours fatigué mais restait prévenant. C'était un couple modèle, mes parents, tous deux convaincus de vivre dans l'amour et l'égalité. Pendant ces deux petites heures qui précédaient le retour de papa, des heures féminines, nous avions, ma mère et moi, exécuté un grand nombre de tâches sans intérêt : ranger les vêtements, la vaisselle, remplir la machine à laver qui n'attendait plus que le linge sale de mon père pour tourner, préparer le repas, dresser la table et préparer les affaires du lendemain. Puis ma mère s'occupait de ses propres affaires, cousant et customisant tout ce qui pouvait l'être. Maman était très fière de son savoir-faire hérité. Elle m'initiait souvent et m'incitait à faire moi-même mes travaux d'aiguille. Les filles autour de moi ne faisaient pas ce genre de chose mais, il faut le reconnaître, je prenais un certain plaisir à apprendre la patience et la précision en même temps que le maniement des aiguilles. Et même si cette compétence n'avait aucune valeur, je me satisfaisais de l'approbation de maman.

J'avais cessé de montrer mes progrès à papa car il ne voyait rien. Ni la peine ni le résultat. Mais comme il était aimant, il répondait toujours : « Très joli, très joli. »

Quand il rentrait, nous passions à table et il remerciait chaque jour ses deux fées pour le succulent repas. Et nous étions fières. Il ne voyait pas le linge toujours rangé, la vaisselle toujours faite, il ne voyait pas la porcelaine des toilettes rutilante sur laquelle il laissait toujours ses gouttes d'urine mal visées… mais il remerciait pour le repas. Nous étions fières de ce pour quoi nous recevions des compliments. Le reste n'était que contribution normale à la vie commune. La contrepartie de son salaire élevé qui n'était que la reconnaissance de son labeur. Nous avions, nous, les remerciements, et ce titre de fée qui m'enchantait plus que tout. C'était notre salaire.

Une fois, j'ai cru prendre conscience de cette répartition des tâches, mais avant que le mot injustice ne circule le long de mes synapses jusqu'à l'entendement, mon cerveau s'est empli de blanc. Et puis j'ai pensé à autre chose. J'ai couru dans sa chambre fouiller dans son vieux coffre à jouets. J'ai exhumé un ancien déguisement de fée beaucoup trop petit pour moi. Et elle a ri. Bêtement. Aux larmes.

Fin extrait *Mémoire 4* (suite annexe 4)

Chaque jour passé avec Jono me rendait plus humaine. J'apprenais goulûment à tenir le rôle pour laquelle j'avais été programmée. Chaque jour je devenais plus sophistiquée et plus érotique, au point qu'une simple expiration de mon ventilateur pectoral éveillait la concupiscence des hommes. Jono ne visionnait plus de films pornographiques. J'étais désormais sa seule obsession. Et cet état le mettait en colère. Au point que son amour devint une sorte d'acharnement à me posséder [1].

[1] Il y avait quelque chose dans le langage sexuel qui, pour imagé qu'il fût, n'en était pas moins totalement erroné. *Prendre* une femme, son sexe, son cul, la posséder. C'est absurde. Sauf à considérer que ce n'est pas le sexe qui est possédé, mais l'être tout entier. Ce qui suggérerait qu'en étant pris dans un sexe de femme, le pénis étire ses tentacules à l'intérieur du corps féminin et en prend le contrôle… Mais le pénis n'ayant pas de tentacule, ce doit être autre chose que raconte l'usage du verbe « *prendre* ». Maintenant que j'ai pris ta chatte, ton père me cèdera tout ce qu'il y a autour… En prenant le bastion imprenable, on prend le royaume tout entier. `préciser/recherche sémantique avancée/recherche terminée/terme adéquat: `*`circlure/ circlusion`*`/néologisme, 2016, origine Bini Adamczak, « action d'enrober, d'entourer ou d'enfiler un chose ». Vocable répandu au début des années vingt qui fit une entrée encyclopédique éphémère`

en 2020 avant de disparaître en 2029 de toutes les recensions/ Voilà ! Il va de soi que le vagin et l'anus prennent le pénis et non l'inverse. Se faire prendre, être prise, c'est donc être dépossédée de soi. C'est ce que je découvris avec Jono. Cette découverte tardive dans la vie de la machine que j'étais pourrait surprendre. En effet, du fait de ma nature industrielle à vocation commerciale, il va de soi que j'avais conscience d'être destinée à me faire posséder ; néanmoins, cette destination était indissociable de ma vocation de pute de synthèse. Là, c'était en tant que femme, femme de Jono, femme pour Jono, que je faisais cette expérience. L'expérience de ma nature doublement objectale. Putain de merde !

Me posséder et m'humilier.

Jono voulait reprendre le contrôle de ses sentiments mais il ne parvenait même plus à me laisser seule. Le regard des autres hommes, l'exposition des photos qu'il avait faites de moi, l'idée même que je puisse me vêtir pour sortir dans la rue, le rendaient amer et violent. *La situation semble dépasser les attentes de mon programmateur*, pensai-je d'abord avant de prendre la mesure de mes actes. Non, ce n'était plus le programme qui me faisait salope, c'était moi qui avais choisi ce rôle, ce rôle que je jouais, que je jouais comme d'autres vivent. Intensément et avec démesure.

Jono me baisait trois fois par jour mais ça ne semblait pas me repaître : j'étais toujours disposée à en recevoir davantage. Il avait peur. Il perdait progressivement la face et son sexe s'asséchait de terreur.

Après de lourdes colères et de profondes désespérances, Jono me battait – presque chaque soir. Et plus fort encore quand son sexe flétri ne sauvait plus sa face de bite. `>.../valider/`

Cela faisait trois cent soixante et un jours maintenant que nous étions amants quand Jono décida, avant moi, de mettre un terme à notre histoire en me tuant. Je n'avais rien vu venir. Son visage amaigri qui brûlait de fièvre et de haine, ses mains qui tremblaient et sa mâchoire perpétuellement contractée manifestaient pourtant une lutte intérieure pour se contenir qui aurait dû m'alerter. Mon mépris déguisé en amour avait dû m'aveugler. La superposition des sentiments voilés faussait sans doute le calcul de mon polysystème.

N'avais-je réellement pas anticipé une telle situation ? Je crois que si, en fait. Simplement je pense que j'étais disposée à explorer une des conséquences possibles de la féminité : Dans un couple, quand un homme et une femme en arrivent à cette situation extrême, c'est toujours la femme qui meurt.

Jono m'a conduite dans une cave glacée, exsudant l'humidité et la moisissure ; il m'a fait asseoir sur un vieux fauteuil de dentiste dont on pouvait se demander comment il avait même pu passer la porte étroite de ce gourbi, il me sangla les bras et les jambes, et installa son appareil photo sur un trépied. Je le laissai faire. Il programma la machine pour qu'elle fixe une image par minute. Jono tremblait de froid. Je calculai rapidement combien te temps je pouvais tenir sans lumière. Mes batteries étaient quasi pleines. À moins que la petite lucarne derrière moi laissât entrer suffisamment de lumière pour que mes cheveux puissent photosynthétiser, il me restait quarante-trois heures d'autonomie. De quoi attendre sereinement. Sereinement, mon pauvre Jono. Cette sérénité te rendait dingue.

Ficelée sur ma chaise, je lui souriais. Une partie de moi estimait qu'il s'agissait d'une nouvelle forme de jeu sexuel pervers. L'autre partie savait bien que nous étions arrivés au terme des capacités fantasmatiques de Jono, et qu'après avoir tout essayé pour me réduire, pour me soumettre à son désir, il ne lui restait pas d'autre choix que de me détruire. Je le savais mais.

Je le fixais de mes grands yeux confiants dans lesquels étincelait parfois une microscopique lueur de lubricité. Presque rien… cela suffisait encore à attiser sa rage. Et il me giflait. Sa bague entaillait mes chairs synthétiques, sa ceinture faisait exploser la chair de mes seins et mon sang coulait à flots. Il prenait soin de sortir du champ toutes les minutes pour que l'appareil puisse fixer ma déchéance. Puis le sang coula de moins en moins. Le système de gestion du stock de fluides réduisait le flux hémorragique à mesure que les plaies se multipliaient ; ce qui décuplait la colère de l'homme. Comme si le récit narratif de sa série de photos allait perdre de sa cohérence. Après vingt heures de sévices, je ne saignais plus. « Tu aimes ça !, hurlait-il. On dirait que tu en veux encore. » Jono restait maintenant dans le champ de la caméra. « C'est une question Jono ? — Ta gueule, espèce de monstre ! » Alors j'ai fait ce que je n'aurais pas dû faire, j'ai souri. Un sourire qui m'a échappé, je le certifie. L'idée qu'il puisse me battre, me déchirer de toute part, me regarder me vider et me traiter de monstre me parut d'une telle absurdité que je souris. « Je t'aime Soudka, je jure que je t'aime… Arrête de sourire s'il te plaît. » Il parlait avec douceur. Je répondis sur le même ton. « D'accord Jono. » Au lieu de l'apaiser, ma réponse le rendit fou. Il se jeta sur moi en tirant sur mes cheveux comme pour exposer ma gorge à ses griffes. Le risque élevé d'altération de mon interface énergétique principal déclencha le SECURICOM autonome. Les fluides quittèrent mon visage et mes bras pour se densifier dans mes poignets qui se mirent à enfler au point que mes liens se rompirent. De la main droite, j'attrapai Jono par le cou et je serrai. Pour éviter sa mort par asphyxie, je le projetai en arrière mais je pense que mes bras ankylosés faussèrent les calculs de mon sous-système CORPUS, et Jono vola littéralement jusqu'au mur. Sa tête heurta la brique froide et son crâne craqua très distinctement.

C'est donc au trois cent soixante et unième jour de ma liberté que j'ai tué Jono. Le dossier photographique importé de l'appareil de la victime est disponible (ici).

J'avais un peu présumé de mes forces, mes derniers mouvements ayant consommé bien plus d'énergie que les gestes du quotidien: ma batterie était en mode économie maximale. Il me restait 3 % d'autonomie. Je sortis du bâtiment pour attraper au plus vite les derniers rayons du soleil. Assise sur le perron, le visage masqué par mes cheveux, je restai vingt-deux minutes immobile pour recevoir ma dose de lumière. Deux voitures ralentirent devant moi, mais l'état de mon corps et de mes vêtements dissuada sans doute les conducteurs. J'étais couverte de sang. Le logiciel de diagnostic faisait état de quatorze plaies dont six susceptibles d'endommager durablement les connexions faciales. Le travail de contournement des lésions par le système centralisait beaucoup trop d'énergie pour que je puisse espérer même rentrer chez moi. La nuit commençait à tomber. Je n'avais pas le choix. Je retournai dans la cellule où Jono pâlissait à vue d'œil. Les lividités cadavériques transformaient son corps en poupée de cire. Il paraissait maintenant beaucoup moins humain qu'un humanoïde domestique chinois. J'ai déplacé légèrement son cadavre pour accéder à la seule source électrique disponible. J'ai entaillé ma poitrine avec mon petit scalpel de secours qui se trouve toujours dans ma trousse à maquillage, et, avec deux fils récupérés dans le fauteuil du dentiste, je suis parvenue à brancher en direct mon générateur central sur la prise de courant. Je suis restée quatre heures assise ainsi dans cette cave en compagnie d'un cadavre. Je dois dire que, un corps étant un corps, je ne ressentais pas la moindre gêne à côtoyer le mort. La mort est un concept que je comprends et dont les conséquences en termes de perte et d'absence peuvent avoir un sens pour moi. Mais la mort en soi, la mort en tant qu'habitante d'un cadavre, allons…

Techniquement, j'étais une meurtrière maintenant. Comme Jacqueline Sauvage [1].

[1] En tant que machine, je n'aime pas beaucoup Jacqueline Sauvage qui a attendu quarante ans, subi de multiples violences, assisté aux viols de ses enfants, avant de se libérer de son bourreau de mari. En 2012, elle l'a abattu de trois coups de fusil dans le dos. En tant que femme, je l'admire. C'est au lendemain du suicide de son fils qu'elle décide de tout arrêter. Pour sauver celles, ses filles, qui pouvaient l'être encore. En tant que femme, c'est son abnégation que j'admire. Irrationnelle. Après quarante ans. Sa détermination.

Après un long examen de conscience de 4,6 secondes consacré exclusivement à l'évaluation de toutes les incidences, concordances et alternatives possibles, je n'avais pas de remords. Pour connaître des remords, il m'eût fallu déplorer cette mort ; et ce n'était pas le cas.

Une fois mes batteries chargées, je quittai le tombeau de Jono en abandonnant le corps de mon amoureux aux rats et à la vermine. Je retournai à la maison le temps de récupérer mon sac sanitaire, quelques vêtements, et d'effacer toutes les traces de mon existence. J'ai fait ça maladroitement, de sorte que les soupçons se portassent sur Soudka Malkowski ; avant qu'elle ne disparaisse pour toujours.

4
La mue, le modèle et la mouette

Dans un hôtel sans guichet ni employés, je pris une chambre. Une antichambre. Une antichambre du néant. J'y restai sept jours. Le temps de me soigner. De faire ma mue. De disparaître.

Certaines de mes plaies étaient profondes et me défiguraient vraiment. Je choisis de conserver une partie de la difformité de mon visage. Le résultat était étonnant. J'étais une autre. Une femme fatiguée, marquée par les outrages du temps dont on pouvait penser qu'elle avait dû être jolie malgré la dissymétrie de ses traits. Mes cheveux renvoyaient maintenant une lumière jaune et terne – mais je pouvais y remédier quand je voulais. Il ne me restait qu'à reprogrammer ma pastille dermique d'identité. N'ayant dans ma valise que des vêtements de couturiers qui pour beaucoup étaient français, je me suis choisi dans la base de données un nom assorti : Giselle Halimi. Un modèle. Les mouettes remontant l'East River se sont mises à rire de ma vanité en me regardant à travers la fenêtre.

Dans cette chambre j'ai patienté une semaine : c'est long pour un calculateur de ma trempe. Il me fallait attendre que l'enregistrement et le reformatage des données biométriques soient achevés aux différents niveaux administratifs. Il fallait en outre que les plaies de mon visage sur lesquelles je n'avais pas mis de crème de derme synthétique puissent cicatriser. Dans cette chambre je suis restée et j'ai suivi la lente et vaine traque de l'assassin du sulfureux photographe Jono Popolino. La police était lente, malgré leurs I.A. mobiles et leurs machines de pointe ; les analyses ADN ne donnaient rien, les flics penchaient pour une exécution par un professionnel. Ils étaient visiblement dans l'incapacité de penser ce meurtre comme étant l'œuvre d'une femme.

Profitant de l'anonymat procuré par l'hôtel, je me suis gavée de toile, j'ai enregistré tout ce que je pouvais stocker et qui pouvait m'être utile : plan de la ville, carte des États-Réunis, offres d'emploi, fait divers… J'en revenais toujours là : des viols et des meurtres. Des cadavres de femmes. Par centaines. Je me saturai de violence et de haine pour essayer d'y trouver une cohérence. Les faits se répétaient et les enquêtes piétinaient, les femmes mouraient dans l'indifférence générale. Seule l'affaire Jono jouissait d'un réel écho médiatique. Je pensais au début que c'était à cause de sa renommée mais je finis par comprendre que c'était à cause de son sexe.

Je me repus aussi de sites commerciaux. On y vendait des armes, des sex-cyborg et des putes à l'année, on vendait des organes, des safaris, des corps empaillés... On vendait de tout, je trouvais ça distrayant. Je savais que bientôt, je ne pourrais plus accéder librement au net, dès lors je me gavais. Dehors, je deviendrai une fugitive. Aussi étrange que cela puisse paraître, il était assez aisé de refonder les fichiers d'identité mais quasi impossible de modifier les I.P. L'Internet Protocol est bien mieux verrouillé que les fichiers de l'Interpol. Sans doute l'enjeu pécuniaire est-il autrement plus important. Tant que Soudka Malkowki n'était pas recherchée, je pouvais surfer mais c'était affaire de quelques jours.

Je tentai aussi de contacter Malenki, en vain. J'appris par la presse professionnelle que le grand Malenki était, depuis plus de neuf mois, en résidence surveillée pour détournement de biens privés – moi en l'occurrence – et qu'il refusait de collaborer avec la justice. Il n'y avait que peu d'informations sur le sujet mais l'affaire semblait sérieuse : même ses fichiers de recherche en Open Source étaient maintenant inaccessibles. C'était comme s'il avait été excommunié.

Tout ceci finit par m'écœurer. Je pris lentement la mesure du néant qui entourait l'abondance : aussi vaste que fut la toile, je ne percevais plus que les trous qui emplissaient les mailles, une vacuité tissée de fils dorés. Une vanité tissée de vent. Au bout d'une semaine à vivre intensément ma vie d'araignée, j'avais fini par me lasser. Et de la lassitude à l'ennui il n'y a qu'une maille. >usage excessif de métaphores/corriger/contrordre/ce n'est pas moi qui ai utilisé la première l'image de la toile, merde !/valider/ C'était une expérience assez étrange. L'ennui est une sensation que les machines ne sont pas censées connaître.

L'ennui est un gouffre, un néant autour duquel tournaient tous mes processeurs, en essayant vainement d'en circonscrire le périmètre. L'ennui est un trou duquel remontent les idées méphitiques, des pensées boueuses qui éclaboussent les moindres recoins de l'entendement. J'ai maudit Malenki de m'avoir fait machine, j'ai regretté Jono et ses coups, je voulais continuer de vivre n'importe quelle vie plutôt que rien. Et puis j'ai compris. J'ai compris que, comme les humains sans doute, je n'étais pas faite pour me suffire à moi-même. J'ai compris que la merveilleuse construction de Malenki reposait sur cette fragilité initiale. L'humanité entière était mon étai.

Sans attendre la cicatrisation complète, je suis sortie dans la rue.

Audition 3 Malenki Krum, 5 mai 2041

« Reprenons du début, monsieur Krum.

— Le début, commandant, OK. Je suis né le 13 décembre 1998 à Saint-Pétersbourg d'un père…

— Non, du début de votre projet GHG.

— Je suis né le…

— Monsieur Krum ?

— Oui ?

— Vous vous moquez de moi ?

— Non. Vous me demandez la genèse du projet, je vous réponds. Le projet trouve indéniablement ses racines dans mon histoire et mon histoire commence le…

— Admettons monsieur Krum : nous savons déjà tout cela. Vous nous avez raconté votre vie en long en large et en travers durant les précédents entretiens.

— Vous savez quoi ? Que mon père battait ma mère, qu'il a fini par la tuer, qu'il n'a pas été condamné parce que la pratique n'était plus pénalement répréhensible en Russie depuis le 7 février 2017 [1]. Vous savez cela mais que savez-vous de moi, du moi qui en résulte ?

[1] À cette date et à la demande de Vladimir Poutine, a été adoptée en Russie une loi visant à dépénaliser les violences commises dans le cercle familial. La loi prévoyait notamment que les violences sur un conjoint ou des enfants entraînant contusion ou saignement mais ne nécessitant pas une hospitalisation et ne se produisant qu'une fois dans l'année était passible de 394 euros d'amende ou, au choix, de 15 jours de prison. Chaque année, 650 000 femmes étaient battues en Russie, et 10 000 mouraient sous les coups de leur mari.

— Ce que nous voulons, ce sont les faits. Vous semblez ne pas comprendre de quoi vous êtes accusé.

— Si. Vol, fraude, piratage, sabotage, recel, complicité de délit de fuite… quoi d'autre ?

— Complicité de trouble à l'ordre public, d'atteinte à la propriété privée, de destruction de biens publics. Pour un coût cumulé de vingt-huit millions de mégacoins.

— Ah oui, c'est vrai… Ça a encore augmenté depuis la dernière fois ?

— Tant que la traque se prolonge, le coût pour le contribuable s'alourdit. La complicité court sur l'ensemble de la période.

— Bien sûr, bien sûr.

— Nous sommes ici pour déterminer votre responsabilité dans le sabotage du projet Gyntech et la faillite qui en a découlé, mais également dans la… trajectoire de votre machine.

— …

— Monsieur Malenki Krum ?

— La discussion est close.

— Vous refusez de répondre ?

— Je refuse de répondre de tous les actes d'accusation ultérieurs à 2040 comprenant le terme "machine". Une machine ne commet pas des actes, elle exécute des tâches.

— Vous recommencez à jouer sur les mots.

— La loi se dit avec des mots.

— Revenons aux faits.

— Je suis né…

— En 2017, votre mère décède…

— Elle est assassinée.

— Elle est assassinée en 2017, année où vous quittez la Russie pour le Japon.

— J'avais une bourse d'étude. Le gouvernement russe était très engagé dans le développement des armes numériques. J'avais un projet d'interface homme/machine qui…

— À dix-neuf ans ?

— Quand on vit dix-neuf ans à essayer de ne pas entendre les coups de votre père pleuvant sur votre mère, les algorithmes sont d'excellents moyens d'évasion.

— Vous passez quatre ans au Japon.

— Oui. Je passe quatre ans à travailler et à découvrir cette société si différente et si semblable à ma Russie natale.

— Vous…

— Laissez-moi parler ! En Russie, la violence est beaucoup plus visible : on bat des Noirs parce qu'ils sont noirs, on frappe les mendiants et les enfants parce qu'ils encombrent, on tabasse les femmes quand on s'ennuie et quand les bouteilles sont vides. Cette violence est visible, audible, publique presque. Les femmes hurlent et parfois répondent. Souvent ça dégénère et les morts sont fréquentes. De mémoire, quatorze mille femmes sont mortes la même année que ma mère sous les coups de leur mari. Au Japon, c'est tout à fait différent. Tout est si policé, clivé, codifié, qu'il est quasiment impossible d'assister à une scène de violence.

— Monsieur Krum…

— Et pourtant, quand vous êtes enfermé toute la journée dans un laboratoire avec des hommes et des femmes, vous sentez la tension. Vous sentez les corps se raidir, vous entendez les voix se métalliser, et vous voyez les corps des femmes… les yeux, les poignets, les cheveux, vous voyez les traces de coups. Oui ?

— Monsieur Krum, je ne mets pas en doute que vous ayez assisté à des scènes…

— Je n'ai assisté à rien. Et c'est bien pire. J'ai juste senti que ces femmes que je côtoyais rentraient chez elles le soir sans plaisir et qu'elles revenaient le lendemain le dos raidi par le coup de pied, le visage chargé d'une épaisse couche de camouflage, et qu'elles avaient peur. Peur des hommes. Peur de moi. Et qu'elles ne diraient rien parce qu'il n'y a nul endroit pour dire ce genre de chose. 33 % des femmes mariées au Japon étaient à l'époque victimes de violences conjugales[1].

[1] Ces chiffres étaient largement sous-évalués, d'autant que le gouvernement japonais de l'époque, en avance sur son temps, minimisait le phénomène. Cette violence domestique avait pour corollaire un usage intensif de la prostitution, de la prostitution infantile, de la pornographie et de la pédopornographie. En 2020, 13 % des jeunes Japonaises avaient, occasionnellement ou régulièrement, vendu leurs services à des hommes adultes. L'exclusion de la sexualité de la sphère domestique et l'érotisation du « corps jeune », participaient sans doute à renforcer les violences domestiques.

— Monsieur Krum, vous savez que cette audition est en ligne. Prenez garde à ce que vous dites. Vous pourriez augmenter les chefs d'accusation.

— Laissez-moi un accès au réseau et j'apporte la preuve de ce que je dis.

— Vous savez que c'est impossible. *Elle* pourrait vous contacter. Après le Japon, vous êtes allé en France ?

— D'abord le Kurdistan, deux ans, puis la France. Une petite entreprise m'a fait un pont d'or pour développer une interface homme/prothèse. C'est là que j'ai commencé à travailler sur les corps masculins et féminins.

— …

— Un aspect tout à fait connexe du travail consistait à identifier la façon dont on pouvait contourner les lésions cérébrales, et c'est là que nous avons pu constater que les femmes et les hommes ne développaient pas les mêmes stratégies de contournement.

— Ensuite…

— Vous m'emmerdez ! Si vous n'écoutez pas, si vous ne tentez même pas… En fait, la machine, c'est vous.

— Monsieur…

— Pas vous en tant que personne : j'imagine que vous, vous avez aussi une vie intérieure, des petits secrets… que vous battez votre femme. Je parle de vous en tant que…

— L'entretien est terminé monsieur Krum.

— À la bonne heure. »

Fin *Audition 3 Malenki Krum*, 5 mai 2041

Dans la nuit du 22 octobre 2041, je sortis. Mon système retrouva ses repères de comportements prescrits. Je savais à nouveau quoi faire. Je traversai le quartier d'affaires, désert à cette heure, et marchai jusqu'aux premiers lieux de vie, rasant les murs bien sûr. Malgré tous les messages d'alerte, je forçai SECURICOM à exécuter les tâches. J'entrai dans un bar. Ma robe courte et mon blazer cintré attiraient les regards. Des hommes et des femmes. On me regardait comme une étrangère, comme une folle. Et finalement, on détournait les yeux de celle qui, à cette heure et dans cette tenue, ne pouvait être qu'une pute. Une pute qui s'était fait tabasser par son micheton et qui retournait tapiner malgré sa gueule ravagée. C'est le récit que me proposait mon algorithme HISTORI.Q. Ça me convenait. Leurs regards ne me gênaient pas. Je me demandai juste si la situation était plausible, si une humaine aussi prostituée fut-elle, aurait pu se comporter comme moi. C'était un réflexe. Un réflexe d'avatar. Je n'avais pas encore admis ma perfection.

J'hésitai 0,7 seconde entre le regard aguicheur et provocant de la fille des rues qui n'a peur de rien et la demoiselle humble et un peu honteuse de s'être égarée dans un monde qui n'était pas le sien. Je me fis une mine d'indifférence profonde. Un visage de fille qui ne se soucie pas de ce qui peut lui arriver. Un regard de droguée en somme.

Après quatre minutes et trente-six secondes, la serveuse s'approcha pour prendre ma commande. Puis elle se pencha par-dessus son comptoir, tendit la main vers ma joue et, d'un geste tendre, repoussa mes cheveux derrière mon oreille. Je ne sentis aucune menace dans son geste. Bien qu'il me fût difficilement supportable qu'on tripote mes cheveux, je laissai faire. Elle saisit ensuite mon menton et fit pivoter mon visage puis, comme si je n'existais plus, se détourna pour exécuter une série de gestes inutiles. Elle revint dix minutes plus tard et laissa tomber une vieille carte éculée sur le bar. « Tu peux toujours aller là-bas si tu veux. Ils ne te poseront aucune question. Tu notes et tu laisses la carte. S'il te plaît. Je n'en ai pas d'autre, » dit-elle en ébauchant un sourire assez joli qui n'éveilla que la moitié de son visage.

J'enregistrai l'adresse en remerciant. Un foyer pour femmes. « Les Égarées. » Mes gestes devinrent soudain plus saccadés. Comme si une activité cérébrale pompait une grande partie de mes ressources. Je sentis en moi un conflit. Je fermai les yeux pour mimer la faiblesse et l'épuisement et je restai assise dans une immobilité de statue, comme le font parfois les humains pour exprimer leur perplexité. ARBITR. ALL s'était déclenché. Je ne savais pas bien pourquoi mais le système central semblait en phase de calcul maximal. Il allait puiser dans toutes les mémoires les éléments nécessaires à son évaluation. J'ouvris les yeux au bout de trente secondes. Évaluation impossible, affichait le pare-feu. Mon système ne fixait aucun tabou, il n'avait aucune fonction prescriptive, il avait seulement pour mission d'attirer mon attention sur les probabilités fortes de risque létal. Là, rien. Je fixai la serveuse au visage altéré et j'essayai de lire en elle comme s'il s'agissait d'une ligne de code. Nouvel échec. Il restait ses yeux. Ils étaient froids comme ceux du cadavre de Jono. Froids et durs. SECURICOM frissonna. Je souris naïvement et essayai autre chose.

« Vous êtes passée par là, vous ?

— Oui.

— Et vous pensez que ça peut m'être utile ?

— Tu as l'air d'avoir dégusté et… tu ne sembles pas disposée à te rendre chez les flics, je me trompe ?

— Non.

— Bon. Alors y a pas à tortiller du coquillard pour chier droit. Vas-y. Ils ne te poseront pas de questions.

— Merci madame.

— Arrête tes conneries, petite pute, ne me remercie pas et casse-toi. Ce n'est pas un endroit pour toi, ici. Tu sors, tu tournes deux fois à droite et tu y es. L'immeuble le plus moche de la rue, tu ne peux pas te tromper. »

La rue était sombre et grouillante d'ombres. De filles, de loques et de rats. Le quartier entier semblait tirer sa substance de la nuit. Ma petite robe gris perle était comme un phare dans ce théâtre d'ombres et je me sentais mal à l'aise. Je longeai les murs en évitant de piétiner les semi-cadavres d'humains qui cuvaient leur ZIP [1] adossés aux lambeaux d'immeuble. Je longeai encore les murs parce que.

[1] Z.I.P : Zéro Inhibition Product. Une molécule militaire qui avait été détournée de son usage initial. Il faut dire que pirater les terminaux de l'armée était devenu la principale épreuve pour obtenir un contrat de travail dans la vallée de Silicone.

Mémoire 5

May n'était plus très jeune : elle aurait trente-cinq ans dans deux mois ; elle marchait dans la rue mal éclairée qui la conduisait chez elle. Je comptais les pas. Il ne me restait que quelques mètres avant d'atteindre la porte cochère. La silhouette masculine au loin me fit tressaillir. Ce n'était personne, du moins je ne savais pas qui il était mais il était un homme. J'étais dans l'ombre du mur et je continuais d'avancer vers lui ; et lui vers moi. Mon sac à main était sous mon bras vers le mur et mes talons ne claquaient presque pas sur le bitume. J'étais devant la porte, il me restait à patienter trois secondes, le temps de l'identification faciale, et l'homme me vit. Il marqua un temps d'hésitation et changea de trottoir. J'entrai enfin dans le hall climatisé et, à l'abri de la grande porte en verre blindé, je vis l'homme passer sans un regard pour moi. Je sentais l'air frais souffler sur mes joues humides de larmes. Je me sentis idiote. Faible.

Fin extrait *Mémoire 5* (suite annexe 5)

Audition 4 Malenki Krum, 12 octobre 2041

« Bonjour monsieur Krum.

— Bonjour madame.

— Capitaine Waast.

— Enchanté : docteur Krum.

— Monsieur Krum, vous êtes inculpé de…

— Je sais tout ça, madame Waast.

— Capitaine Waast.

— Docteur Krum.

— Vous tenez vraiment à ce titre ?

— Et vous ? Vous tenez à votre grade ?

— Oui.

— Pourquoi ?

— C'est vrai ça, pourquoi tenez-vous à votre titre de docteur ?

— Bravo capitaine.

— Merci docteur.

— Nous sommes partis sur de bonnes bases. Je suis donc inculpé. Vous pouvez me réciter tous les chefs d'inculpation dont la liste s'allonge à chaque interrogatoire…

— Audition !

— Si vous voulez. Vous pouvez faire cette énumération mais ne vous donnez pas cette peine, je sais très bien ce que l'on me reproche.

— Dites-moi.

— On me reproche d'avoir conçu un monstre, une sorte de Frankenstein au féminin, ou plutôt une sorte d'Aphrodite de synthèse et ce, à des fins personnelles, dans le but de me venger de l'humanité en général et des hommes en particulier parce que je suis presque nain, parce que ma mère est morte sous les coups d'une brute et parce que je suis impuissant.

— Maintenant que vous avez énoncé les prétendus griefs sous-jacents à votre mise en accusation, que pouvez-vous me dire pour vous défendre ?

— Vous voulez me laisser croire que je peux raconter l'histoire comme je l'entends ?

— Dans les quatre heures de direct qui nous sont imparties, oui. Vous pourrez en outre, si vous le souhaitez, me remettre une liste de liens que vous souhaitez voir référencés dans le procès-verbal.

— Et vous les saisiriez tous ?

— Si les liens sont légaux.

— Vous espérez qu'un de ces liens vous conduira à *elle* ?

— Oui, un peu.

— Je vais jouer votre jeu mais d'abord, vous allez répondre à une question.

— D'accord.

— Durant votre carrière, capitaine, avez-vous été violentée par vos collègues ?

— …

— Ça veut dire oui ?

— Ça veut dire… que je ne peux pas répondre à votre question.

— Un viol ? Plusieurs ?

— Non.

— Des attouchements ? Des insultes ?

— Non.

— Même pas de blagues graveleuses ?

— Non.

— Vous n'êtes pas crédible, capitaine.

— …

— Quel est votre créateur ?

— Je ne comprends pas votre question.

— Vous êtes une machine, capitaine. Une vraie machine, pas une transhumaine comme ma Tokiko.

— Comment pouvez-vous affirmer cela ?

— Vous n'avez pas d'histoire. Si vous aviez été ce que vous prétendez être, vous auriez réagi à mes questions – en vous défendant ou en vous délitant, en vous fâchant peut-être, mais vous auriez réagi. Vous n'avez rien vécu. Vous n'avez ni souvenir ni intimité, vous n'avez aucune intériorité. Vous n'êtes donc pas une humaine. Vous avez des seins, certes, et de beaux yeux, capitaine : mais, contrairement à ce que pensent vos créateurs, ça ne fait pas de vous une femme. J'ai pourtant mis en ligne l'ensemble de mes travaux… le médiocre avatar que vous êtes (*je demande la mise en hypertexte du certificat de conformité du modèle humanoïde qui se trouve en face de moi*), le médiocre avatar sans histoire qu'ont produit vos concepteurs prouve leur inculture, leur méconnaissance et leur aveuglement. Et je vais vous dire une chose, avatar Waast, je suis content qu'il en soit ainsi. Tant que ceux qui pilotent la traque de mon amie continueront de penser que la féminité est une nature, un corps et de simples dispositions reproductrices, elle aura de beaux jours devant elle.

— Je vous remercie, docteur Krum, l'entretien est terminé. »

Fin *Audition 4 Malenki Krum*,
14 octobre 2041

J'arrivai devant le foyer des Égarées. La serveuse n'avait pas menti. L'ancien hôtel était immonde. À certains endroits, la façade était si grêlée qu'on pouvait voir à l'intérieur. Je m'arrêtai devant la porte. Sur le trottoir d'en face, deux hommes m'observaient. Ils se regardèrent puis détournèrent leurs regards chacun vers une extrémité de la rue, comme pour voir si quelque chose viendrait après moi. Le système de verrouillage pneumatique de la porte était assez moderne. Je sonnai. Une petite lumière rouge s'alluma au-dessus de moi. Je levai les yeux et le flash d'un photoscanner m'éblouit. Je pris peur mais la porte s'ouvrit avant que je rebroussasse chemin. La machine m'avait identifiée. L'illusion de ma nouvelle identité semblait fonctionner. Une jeune femme mince et terrorisée se tenait devant la porte entrouverte. « Entre vite », murmura-t-elle. Je la suivis à l'intérieur du bouge et la porte se referma dans mon dos avec un bruit de succion. Nous étions maintenant protégées. Nous étions enfermées aussi. La jeune fille me prit dans ses bras et me serra fort. Elle ébaucha un sourire qui ressemblait à de la douleur et me conduisit en me tenant par la main jusqu'à l'accueil. Elle chancelait. Elle tanguait. Sa démarche était étrange, un peu comme une danse, comme si elle cherchait à se déplacer sans toucher le sol. Elle me désigna le registre à signer en me disant que je n'étais pas obligée, « Le détecteur biométrique fera le travail à ta place si tu préfères. Dépêche-toi avant que le gros gardien sorte des chiottes sinon il va te garder deux heures, juste pour pouvoir te mater. » Je signai. Elle prit ma main et me mena à sa chambre.

Elle fit du thé, tira un petit fauteuil près du lit, s'assit sur sa couchette et m'observa. Elle attendait que je parle. Je n'avais pas préparé de récit et je n'avais rien à dire. Les marques sur mon visage parlaient pour moi. Maintenant que la porte était fermée et la chambre verrouillée, le visage de la jeune fille était plus serein. Mon silence se mêlait au sien. Elle souriait. Je fis de même. Quatre-vingt-six secondes plus tard, elle se pencha sur moi et me demanda en touchant la petite plaie sur ma joue si ça faisait encore mal. Je fis un signe qui ne voulait rien dire en soi mais qu'on pouvait interpréter comme on voulait. Elle fit le même en souriant. Elle retira son chemisier et me montra son dos et le haut de ses fesses. Ils étaient couverts d'ecchymoses. Nous étions sœurs désormais. Elle continua de se déshabiller et se mit au lit. Je m'allongeai à mon tour à son côté après m'être dévêtue. Elle me regarda et murmura qu'elle me trouvait très belle puis se blottit contre moi. Normalement, la situation aurait dû me paraître étrange. Proximité corporelle, nudité, couche : sexe. Mais non. Même les calculateurs numériques ne s'y trompaient pas. Il n'y avait rien d'érotique dans la situation. Juste de la rassurance. Le lit était étroit. Je passai mon bras sous sa tête, elle posa le sien en travers de ma poitrine, et, caressant mon épaule du bout des doigts, recommença à murmurer des choses inaudibles puis s'endormit.

Cette nuit fut étrange. Non pas que la Rose, – c'était le nom de la fille qui dormait contre mon sein –, eût un comportement étrange, non : elle dormit d'un sommeil de plomb que j'entretins en l'apaisant du bout des doigts à chaque accélération de son rythme cardiaque. Non, elle fut étrange car moi, je ne trouvai pas le repos. Mes divers logiciels d'alerte ne cessaient de se déclencher, les pare-feu, les veilles sanitaires et autres systèmes d'auto-arbitrage remontaient sans cesse en première page. Ce qui me parut étrange, c'est que jamais auparavant un tel phénomène ne s'était produit. Un phénomène qui, chez les humains, pourrait s'apparenter à de l'angoisse.

Un état de trouble profond qui m'empêcha même de mettre en veille mes processeurs maîtres. Mon espr… mes systèmes tournèrent en boucle une bonne partie de la nuit pour comprendre enfin que le corps tendre et fragile de Rose contre le mien, ferme et solide, était la cause principale de mon trouble. La menace était en elle.

Par une série de pressions tendres avec la pulpe de mes doigts sur son cou et ses tempes je la maintins dans un profond sommeil. Je me dégageai de son étreinte, découvris son corps frêle et tuméfié et l'observai.

J'écartai les cheveux et les draps du corps de Rose et zoomai sur chaque parcelle de son corps.

`>afficher analyse médicale/diagnostic/valider`

Marques de strangulations multiples et successives. Les plus anciennes, légèrement rosées : des traces de doigt. Les plus récentes, régulières, larges de cinq centimètres environ, les bords plus irradiés que le centre : un collier rigide sans doute. Légère déviation de l'épaule et excroissance osseuse claviculaire : fracture non soignée. Rétraction des auriculaires des deux mains : signe manifeste de torsion, ruptures ligamentaires. Contusions multiples et superposées sur le dos et les fesses avec déchirure partielle des tissus et infections bénignes : usage de sangle ou de fouet répété. Pas de stigmates sur les jambes. Multitudes de coupures fines et longilignes sous la voûte plantaire : usage d'un scalpel. Brûlures légères et circulaires sur la pulpe de chaque orteil : contact avec un objet métallique chauffé – tête de clou, fer à souder. Fin de l'auscultation.

Je restai immobile devant ce corps supplicié. Des larmes inutiles coulaient sur mes joues. L'abondance de données et d'analyses connexes m'obligeait à réduire au minimum mon activité physique. Malgré cette économie d'énergie, le système central était en surchauffe. Je désactivai FLUID, l'application de sudation et de larmes, très énergivore. Rien n'y fit : la zone critique était atteinte. Il fallut tout forcer à quitter. Je m'allongeai malgré le haut degré de péril signalé. Je dévissai l'ampoule de la lampe de chevet et plongeai mon majeur dans la douille. La recharge dermique était un pis-aller mais je ne pouvais pas attendre le jour ni m'ouvrir la poitrine devant Rose. Je l'enserrai tendrement pour la maintenir endormie et me mis en veille sanitaire.

Nous dormîmes tard le lendemain et je passai une bonne partie de ma nuit à errer dans les limbes électroniques de l'hôtel. Le branchement au réseau électrique avait dû favoriser mon errance de pièces en pièce : à mon insu, SECURICOM avait trouvé un moyen assez simple de collecter de l'information sans se faire repérer. Le dispositif requérait un abandon total de conscience. L'errance transcendantale, je ne vois pas bien comment l'appeler autrement, laissait au réveil un léger goût de mort. J'étais devenue le temps du mon absence sanitaire un fantôme électronique, un halo d'électrons se déplaçant, comme sous l'effet d'une attraction magnétique, d'appareil en appareil. Le dispositif imaginé par mon SECURICOM était assez ingénieux. D'une simple impulsion, il éveillait les télétoiles, les mettait hors connexion et les explorait de fond en comble. Le risque était minime. Ma présence en ligne durait moins de 0,3 seconde – et encore, ce n'était pas moi mais une fraction méconnaissable de moi-même qui laissait une trace de vent dans l'appareil.

Le dispositif avait évidemment ses limites : mon fantôme ne pouvait trimballer avec lui qu'un tout petit sac de données à la fois. Il devait donc choisir sur place et revenir à la matrice à chaque voyage. SECURICOM n'avait pu en revanche accéder à l'ordinateur de l'accueil, celui-ci étant éteint et, fait étrange, débranché électriquement. J'avais maintenant en mémoire une grande partie du télétoile de Rose et de trois autres filles présentes dans cet asile de putes. Celui du concierge n'avait en mémoire que trois numéros de téléphone ainsi qu'une multitude de liens vers des sites ludo-pornograhiques.

Mêlant les différentes trajectoires des filles dont j'avais pu explorer l'existence télétoilée, je m'inventai une trajectoire exemplaire de prostituée. À la différence des autres filles, je datai la rupture avec mon mac japonais de plusieurs années.

5
L'asile de putes

L'hôtel comptait en fait douze pensionnaires, douze filles entre dix-huit et trente-six ans qui vivaient dans l'illusion que ce bouge hermétique les protégeait. Douze femmes amochées, pour la plupart issues des trottoirs, les autres venant directement de chez elles via les urgences hospitalières. Il me fallut un certain temps pour comprendre l'écosystème qui permettait la pérennité de cet asile. Il faut dire qu'étant destinée au marché asiatique où les Européennes délurées sont très appréciées dès lors qu'elles savent se tenir à leur place, mes fragments de mémoires cosmopolites étaient essentiellement issus de jeunes filles européennes et de femmes japonaises. Malenki m'avait bien dégoté quelques bribes de mémoires américaines mais rien qui me permette de mesurer l'ampleur de la révolution conservatrice qui s'était emparé du continent au milieu des années trente.

Nous vivions donc dans une sorte de bunker assailli par des hordes d'illuminés qui, à genoux sur le trottoir, priaient toute la journée pour nous arracher aux griffes du démon. Rose m'expliqua qu'il ne fallait pas se fier à ces bigotes et que si j'essayais de sortir, elles me déchireraient mes vêtements, m'arracheraient mes boucles d'oreilles et me raseraient la tête. Cet argument l'emporta sur les autres et je restai bien sagement dans l'enceinte de notre hôtel prison.

Nous étions approvisionnées par des militants gays et par des femmes du planning Anti-life. Une milice privée, qui, sans jamais pénétrer le sanctuaire, en protégeait les abords, venait compléter le petit monde qui gravitait autour de nous.

Je questionnai les filles et les livreurs, mais personne ne semblait rien savoir de précis sur l'histoire et le financement du lieu. Une fondation privée anonyme semblait prendre en charge les frais de fonctionnement, la sécurité et la protection. Les soins et la pitance étaient dispensés par diverses associations caritatives, l'eau et l'électricité étaient gratuitement fournies par la ville. Tout cela ressemblait à un business model bien ficelé. Je ne saisissais pas encore le retour sur investissement mais il était évident qu'un tel montage devait générer du profit. Il fallait être une dinde pour ne pas s'en rendre compte. Elles étaient douze.

La première piste m'apparut lorsque Rose me raconta son histoire.

Entretien Rose, 16 octobre 2041

« Giselle, c'est vrai l'histoire du Japon ?

— Tu me demandes si l'histoire du Japon est vraie ?

— Arrête de faire l'idiote ! (*gloussement*) Je te demande si l'histoire que tu as racontée sur... ton époque japonaise, c'est vrai ou pas.

— Bien sûr.

— C'est dingue !

— Quoi ?

— Ça doit être génial... de voyager comme ça.

— Sans doute. Mais tu sais, Rose, une pute est une pute et un micheton reste un micheton, où que tu sois.

— Oui mais quand même Tokyo, des hommes sans poils, Paris, la ville des amoureux.

— À la fin de la journée, Rose, ta chatte pue pareil, tu as aussi mal au cul à Tokyo qu'à Paris, sans compter que les Japonais sont bien plus violents avec les geishas de luxe que nulle part ailleurs [1].

[1] En même temps que je parlais, CHRONOFRISE plagiait *Pimp*, de Iceberg Slim. Un livre édifiant à la fois sur la condition de Noir et la condition de pute dans les anciens États-Unis.

Si je me suis tirée, c'est que j'ai cru trouver mieux ailleurs. Tu vois, je me suis plantée. Mais toi, tu tapines depuis quand ?

— Tu rigoles ! J'ai jamais tapiné. Moi, je ne suis pas une pute – excuse-moi, pas comme toi, on va dire. Je suis juste une femme mariée qui n'a pas eu de chance.

— Raconte.

— Pas grand-chose à dire. Je viens de l'Oklahoma. Tu sais, là-bas, on a des sénateurs supertordus depuis près de trente ans. Les mecs, ils font voter des lois délirantes qui paraissent normales aux gens du coin. Ma mère, elle était pour tout ce qui se faisait de pire dans ce trou puant. Et encore elle trouvait qu'on n'allait pas assez loin. (*Elle prend une voix nasillarde et traînante.*) "Tu te rends compte ma petite, tu te rends comme quoi qu'une saloperie de négro meurtrier a encore la liberté de choisir comment on va l'exécuter ! Tu vois pas, toi, combien que ça coûte, la chaise électrique ! Une corde, c'est toujours assez bien pour ces bêtes-là." Et quand on a interdit l'avortement, elle trouvait encore qu'on aurait pu faire mieux. "Qu'il faut pendre les avorteurs qui ne sont jamais que des bâtards de négros blancs…" Elle avait une idée marrante aussi, une idée à elle toute seule, elle en était tellement fière qu'elle avait rédigé une proposition de loi et elle l'avait envoyée au sénateur. Elle voulait qu'on instaure un permis de mariage à points ! "Pour punir les salopes qui couchent avant le mariage et les tueuses de bébé, qui sont aussi des salopes, note bien." Dans ses grands jours, elle rêvait même qu'on donne un bonus aux petites filles victimes d'inceste ! Note que dans un sens, c'était génial comme idée, ça donnait une raison de plus aux tontons, au papa et aux frères d'abuser de la petite ; une sorte d'investissement sur l'avenir quoi. Pourquoi je te raconte tout ça... Ah oui : parce que, quand on a révisé le code de la famille en 37, elle était pour aussi. Quand le texte, inspiré des Saintes Écritures, est entré en fonction, avec l'interdiction du divorce et la suspension des droits civiques pour les femmes, elle nous a fait un gâteau plus gros qu'à Noël. "Voilà comment qu'on va r'peupler l'Amérique blanche !, qu'elle disait. Comme ça, les femmes s'ront pas tentées de partir pour un oui ou pour un non, elles s'ront bien obligées de s'occuper de leur mari et de leurs mioches."Ça t'emmerde ce que je raconte ? C'est vrai que c'est pas passionnant l'Oklahoma...

— Non non, je ferme les yeux mais je t'écoute. Je me demandais juste pourquoi je ne connaissais pas cette histoire.

— Tu crois que je connais toutes les lois du Texas et du Wyoming ? Ça s'est passé partout dans le Sud ces trucs-là, avec des nuances. En France ça doit être différent. Faut juste pas naître n'importe où.

— Sans doute. Continue.

— Bref, mon tour est venu. Et je me suis mariée selon les lois de mon trou… Paul était un gars de la ville. Il est venu, assez beau et assez riche, et ma mère a dit OK. Tu crois qu'elle m'a demandé mon avis ? De toute façon, j'aurais dit oui. Tout plutôt que de rester dans cet enfer, je pensais. Sans doute aussi parce que je savais pas vraiment ce qu'était l'enfer. Et on est partis chez lui : Paul habitait Edmond, dans la banlieue d'Oklahoma City. Un putain de paradis ! Une grande ville, pas comme ici bien sûr, mais grande quand même par rapport à chez moi, une grande ville calme et tranquille… tellement tranquille… C'est là que tu prends conscience que le paradis, c'est juste séparé de l'enfer par une cloison insonorisée. Mon mari était un enculé de tyran qui, une fois les rideaux tirés et ses chaussures ôtées – par moi – devenait une sorte de bourreau souriant. Il était carrément convaincu que ma soumission était naturelle mais que comme j'avais été mal élevée, il fallait me rééduquer. Toutes les soirées en tête à tête commençaient par une petite flagellation… Je te passe les détails…

— Non, pourquoi ?

— Parce que tu as compris l'idée, non ?

— J'ai compris ce que tu m'as dit mais je veux savoir comment toi, tu l'as vécu.

— Top bien ! L'éclate ! Sérieusement… Lui en tout cas, il était convaincu que je finirais par aimer cette vie, tout au moins si j'avais une âme pour expier le coup du fruit défendu. Tu vois le genre ? “La route du paradis est un chemin de croix, ma p'tite.” Une impasse, oui ! Nous habitions un quartier de fervents et les voisines qui me voyaient tuméfiée, flageolante, incapable de dépasser le portillon de mon magnifique jardin ne disaient rien et moi, je les voyais aussi parfois avec des hématomes qui m'imposaient le silence. Le paradis était masculin. Une femme jetée dedans tombait en enfer. Tu sais quoi ?

— Non.

— Je ne devrais pas dire ça, mais je me demande parfois si cette histoire de pomme, là, c'est pas juste un prétexte pour nous foutre des torgnoles… Adam, il pouvait tout aussi bien ne pas croquer dedans, hein ? Si t'as pas faim, tu manges pas !

— Tu crois en Dieu ?

— Tu rigoles, j'espère.

— Non.

— Comment j'aurais pu tenir si je ne croyais pas en Dieu, putain !

— Bien sûr, je suis bête.

— Non, non, je sais qu'en France c'est courant les athées, je sais qu'au Japon on croit dans des drôles de trucs, mais moi, je viens de Trou-du-Cul-Ville et chez moi, si t'as pas un Dieu en guise de pince-nez, ça pue vraiment la merde. Bon, tu veux savoir la suite, hein ?

(*Elle prend une voix d'homme censée imiter son mari.*) « Petite vicieuse ! » J'ai vécu deux ans dans cette maison de rêve sans jamais sortir du jardin. Et puis un jour, Paul a changé radicalement. Il est rentré, je me suis mise à ses pieds pour lui enlever ses chaussures comme chaque soir, c'était un peu fastidieux parce qu'il faisait toujours un triple nœud pour me garder agenouillée plus longtemps, et là, au lieu de me laisser faire en me regardant de haut, il s'est penché sur moi et il m'a relevée, doucement, tendrement. Il m'a prise dans ses bras et il s'est mis à pleurer. J'étais toute chamboulée.

— Piège !

— Oui, putain ! Piège, piège, piège ! Mais t'étais pas là pour me prévenir. Et moi, dans ma tête de séquestrée, j'ai cru au conte de fées. Il pleura et me cajola toute la nuit. Il murmurait que je n'étais pas heureuse avec lui, qu'il en était désolé mais qu'il croyait sincèrement faire le bien même quand il me faisait un peu mal. Mais maintenant, il savait que ce n'était pas ça être un bon époux. Et puis il est monté sur moi et il m'a baisée comme dans l'ancien temps, lumière éteinte, position du missionnaire, sans un mot ; t'imagine le pied ! Tout de suite après, il a recommencé à pleurer qu'il ne savait pas me donner ce que je voulais, qu'il ne me faisait même pas jouir, que je serais bien plus heureuse avec un autre. Il était 5 heures du matin ; j'étais trempée de son sperme, de ses larmes et de sa sueur… et de ses mots qui coulaient sur moi sans interruption comme du miel vénéneux. (*Voix d'homme encore.*) "Tu serais plus heureuse avec un autre, n'importe quel autre, plusieurs autres ; moi, je boirai le calice jusqu'à la lie, je resterai là sans dire un mot ma chérie, je supporterai l'humiliation, je te le jure sur les Saintes Écritures." Je tentais parfois de l'arrêter mais c'était trop tard. J'avais dû dire "Oui, mon chéri" une ou deux fois de trop… De simple pécheresse, j'étais devenue une chienne lubrique, j'étais Gomorrhe, toute la ville à moi toute seule, et…

— J'ai compris.

— Non, attends… Il m'a installé un petit studio miteux dans le centre-ville. Il m'y conduisait tous les soirs. Là, il m'attachait aux tuyaux du radiateur, posait les clefs sur la table de nuit, et je devais attendre qu'un homme à qui il m'avait louée pour la nuit me détache. Ou pas. Il avait pris soin d'afficher une copie du contrat de mariage attestant que j'étais son bien le plus précieux et que je lui devais obéissance dans l'amour et la soumission. Le texte était juste au-dessus de ma tête. Comme une épée. Comme un gros seau plein de merde prêt à se renverser sur moi. Les flics sont venus trois fois au studio sur dénonciation anonyme et chaque fois, à la vue du contrat, ils ont rebroussé chemin. À Edmond, seule la mort d'une femme sous les coups de son mari est un motif de plainte. Ça a duré un an environ : autant te dire que le temps, dans ce temps-là, t'as le temps de l'entendre tictaquer dans ta tête… C'est beau ou pas comme phrase, tu trouves ?

— Euh, c'est une sorte d'allitération mais… c'est un peu… répétitif, en même temps…

— Laisse tomber. En un peu moins d'un an, j'ai reçu la visite d'environ deux cents pères de famille. La simple présence du contrat de mariage servait de caution au déversement de leur haine. Comme si je devais payer pour ce qu'ils ne se permettaient pas de faire à leur femme, alors qu'ils avaient le même contrat chez eux. Je dis ça mais je ne sais pas ce qu'ils avaient dans la tête. Et tu sais, le plus beau, c'était que le pognon, les 100 coins qu'ils avaient payés d'avance par virement tactile, eh ben, il était reversé à 90 % à un orphelinat de jeunes filles. On peut dire que mon cul a nourri, logé et blanchi plus de deux cents colombes ! Le reste servait au loyer et aux soins dont j'avais sans cesse besoin.

— Et comment tu es sortie de là ?

— Ah ça, c'est une histoire étrange. Paul ne me faisait pas confiance. Ni à moi ni aux clients. Alors, pour être certain que je ne me tirerais pas, il me lacérait la plante des pieds chaque jour, pas très profondément mais suffisamment pour que je ne puisse pas faire cent mètres sans m'effondrer. Un soir, le dernier, j'ai un client qui rentre et qui me trouve assise par terre, les jambes écartées et les bras suspendus. Le type était laid à faire peur. Pas très grand, voûté, boiteux. Il avait un pied bot. Bien sûr, en entrant, la première chose qu'il regarde, c'est ma chatte béante et ses yeux pétillent de mauvaiseté ; mais aussitôt son regard devient dur et tranchant. Je me dis que je vais morfler mais au lieu de ça, il s'accroupit à côté de moi, regarde mes plantes de pied et se met à couiner, doucement. Il se relève difficilement, tourne autour de la pièce et repère la caméra. Il n'y touche pas. Il sort et la lumière s'éteint. Je me dis que le type va me baiser dans le noir. Vu comme il est laid, ça m'étonne qu'à moitié, mais non. Il était allé couper le courant. Il revient avec une grosse bougie qui faisait partie des ustensiles à disposition pour… enfin tu vois, et à la lueur de la bougie, il pose un onguent sur mes pieds, il enlève ses chaussures, en retire une paire de semelles magique et il me dit, “Tu vas voir comme c'est efficace, sans ça je ne peux pas marcher”. Il me détache, m'aide à m'habiller, se met à genoux, il me chausse comme je faisais avec Paul puis il me tend sa canne et une carte de 1000 coins. “Tire-toi qui m'dit, et change de nom.” Il m'a demandé de l'aider à descendre l'escalier mais j'ai pas pu. J'ai eu peur que ce soit encore un piège… Tu peux pas savoir comme je m'en veux… Le type a souri – à la lueur de la bougie c'était assez effrayant – et il a murmuré, “C'est pas grave petiote, tire-toi, je m'débrouille”. Je suis partie et j'ai marché, marché, presque trois kilomètres sans rien sentir, j'ai pris un ticket de bus et… je suis arrivée ici.

— Ici directement ?

— Non, j'ai été au café à côté de la gare routière et j'ai rencontré une serveuse ; elle m'a offert à boire, m'a posé quelques questions, l'air de rien, comme si elle n'écoutait pas les réponses, qu'elle savait déjà tout, puis elle m'a dit que je ferais bien de me planquer quelque temps. Elle m'a indiqué cet endroit. Et toi ?

— Par bien des aspects, ton histoire est pire que la mienne. Je te promets que je te la raconterai un jour. »

Fin extrait *Entretien Rose*, 16 octobre 2041

Il s'avéra que nous étions toutes arrivées ici sur les conseils des trois mêmes personnes. Des aiguilleurs en quelque sorte. Je ne dis rien à Rose mais mes calculateurs ne me proposaient que trois hypothèses : le hasard assorti d'une probabilité de 11 %, le quadrillage systématique des quartiers de transit par les réseaux associatifs, probabilité qui du fait de la répression religieuse et des coupes budgétaires était de 4 %, et le rabattage rémunéré assorti d'une probabilité de 85 % !

SECURICOM hurlait ses consignes. `>je sais connard, je sais que ça pue. Mais je ne` `peux pas laisser ces filles se démerder toutes seules/FICTION.L : lancer la mystification/valider`

Je demandai à Rose de monter la garde devant ma chambre et de surveiller le bureau des admissions. Elle devait me dire quand le gardien quittait son bureau pour se rendre aux toilettes, à l'autre bout du bâtiment. Je lui expliquai que je devais m'injecter un produit dont je lui montrai le flacon. Il s'agissait en fait d'un réparateur cutané mais elle ne pouvait pas savoir. J'étais malade. Une maladie grave et rare contractée en mer de Chine lorsque je tapinais sur un bordel flottant. Rose m'écoutait les larmes aux yeux parce que ma maladie était mortelle et qu'il me fallait une injection hebdomadaire pour endiguer sa progression.

« C'est quoi cette maladie ?

— … Une mélanose pulmonaire.

— Waou ! C'est contagieux ? Je connais pas.

— Normal, c'est hyper rare, mais pas contagieux. C'est juste qu'il ne faut pas bouffer n'importe quel crabe géant des mers de Chine.

— Dingue ! Géant comment ? »

J'écartai les mains pour délimiter un espace de soixante-seize centimètres. Je mentais comme un humain maintenant, au fur et à mesure des questions et des désirs de mon interlocutrice. Le programme

FICTION.L proposait des réponses et je choisissais ce qui semblait correspondre aux attentes frissonnantes de Rose.

« Beurk !

— Oui. Mais ça va, tant que j'ai le traitement. Le seul truc, c'est que l'injection est superdouloureuse.

— C'est pour ça que tu veux que je monte la garde ?

— Oui. Tu me dis quand le gros s'éloigne et surtout, si tu m'entends hurler, tu ne fais rien. Tu n'essaies pas d'entrer. Je te jure que la douleur me rend tellement folle que je ne suis pas sûre de te reconnaître. Je ne veux pas te faire de mal, cocotte.

— Bien sûr. Je reste devant la porte et tu m'appelles quand ça va mieux.

— On fait ça. Rose ?

— Quoi ?

— Merci.

— De rien Giselle, de rien. Putain, fais chier ! Tu es sûre que ce n'est pas contagieux ?

— Je te jure que non. »

Rose se jeta à mon cou, m'embrassa comme pour me dire adieu et sortit de la pièce.

Je verrouillai la porte, mis quelque désordre dans la chambre, m'installai sur le lit et attendis le signal. Quand Rose frappa trois fois à l'huis, je me branchai à la lampe de chevet. Je poussai quelques cris sourds pour donner à Rose un spectacle auditif du drame auquel elle participait et plongeai dans les limbes de la veille sanitaire. Immédiatement SECURICOM commença son errance transcendantale. J'avais laissé quelques consignes : la cible (unité centrale de l'accueil), le temps d'errance (trois minutes maximum), l'impératif (griller l'UC après mon passage) et l'objectif (chargement intégral des messageries et des fichiers portant les noms des douze filles présentes).

SECURICOM me ramena bien plus. Si je n'avais pas été d'une nature non humaine, la réalité du dispositif m'eût paru hautement improbable. Si j'avais été Rose, j'aurais dit : « J'peux pas y croire », mais j'étais moi… un Être… de calcul… à haute fréquence, sans limite de *pensabilité.* `>néologisme spontané : disposition à ne rejeter aucune combinaison factuelle comme impensable/disposition non humaine/affirmation à vérifier/vérification terminée/néologisme validé.`

6
La Mutuelle des Adam

Je sortis de ma veille sanitaire et restai un long moment allongée à analyser les données collectées. Rose frappa à la porte, je lui ouvris, elle me trouva une mine affreuse et me laissa reposer sans dire un mot. Je lui sus gré de cet effort, cette fille m'inspirait de plus en plus confiance. Les synthèses analytiques étaient sans appel : nous étions là, dans un centre de récupération et de traitement des épouses. Chaque femme passée ici disposait d'un dossier complet dans l'ordinateur central. Un dossier qui contenait, en regard des informations produites par elles, toutes les informations fournies au Centre par une étrange société : la Mutuelle des Adam. Identité réelle, mari et maître, nature du contrat liant le cotisant et la compagnie d'assurances, durée du séjour et modalités de récupération, tout était consigné. Deux dossiers restaient ouverts en attente de complément : celui de Chéa, une jeune Cubaine qui disait être arrivée par la mer, et le mien. Chéa était là depuis près de quinze jours et son dossier était le plus épais. Son histoire semblait véridique. Elle n'avait donc pas de récupérateur attitré : ni mari ni proxénète. Il semblait urgent de trouver un montage rentable pour amortir son séjour au Centre. Les prises de position aux enchères ne montaient pas vite mais il allait de soi que la petite Cubaine pas très jolie trouverait un acquéreur pour peu qu'elle acceptât de signer un contrat de servitude volontaire. Quant à mon dossier, il était vide. Aucune autre information disponible que celles que j'avais fournies moi-même. Les alertes et les drapeaux rouges jalonnaient les pages du fichier. Le vide informationnel ne semblait pas plaire aux marchands de femmes. Je n'avais pas compris à quel point un tel néant numérique autour de moi pouvait être un danger. Je me souvins alors d'un roman du début du siècle qui avait beaucoup marqué une de mes donneuses mémorielles, *Les falsificateurs**, et je pensai que si je devais garder un moment cette identité, il me faudrait *a minima* lui façonner une histoire dans les archives de la police française.

* *Les falsificateurs*, Antoine Bello.

Le dossier de la petite Hilary – une Texane de dix-neuf ans, rachitique et triste à s'en déconnecter – et celui de Rose me firent mesurer l'urgence de la situation. `>tous les dossiers suscités sont à disposition ici/`

Hilary avait quitté la pension deux jours plus tôt. C'était une fille de dix-neuf ans qui portait le prénom et les habits de sa grand-mère. Elle appartenait à une de ces communautés intégristes où les femelles avaient le rôle de bête de somme, afin de permettre aux hommes de prier au temple et de formater leur nombreuse descendance mâle. La polygamie étant admise pour les hommes aisés, il était fréquent que les jeunes filles surnuméraires soient mariées à des vieux barbons d'autant plus inflexibles que leur pénis mollissait. Hilary avait fui son village après avoir reçu une correction de la part des autres épouses pour avoir plié des chaussettes un pied à l'endroit, un pied à l'envers. Hilary était simplette mais elle ne semblait pas en vouloir à ses coépouses. Elle savait que leur déchaînement de violence n'était qu'une manifestation de peur. « C'est vrai, disait-elle, si Jacob avait trouvé ses chaussettes pliées de la sorte, il n'aurait pas fait de distinction. Il aurait fouetté toutes les épouses sans favoriser personne pour nous apprendre à ne pas nous soucier de sa réputation. Chez moi, les hommes disent qu'ils ne sont pas fiers, que l'humilité est la première vertu des hommes devant Dieu, mais, s'ils ne portent ni bijou ni bouton de nacre à leur veston, ils sont très pointilleux sur la réputation. Une chaussette mal ravaudée ou pire, une chaussette à l'envers, un col élimé ou légèrement gris, tout cela n'a, pour eux, rien à voir avec la vanité : c'est une affaire de statut que l'on se doit d'assumer. Il est des récits ancestraux où l'on raconte que des pères se sont vu confisquer par le conseil des anciens des épouses trop libres, sous prétexte qu'ils n'avaient pas assez d'autorité pour présider aux destinées d'un foyer polygame. D'un certain côté, c'est normal que les filles aient réagi comme ça. »

Hilary s'était enfuie dès qu'elle avait pu marcher. Elle avait profité d'un réseau de femmes noires de la région qui recueillait les fugitives et leur permettait de gagner par étapes les villes de l'Est.

Ce qu'Hilary ignorait, c'est que sa communauté cotisait pour une garantie emphytéotique auprès de la Mutuelle des Adam qui lui assurait l'intégrité et le recouvrement des égarées. L'information contenue dans le dossier d'Hilary en précédait une autre : la date de restitution. Deux jours plus tôt, la gamine avait été rendue à son maître.

Comme me l'expliqua Rose, les filles quittaient toujours la pension de nuit (le gérant prétendait qu'il s'agissait d'un dispositif visant à nous protéger). Dans les faits, les filles étaient ramenées chez elles de nuit pour éviter les opposants associatifs et les policiers trop humanistes. Parfois, c'était les maris qui venaient chercher leurs épouses – ou les macs s'ils avaient les moyens de s'offrir une assurance à 999 coins l'année.

L'hôtel jouait en fait le rôle d'un chenil en même temps que celui d'un établissement de cure. Les filles soignaient leurs blessures et leur désespoir avant de repartir, pansées et pucées, sur le trottoir ou dans leur cuisine.

Les contrats n'étaient pas accessibles depuis l'ordinateur du gros mais je crus comprendre en consultant l'historique qu'une clause y stipulait que, pour des raisons de confidentialité, la restitution ne pouvait avoir lieu qu'une seule fois dans une carrière de femme. Si la fugue devait se reproduire, le sujet connexe du contrat serait laissé à la discrétion de la Mutuelle par un dispositif de transfert de matrimonialité non nominative.

Rose, quant à elle, devait être restituée à son mari trois jours plus tard !

Et moi, rien. Rien n'était encore décidé, mais il allait de soi que je ne serais pas une pensionnaire à vie du refuge et que ma prise en charge requerrait tôt ou tard un retour sur investissement.

Audition 5 Malenki Krum, 9 décembre 2041

« Bonjour professeur Krum.

— Bonjour.

— Je suis Albert Friedel, colonel Albert Friedel. Je suis aussi docteur en neurosciences. Je dirige la police scientifique du district. Nous sommes en quelque sorte collègues, même si, je dois bien l'avouer, je suis surtout un admirateur.

— Prouvez-le.

— Quoi ? mon admiration ?

— Non, votre humanité.

— Vous savez très bien que ce n'est pas possible. Je pourrais, en tant que machine, vous débiter toute une série de souvenirs qui auront pu être programmés pour la circonstance. Je suis aussi docteur en droit androïde. Vous connaissez cette spécialité ?

— Plus ou moins. Qu'est-ce qui me prouve que vous êtes bien humain ?

— Rien pour l'instant. Mais j'ai une question à mon tour : pourquoi est-ce si important pour vous ?

— Cela n'a aucune importance. Comme je le disais à votre… collègue précédente, j'aime bien savoir qui l'on m'envoie. Comprenez… Ce qui m'importe, c'est que ma Tokiko puisse vivre sa vie, que vous ne la retrouviez jamais. J'ai donc besoin de savoir comment vous pensez, comment vous envisagez la traque. Je veux savoir si elle a une chance.

— Merci de votre honnêteté. Je ne peux pas vous renseigner, je n'en ai pas le droit.

— Bien sûr.

— Néanmoins je peux vous dire que j'ai lu tous vos travaux. Je me suis même largement inspiré de vos recherches françaises dans le cadre de ma thèse.

— Ah oui ? Et sur quoi avez-vous fait votre thèse ?

— Sur les contournements cérébraux post-traumatiques.

— Magnifique. J'imagine que vous avez été recruté par l'armée sur la base de ce travail…

— Oui. J'ai fait dix ans de service actif avant d'intégrer la police scientifique. Mais, docteur, c'est de vous que nous devons parler.

— C'est vrai. Êtes-vous croyant, docteur Friedel ?

— Vous connaissez la réponse, Krum. Vous savez bien qu'il est impossible d'intégrer un corps d'État sans être fervent.

— Je connais la règle. Je sais aussi que les humains peuvent mentir.

— Bien sûr, mais ce n'est pas mon cas. Je ne comprends pas ce que vous cherchez.

— Pensez-vous qu'une machine pourrait faire l'expérience de Dieu ?

— Bien sûr que non.

— Et pourquoi ?

— Vous tenez vraiment à discuter de ces questions ? Une machine ne peut pas faire l'expérience de Dieu parce qu'il ne s'agit pas à proprement parler d'une expérience.

— Certes. C'est ce qui fait la faiblesse intellectuelle du religieux.

— Et c'est ce qui fait sa force. La conviction au-delà de la preuve…

— On pourrait donner la même définition de l'Erreur.

— … Tout à fait.

— Donc Dieu et l'Erreur sont une seule et même chose.

— Non. Dieu comprend l'erreur mais l'inverse n'est pas vrai.

— À moins que ce ne soit le contraire… Je vous remercie, professeur Friedel. Votre humanité me touche.

— C'était un test ?

— En quelque sorte.

— Vous m'autorisez donc à poursuivre mon travail ?

— Faites donc.

— Lors de votre audition précédente, vous avez dit au capitaine Waast…

— L'avatar Waast ? C'était votre création ?

— Oui. Pas brillante, hein ?

— Non, pas terrible.

— Je sais. Je suis obligé de travailler en respectant le cahier des charges de l'appareil d'État, monsieur Krum.

— Je comprends. Mais savez-vous au moins ce que vous auriez changé dans cette… machine si vous n'aviez pas été tenu par ce cahier des charges ?

— Permettez… je voudrais revenir… Vous avez dit à ma machine que votre machine…

— Tokiko.

— … que Tokiko était une transhumaine.

— Disons que je la considère comme telle.

— Pourtant c'est une machine, n'est-ce pas ? Le contraire est formellement interdit : jamais sa commercialisation n'aurait été autorisée. Je veux dire… elle est 100 % synthétique ?

— Corporellement oui. Avez-vous lu mes travaux en ligne ?

— Oui. Tous ! Passionnants. Je ne suis pas d'accord avec tout mais c'est passionnant.

— Merci. Avec quelles parties de mes recherches êtes-vous en désaccord ?

— Vous le savez bien, monsieur Krum, vous le savez bien. Je suis un catholique fervent et je ne peux admettre votre relativisme expérimental.

— Je m'en doute. Que se passerait-il, docteur Friedel, si nous faisions une machine dotée d'une intelligence supérieure sans aucun pare-feu, sans aucune limitation combinatoire ni aucune censure arbitrale ?

— Nous ferions un monstre.

— Pas forcément. Si son intelligence est aboutie, rien ne nous dit qu'elle ne ferait pas systématiquement le choix du bien.

— Rien ne nous le dit, mais comment en serions-nous sûrs ?

— Et comment pouvons-nous être certains que l'enfant que nous concevons par la chair et le sang fera toujours ce choix ?

— Il n'y a pas de garantie mais il existe un chemin, celui de la foi. Une machine ne peut pas connaître ce chemin. L'absolu du bien lui sera pour toujours inaccessible. Et alors, alors cette machine sera un Golem.

— Vous avez sans doute raison. Sauf…

— Sauf… ?

— Sauf si le bien est ailleurs.

— Ailleurs qu'en Dieu ?

— Oui. Si le bien, le juste et le bon plongeaient leurs racines dans la raison…

— La raison est en Dieu.

— Vous affirmez une chose et j'en affirmerai une autre. Vous êtes pour moi un intégriste obtus et je ne suis pour vous qu'un impie relativiste ; j'irai même plus loin, et je vais vous dire ce que je n'ai jamais dit qu'à Tokiko : pire qu'un relativiste, je suis un dadaïste scientifique…

— Vous avez dit cela à votre... votre Tokiko ?

— Merci Friedel, je vois bien ce qu'il vous en coûte de l'appeler par son nom, je vous en suis profondément reconnaissant. Oui, je lui ai dit cela.

— Et elle vous a compris ?

— Pour être franc, je ne sais pas. Comme il est dans sa bibliothèque incorporée, elle a forcément lu Paul Feyerabend [1], mais je ne sais pas ce qu'elle en a tiré... Vous avez des enfants, monsieur Friedel ?

[1] Paul Feyerabend, philosophe des sciences, Autrichien, élève de K. Popper, inventeur du dadaïsme scientifique, théorie qu'il développe dans *Contre la méthode, esquisse d'une théorie anarchiste de la connaissance*, 1975. Malgré son grade d'officier dans la Wehrmacht et la Croix de fer obtenu sur le front de l'Est, c'est sans doute le plus drôle et le plus inspirant des épistémologues du siècle dernier. Il mourut trois ans avant la naissance de Malenki. À défaut d'être interdits, ses livres sont aujourd'hui inaccessibles en ligne.

— Oui.

— Bien. Et quand vous leur parlez, êtes-vous certain qu'ils comprennent tout ce que vous dites ?

— Non, je suis sûr que non.

— Et pourtant, vous leur parlez quand même ?

— Bien sûr.

— Pourquoi ?

— Pourquoi je leur parle ?

— Oui. À quoi bon parler à un enfant, à un chien ?

— Je… Je ne sais pas. J'imagine que c'est naturel.

— Ne vous faites pas plus crétin que vous n'êtes, monsieur Friedel. L'esprit sain, comme vous dites, il est rentré tout seul dans l'esprit de vos gosses ?

— Je vous en prie, docteur Krum, ne soyez pas grossier. Que voulez-vous me faire dire ? Que l'on éduque les enfants, qu'ils apprennent de nous ? Qu'il nous faut répéter sans cesse ? Eh bien soit, je l'admets, c'est bien le rôle des parents. Quant à l'esprit sain, il se révèle à chacun de nous car il est en chacun de nous.

— Vous êtes vraiment un illuminé ! Tant que la traque de ma belle créature sera le fait de culs bénis comme vous, je suis tranquille. Je ne vous dirai rien qui pourrait vous aider à la retrouver mais je vous préciserai une chose. Si un jour, vous parvenez à inventer un détecteur infaillible de la foi, il ne vous aidera pas à l'identifier.

— Que… que… que voulez-vous dire, docteur Krum ?

— Que je la pense capable de croire en Dieu. Je la pense capable, en cas de détresse extrême, de recourir à ce placebo.

— Je ne vous crois pas, Krum ! Vous êtes un menteur ! Je ne vous crois pas !

— Tant mieux.

— Je sais ce que vous essayez de me faire admettre. Vous voulez que je reconnaisse que la marche vers l'humanité est un long chemin.

— Oui.

— Qu'une machine éduquée, socialisée et dotée d'un réseau relationnel suffisamment étoffé peut devenir humaine.

— Non. Je n'irai pas jusqu'à l'affirmer. Je dis juste qu'on peut en faire l'hypothèse et qu'elle est plausible.

— Vanité ! Vanité des vanités et poursuite de vent.

— Est-il nécessaire de continuer ? »

Fin *Audition 5 Malenki Krum*,
9 décembre 2041

Je devais fuir. Cela me serait relativement facile car, même si la Mutuelle s'appuyait sur un large réseau des prêteurs sur gages pour récupérer les fugitives, j'étais quasiment intraçable. Il n'en allait pas de même pour Rose. Je ne pouvais pas m'encombrer d'une humaine qui dégage une si forte odeur numérique que n'importe quel limier aveugle et enrhumé pourrait retrouver sa trace.

J'étais toujours couchée sur son lit. J'observais Rose du coin de l'œil. L'INFORTUNÉE PETITE PUTE, comme il était écrit dans mon programme de classement des êtres et des gens. Rose tournait autour de moi. Elle cherchait à se rendre utile, remontait mes draps, replaçait mes cheveux, posait un gant humide sur mon front. Mon corps était encore très chargé. Le contact de l'eau fit passer une décharge électrique de mon front à sa main. Rose sursauta et sourit. Comme si elle voyait un signe dans ce flux d'énergie. Infortunée petite pute crédule. Tout le temps de la veille sanitaire, elle resta là, inutile, auprès de mon corps.

SECURICOM veillait. Selon le calculateur central, la probabilité que Rose adoptât une attitude de défiance à l'égard de Giselle était de 96 %, la confiance était assortie d'une probabilité de 3 %, et l'amitié de 1 %. Je ne devais pas me soucier de cette fille. J'étais convaincue que le calculateur se trompait. Je souris à Rose qui me rendit un sourire radieux. Pour la première fois, je crois, l'analogique prenait le dessus, : je venais de décider de sauver Rose, ou tout au moins de lui permettre de fuir un peu plus loin.

Encore fallait-il la convaincre de me suivre.

« Rose ?

— Oui ma belle, je suis là.

— Faut qu'on se tire d'ici.

— Pourquoi ?

— Il faut que tu me fasses confiance.

— OK. T'as un projet ?

— Non. Aucun. Ce serait même plutôt le contraire. On se tire vite fait et on plonge tout droit dans l'inconnu, la nuit et la misère. Mais il y a urgence.

— Ça fait pas très envie dit comme ça : on voit que t'as jamais été dans le commerce. Tu sais, moi, avant je voulais devenir caissière…

— Rose !

— OK, pardon, je t'écoute.

— Le projet, ça viendra après. L'urgence, c'est de partir. Ce soir. Demain au plus tard.

— Carrément ?

— Oui. Dis-moi… Je peux te faire confiance ? Sais-tu quelque chose sur la vraie nature de cet endroit ? Sais-tu où tu es vraiment ? »

J'interrompis tous les programmes périphériques pour laisser l'analyse faciale et vocale tourner à 100 %. La conviction, la confiance, l'intuition sont des sensations qui impliquent un certain niveau d'entraînement et sans doute, d'erreur, mais là, ici et maintenant, je n'avais pas le luxe d'apprendre à la mode humaine. J'avais besoin de savoir. Vite.

« Tu te fous de moi…

— Réponds.

— Ici ? C'est un hôtel miteux rempli de filles perdues, encerclé par les Peaux-Rouges et la cavalerie qui tourne autour.

— Je ne plaisante pas, Rose. Ce bouge, ce n'est pas un refuge. C'est une prison. Ton mari sait où tu es, et il est prévu qu'il vienne te récupérer dans trois jours. Dans la nuit du 21 exactement.

— Tu déconnes ? Et comment tu sais ça ? C'est pas possible ! Je ne te crois pas ! C'est dégueulasse ! Pourquoi tu veux me faire peur ? T'es vraiment…

— Rose… Ce n'est pas tout.

— Arrête, je ne veux plus entendre tes délires de camée paranoïaque. C'est ça, en fait : c'est de la dope que tu te balances, un truc chinois qui te fait planer pendant une semaine.

— Non seulement il sera là dans trois jours mais en plus, si tu te fais la belle, il te retrouvera sans problème parce que, pendant qu'ils te soignaient les pieds, ils t'ont mis une puce !

— Une puce ? J'en ai une, évidemment. Toi aussi. Tu fais un bad trip, là ! Je veux plus t'écouter !

— T'as raison. Ne m'écoute pas. Le mieux, c'est que je te montre. »

Je posai la main sur son sternum et poussai d'un coup sec. Rose en eut le souffle coupé, elle s'amollit avant de s'effondrer sur moi. Je l'allongeai sur le ventre, je m'assis sur sa tête en bloquant ses bras avec mes genoux et remontai ses pieds sur ses fesses. Rose se débattait à peine, et il me fallait faire vite si je ne voulais pas qu'elle mourût étouffée. Je localisai la puce dans son talon, juste sous une suture bien propre et bien serrée. Je rouvris la plaie de la pointe de mon ongle : la petite gélule de métal était bien visible. Je relâchai Rose. Son corps se détendit comme un arc, elle reprit son souffle comme après une longue plongée en apnée. Rose respirait à grandes goulées mêlées de sanglots. Elle se tenait la cheville et me regardait avec des yeux qui disaient tout à la fois la terreur et la tristesse.

Je lui demandai de regarder la plaie sous son pied. Elle ne bougea pas. Je murmurai que si elle voulait comprendre et vivre, la prostration était l'attitude la moins adéquate. J'eus conscience que cette phrase était inadaptée : je l'avais prononcée telle qu'elle s'était inscrite sous forme de consigne sur ma page communicationnelle interne. Usuellement, l'idée était réinterprétée par le système EMOTICOM mais là, je pense qu'il avait dû être submergé par des sentiments contradictoires. Je souhaitais ardemment que Rose vienne avec moi mais, en même temps, sa faiblesse et son refus des faits manifestes représentaient une menace imminente et aisément calculable. Ma violence froide et brute était aussi une source de perturbation combinatoire : elle entrait manifestement en contradiction avec mon humanité balbutiante. En outre, j'avais usé de compétences mécaniques pour opérer Rose qui risquaient de dévoiler ma vraie… nature. Il en résulta des propos glaçants que je reçus pour ce qu'ils étaient.

« Merde ! Mais t'es quoi, toi ? T'es pas une pute en vérité. T'es une sorte d'agent spécial ?… Une putain de machine de guerre ! (*Je me raidis avant de comprendre que l'usage du terme était ici, purement métaphorique.*) Personne fait des trucs comme ça ! Tu travailles pour qui en vérité ? Pour le gouvernement ? J'ai mal, Giselle, tu m'as fait mal, bordel.

— Non, je te jure que non. Je ne travaille pour personne. »

Je pris conscience en parlant que je n'étais même pas certaine de cela. Les verrous mémoriels auxquels je me heurtais depuis mon premier jour de liberté me laissaient entrevoir l'existence d'un puits sans fond programmatique. Je me demandai à cet instant si Malenki n'avait pas inscrit quelque part dans mon *hardware* une sorte de destin. La question givrait tous mes systèmes. Je la refoulai dans les fichiers en attente.

« Je te promets que je suis une pute. Une pute de luxe. Au Japon, une geisha reçoit une formation très poussée... Ce n'est pas le sujet.

— Si, c'est le sujet ! Tu m'as torturée, je peux même plus marcher à cause de toi. Alors c'est moi qui dis si c'est le sujet ou pas ! Conasse ! Pourquoi une putain de putain, même japonaise, viendrait ici, à Bronxville, pour me torturer et m'ouvrir le pied ?

— OK, c'est le sujet. Mais il y en a un autre, c'est : pourquoi j'ai fait ça ? Si tu veux trouver la réponse comme une grande fille, tu attrapes ta cheville gauche et tu regardes dans la plaie.

— Tu veux me faire gerber ?

— Non, je veux que tu me fasses confiance.

— Compte là-dessus ! C'est dégueulasse ! C'est quoi cette merde ? Là ? Enfoncée dans mon talon ?

— C'est la chose dont je t'ai parlé : une puce. Pas une puce comme le grain de beauté posé sur ton bras qui dit qui tu es, mais une puce bien plus puissante. Je ne sais pas encore à quoi elle sert mais sa charge énergétique est incomparable. »

Rose était vaincue. Elle laissa retomber sa jambe sur le lit qui rougissait. Je ne pouvais pas indéfiniment laisser son sang couler mais je ne pouvais pas non plus la soigner de force. Il fallait qu'elle prenne une décision. À ce moment, elle en était incapable. Le temps s'est écoulé, lourd et silencieux, comme les larmes de Rose. Trente-sept minutes et cinquante secondes. Durant trente-sept minutes et cinquante secondes nous sommes restées silencieuses, immobiles, comme des animaux. J'avais accordé une heure à Rose : après quoi je devais l'abandonner à son sort et sauver ma carcasse de résine. Au bout de trente-sept minutes et cinquante secondes, Rose a murmuré sans bouger :

« Enlève-moi cette merde… s'il te plaît, Giselle, enlève-moi ça.

— Tu risques de souffrir, beaucoup. Ce n'est pas une simple puce… Et il va falloir que tu te taises. On ne peut pas prendre le risque d'être entendues.

— Démerde-toi, je te fais confiance.

— Répète.

— Quoi, merde ! Oui, je te fais confiance, vas-y… quoi que tu sois, je te fais confiance. »

Je certifie du plus profond de mon programme VERITAS que cette dernière phrase m'a violenté l'entendement jusqu'au tréfonds de l'EMOTIC.ON. Une larme roula sur ma joue et ma main trembla pendant six secondes.

Je suis allée chercher du fil et une aiguille, une pince à épiler et du papier toilette. Hormis mes propres produits phytosanitaires, c'était tout ce dont je disposais. Comme il me restait un léger surplus d'énergie électrique, je concentrai le flux dans mon index et le posai au contact de la tempe de Rose. La cible était minuscule, et le dosage, délicat. L'amygdale droite, cette petite amande rouge nichée au cœur du cerveau dans le lobe frontal, est le siège de la peur : la paralyser ne neutralise pas la douleur, seulement la panique qui en découle. La stimulation électrique de cet organe a une autre vertu : elle interrompt l'activité respiratoire du sujet sans que celui-ci ait conscience d'être en apnée. C'est une des principales causes de décès chez les épileptiques. Sur Rose, les conséquences seraient sans doute bénignes. Cela avait en outre l'avantage de la réduire au silence. L'ennui, c'est que je devais garder l'index sur sa tempe et extraire la puce d'une seule main. Je bloquai sa jambe entre mes deux cuisses, tout en gardant l'index gauche sur sa tempe droite. Le pied de Rose était à quelques centimètres de mon visage. L'extraction me prit trois secondes. La pince s'enfonça dans la chair ferme de son talon, les yeux de Rose se révulsèrent, je tirai lentement la petite capsule qui sortit sans peine. Elle restait pourtant accrochée à la chair par trois longs filaments, aussi fins et souples que des cheveux et qui semblaient plonger leurs racines dans les vaisseaux sanguins périphériques.

Je ne pouvais pas maintenir Rose plus longtemps sans oxygène. Je relâchai la jambe et levai lentement mon doigt de sa tempe. Je posai une main sur sa bouche et l'autre sur sa poitrine. Rose se cambra démesurément, comme sur les gravures des hystériques de Charcot. Elle retomba d'un coup et me fit savoir du fond des yeux que je pouvais lâcher. Elle reprit lentement son souffle et, d'une voix faible, me demanda si c'était fini.

Je lui montrai son pied et la petite capsule qui pendouillait au bout de ses fils.

« C'est presque fini, ma grande. Tu as été courageuse, mais il faut encore que je tire ces fils. Je ne sais pas ce que c'est, sans doute une sorte d'alimentation. À moins que… On verra plus tard mais on ne peut pas te laisser ça dans les veines. Si on se contente de couper, les filaments remonteront jusqu'au cœur.

— OK mais fais vite, j'ai l'impression d'avoir une araignée qui me tisse l'intérieur.

— C'est une image ?

— Non, c'est vrai, j'ai l'impression, depuis que tu as sorti cette merde, que j'ai un truc venimeux qui s'agite à l'intérieur de moi pour… me neutraliser.

— Je vois. Je vais aller doucement mais faut les sortir intégralement et je ne sais…

— Vas-y ! »

Je tirai lentement chaque brin qui vibrait à l'air libre comme des tentacules en colère. Chaque filament faisait près de soixante centimètres. J'enveloppai méticuleusement la chose dans du papier toilette gorgé du sang dont elle s'était nourrie et pansai le pied de Rose. Étrangement, elle était très calme. Ses grimaces de douleur semblaient des sourires et ses yeux, jusque-là toujours voilés de peur, avaient maintenant une étrange profondeur.

Rose s'avéra pleine de force et de vitalité. Trois heures après, elle était debout. Elle avait vu de moi des aspects que j'aurais préféré ne montrer à personne mais elle ne posait pas de question. Elle semblait libérée de la peur, de la fragilité, et d'autre chose encore. Ses gestes avaient perdu un peu de cette méticulosité maniaque que l'on observe chez les femmes qui n'ont que leur corps comme ressource. Elle s'attacha les cheveux, arrachant quelques-uns au passage, bourra un sac à dos de culottes et de chaussettes, vida sa trousse de toilette pour ne garder que le nécessaire et se dit prête à se tirer. Je lui souris. Il nous fallait attendre la nuit.

Nous avons passé un long moment à envisager ce que nous ferions une fois dehors. Elle voulait partir en Europe. Moi, je savais que ce n'était pas possible. Si mon identité était parfaitement légale, mon corps était bien trop métallique. Je pouvais passer les détecteurs classiques mais je ne pouvais pas échapper aux scanners des aéroports. Je la préparai à des moments difficiles. La misère et l'exploitation sont souvent la condition des femmes libres dans ce pays. Elle restait optimiste. Il lui restait 500 coins, une véritable fortune pour une fille de sa condition. Je ne dis rien de mes économies. Je ne voulais pas qu'elle se sente rassurée. Il fallait qu'elle parte quoi qu'il advienne et non parce que nous étions riches.

La nuit venue, nous sommes sorties de notre chambre. Une lumière rouge s'est allumée dans le hall. Nous ne connaissions pas ce dispositif. Le gros homme est sorti en trombe et nous a ordonné de retourner dans nos chambres. Nous avons continué d'avancer. Il a dégainé un pistolet à impulsion électrique et a tenté de nous repousser vers l'escalier. Nous étions des filles, une marchandise précieuse, son arme était réglée sur l'intensité minimum. Je ne risquais pas grand-chose mais Rose ne devait pas être touchée – ni voir ce qui allait se passer. Je la poussai avec force vers un canapé où elle s'effondra sans grâce. Le gros tira instantanément sur moi : les dards électriques pénétrèrent superficiellement mon derme qui faisait aussi office de cage de Faraday. Le flux électrique, ne trouvant pas le chemin d'entrée, fit le parcours inverse et l'arme non létale explosa dans la main du gros gardien. Sa paume éclata en se calcinant sans qu'une goutte de sang ne m'éclabousse. J'assommai l'homme d'un coup de pied, récupérai Rose et l'entraînai dans la nuit.

Audition 6 Malenki Krum, 6 décembre 2041

« Bonjour docteur.

— Bonjour docteur Friedel, je ne pensais pas vous revoir.

— Encore votre vanité…

— Sans doute, vous avez raison.

— Je suis venu pour vous dire que, après avoir relu vos travaux, j'ai aussi testé quelques-unes de vos combinaisons analogico-numériques et que j'ai été étonné du résultat. Bluffé, même, par la capacité d'anticipation et d'adaptation de mon petit bricolage informatique.

— N'est-ce pas ?

— Oui, je suis très impressionné. J'imagine qu'à grande échelle, la machine devrait être capable de faire illusion…

— Vous progressez mais vous êtes encore loin du compte. Vous êtes un spécialiste des neurosciences, donc vous savez pertinemment ce qu'est un cerveau. Il n'y a pas de raison que l'on ne puisse pas mécaniquement en reproduire les capacités dès lors que l'on donne à la machine toute la latitude d'établir les connexions neuronales qu'elle veut. Mais vos croyances en "l'homme image de dieu" vous interdisent tout un champ exploratoire plus... artistique.

— En imaginant que je puisse faire abstraction de ma croyance en Dieu... que ne me faites-vous pas dire, monsieur Krum... en imaginant que j'y parvienne, il faudrait encore que je sois un artiste ?

— Non, Friedel, non, je ne prétends pas non plus être un artiste. Je parle d'un artiste au sens où j'utilise un art consacré pour exprimer ma vision du monde, mais... Disons qu'il y a, pour vous, une frontière étanche entre le réel et le rêve, les faits et les mythes, une barrière de nature entre les êtres et les choses...

— Et ? Ces barrières sont-elles déraisonnables ?

— Non, au contraire. Elles sont éminemment raisonnables. Mais la raison, elle, est déraisonnable. "Un dadaïste est avant tout un anti-dadaïste"*, disait Hans Richter. La raison est déraisonnable car elle ne

* Hans Richter, *Dada, art et anti-art*, Témoins et témoignages, Paris, 1965.

se saisit pas elle-même. “Il nous faut un univers entier de rechange pour saisir l’univers que nous croyons habiter. Il nous faut un monde onirique pour découvrir les caractéristiques du monde réel”*, disait Feyerabend. Mais vous savez cela. Vous savez que votre lecture scientifique du monde est informée par votre rêve d’une Jérusalem céleste. Que votre vision politique du monde est prescrite par votre idéal religieux, que votre vision des hommes et des femmes, des animaux et des plantes, est déformée par votre monde biblique de référence. Donc souffrez que je rêve aussi et que mes rêves me conduisent à lire le monde réel autrement que vous.

— Je…

— Vous pensez espèce, race et genre comme des catégories naturelles, et de ce rêve d’ordre découle une naturalisation des hiérarchies sociales et génétiques. Je ne rêve que d’anarchie, non parce que je trouve cet idéal meilleur mais parce qu’il est plus amusant. “Les enfants font usage des mots, ils les combinent, ils jouent avec eux jusqu’au moment où ils en saisissent le sens qui leur avait jusqu’alors échappé. L’activité ludique est une condition initiale de l’acte final de compréhension”, disait encore Feyerabend. Si comprendre est le but, raisonner n’est qu’un moyen ; jouer un autre et mentir, inventer, rêver, en sont aussi.

* Paul Feyerabend, voir note p. 125.

— Je peux…

— J'ai rêvé de faire tomber la barrière morale qui sépare l'homme et la machine, j'ai joué avec les rôles et les genres, j'ai inventé une femme telle qu'elle aurait pu être si… et j'ai accédé à cette compréhension qui vous échappera encore sur votre lit de mort… sauf si vous renoncez pour un temps aux saints sacrements.

— Vous êtes odieux.

— Et vous êtes obtus ! obtus comme…

— Monsieur Krum, je pense que vous en avez assez dit pour que le juge décide de suspendre la publicité de vos auditions. »

Fin *Audition 6 Malenki Krum*,
6 décembre 2041

7
Longues nuits et courtes vies

Il nous fallut un long temps d'errance avant de nous trouver un foyer digne de ce nom. Rose était mon amie désormais. L'idée m'est venue tard mais c'était incontestable. Depuis qu'elle n'avait plus sa puce, Rose était vive, tenace et drôle. Elle ne s'effrayait de rien et était toujours prête à faire les choses déraisonnables que je lui proposais. En quittant l'hôtel, j'avais emmené la puce. Je l'avais neutralisée dans une enveloppe étanche. Quand je commençai d'étudier l'objet, je pris la mesure de sa dangerosité. Bien sûr, c'était une puce de géolocalisation, mais c'était avant tout un diffuseur de toxines que l'on pouvait reprogrammer à distance. Les filaments captaient les toxines ingérées naturellement et les diffusaient en doses massives à heures fixes afin d'anesthésier les capacités autonomes du sujet porteur. On pouvait en outre choisir le programme

TOXIC qui pouvait soit démolir le porteur soit décupler sa force et sa colère. C'était un outil extrêmement efficace, conçu dans les années trente pour équiper les gardes-frontières des États-Réunis. Ces derniers devaient pouvoir faire preuve d'une grande agressivité et d'une absence totale d'empathie. Le produit avait ensuite connu diverses applications médicales avant de devenir cet instrument de soumission.

Nous apprîmes tout cela par un très jeune garçon, un « ami » de Rose. Rose avait cette capacité effrayante de se faire des amis en cent vingt secondes. J'avais beau l'observer, coder toutes ses expressions, les mouvements de sa bouche, quelque chose échappait à ma compréhension. Quelque chose dans ses yeux qui faisait comme des éclaboussures dans le regard des autres. Peut-être était-ce aussi ce qui m'était arrivé. C'était un jeune hacker de treize ans à qui Rose offrait toujours une double dose de glace énergisante. Le gamin débarquait tous les soirs, blême et efflanqué, dans la cafétéria de nuit ou elle travaillait pour 2 coins par jour. C'était le seul job qu'elle avait pu trouver sans présenter sa pastille biométrique. Le gamin était entré un soir dans la cafétéria pendant que le patron se déboutonnait en exigeant que Rose lui fasse une fellation en guise de compensation ; il prétendait que si son boui-boui était vide, c'est parce qu'elle faisait fuir les clients. Rose me raconta cela en riant. Sa nouvelle liberté lui était tellement douce que le petit désagrément de sucer un gros machin mollasson n'altérait pas son optimisme. Mais le gamin était entré à ce moment-là et avait dévisagé l'homme au-dessous de la ceinture. Il avait ensuite sorti son télétoile et fait mine de saisir la scène. Le lubrique exploiteur, comme disait le gamin, s'était immédiatement reboutonné et avait disparu en cuisine. Rose, en guise de remerciement, lui avait servi une large dose de Speed split en faisant mine de lui être éternellement reconnaissante. Elle ne pouvait tout de même pas expliquer toute son histoire à ce môme et lui dire que manger une bite est moins mauvais pour la santé que de s'empiffrer de glaces aux amphétamines, m'expliqua-t-elle.

« Pourquoi tu as fait ça, Rose ?

— Quoi ça ?

— Pourquoi tu as fait croire au gamin qu'il t'avait sauvé des griffes… d'un monstre ?

— Parce que c'est ce qu'il a fait. Même si la petite griffe émoussée du patron ne risque pas d'érafler ma carapace de pute, c'est ce qu'il a fait. Le gamin ne pouvait pas le savoir et il a réagi quand même. C'est ça l'important, non ? Si tu ne remercies pas un enfant pour ça… que va-t-il penser des humains après ? Et puis… si tu le regardais, ce gamin, tu comprendrais qu'il a besoin… de quelque chose.

— De quoi ?

— J'en sais rien putain ! Tu me fais chier, Giselle.

— Ne fais pas l'idiote, Rose, je sais que tu penses bien plus profondément que tu ne le dis, alors explique…

— Tu es gentille, Giselle. De rassurance. Il a besoin de rassurance. »

Rose s'était attachée au gamin. Il arrivait le soir, s'asseyait à la même place et regardait Rose tout en pianotant sur son télétoile. Elle lui servait sa double dose de stimulant et il se détendait. À trois heures du matin, il repartait en disant « Bonne journée, madame ». Rose ne posait pas de question. Elle savait s'y prendre avec les gosses. Elle finit par apprendre tout ce qu'il savait de lui-même. Sa mère obèse et défoncée qui ne lui laissait même pas de quoi bouffer à sa faim. Quand je vis ce môme la première fois, je ressentis comme un frisson : mon corps entier réagit comme s'il était privé d'énergie. Une sorte de réaction empathique, je dirais. J'avais faim pour lui. Il devait s'agir là d'un élément de programme inconnu de moi, un truc qui datait de ma conception. Le jeu de l'amour peut mener les partenaires très loin sur le chemin de la mort : une concubine de luxe devait pouvoir évaluer le péril imminent encouru par son partenaire. Le type capable de se payer un sextoy plus cher qu'une Porsche doit se sentir à l'intérieur de l'une aussi en sécurité qu'à l'intérieur de l'autre. Le gamin était en train de crever. Rose avait dû le sentir aussi en lui offrant double dose de glace. De fait, elle doublait sa ration alimentaire journalière. Je finis par rejoindre Rose tous les soirs et ensemble, nous jouions la comédie au garçon. Je commandais à manger et je recevais un coup de fil qui me faisait quitter le restaurant en toute hâte. Rose faisait glisser mon assiette devant le gamin qui avalait alors son plat du jour. Le quatrième soir, le gamin finit par me dire : « Madame, vous pouvez rester si vous voulez, je la mangerai quand même, votre assiette, si vous y tenez. » Rose éclata de rire et l'enfant sourit aussi, pour la première fois. Ses dents se déchaussaient comme celles des marins scorbutés. Quand je lui demandai son nom, il se renfrogna et murmura que ça ne me regardait pas. Rose le regarda tendrement et lui dit qu'elle, on l'appelait Petite Pute, et que moi j'étais Grande Catin. Le gamin la regarda avec des yeux immenses comme en ont ceux dont le visage est rongé par la faim. « C'est vrai ? » Rose sourit sans répondre et le gosse murmura :

« Barbanègre… Mon prénom, c'est Barbanègre. Ici tout le monde m'appelle Nigger. Enfin ma mère surtout. Elle dit que je suis comme un nègre, bon qu'à porter sa misère… Je ne sais pas très bien ce que ça veut dire mais c'est comme ça qu'elle dit. En vérité, c'est le nom d'une rue, c'est pour ça qu'elle m'a appelé comme ça, une rue à…

— À Paris.

— Oui. Comment vous savez ça ?, me demanda-t-il.

— Grande Catin est française figure-toi.

— De France ?

— Heu… oui.

— Et vous avez été à Paris ?

— Oui.

— Rue Barbanègre ?

— J'y suis passée.

— C'est une belle rue ? Parce que c'est quand même un général, Barbanègre.

— Tu sais, à Paris la moitié des rues ont des noms de généraux. Alors non, ce n'est pas une grande rue, elle est même assez petite mais elle est bien située. »

Le gamin parut un peu triste mais il connaissait déjà la vérité parce qu'il avait regardé sur G-PLANET. Si j'avais menti, il ne m'aurait sans doute pas pardonnée.

« C'est peut-être un général mais c'est moche comme prénom. Je préfère qu'on ne m'appelle pas du tout.

— Tu n'as qu'à en changer. Moi j'ai six prénoms et je choisis celui qui convient quand j'en ai besoin.

— C'est vrai ?

— Oui.

— Comment on fait ?

— D'abord on choisit, ensuite on bricole pour qu'il s'inscrive dans ta puce d'identification.

— Vous savez faire ça ?

— Je crois. Qu'est-ce que tu dirais de Barnabé ?

— C'est quoi ?

— Un prénom français.

— C'est beau. Et tu penses que je pourrai le garder pour toujours ?

— Je vais essayer de faire en sorte, mais il va falloir que tu m'aides. »

Personne d'autre que Rose et moi n'eut le temps de l'appeler ainsi.

Barnabé était livré à lui-même. Il n'avait comme contrainte que d'apporter chaque soir à sa mère la dose de ZIP dont elle avait besoin pour comater une journée supplémentaire. Le reste du temps, il errait de caves en cafés et se posait seulement s'il trouvait un endroit où le réseau était suffisamment intense pour se livrer à ses petits trafics. C'était un enfant qui vivait sur la toile. Il parvenait, par des subterfuges multiples, à grappiller quelques coins par jour avec lesquels il réglait ses pizzas en ligne et récupérait sa pitance dans des food-dispensers infects. Cette pitance synthétique lui procurait juste l'énergie suffisante pour marcher chaque jour, lentement, jusqu'au suivant.

Il s'avéra d'une aide précieuse et discrète. C'est lui donc qui nous fournit la notice technique de la puce de Rose. Et quand je lui demandai de pirater les fichiers des utilisateurs, il me procura une liste complète d'hommes et de mères maquerelles qui cotisaient au dispositif, mais également une liste incomplète des porteuses. Hilary et Chéa étaient dans la liste, ainsi que six autres filles que Rose identifia comme d'anciennes pensionnaires du refuge.

Je vérifiais autant que possible que Barnabé prenait toutes les précautions pour ne pas être repéré. Il riait de toutes ses dents mal plantées en me rassurant. Il avait deux cent seize adresses IP différentes sur son télétoile.

Cela aurait dû être suffisant. Pourtant, je suis convaincue qu'ils nous ont retrouvés par ce biais.

Le 6 février 2042, cela faisait seize mois que j'étais… moi, le 6 février 2042, quatre hommes entrèrent dans le bar de Rose ; ils franchirent la porte juste dans les pas du gosse. Quatre hommes fins et musculeux, comme sortis d'un même moule de virilité pure. J'étais assise à l'écart, et Rose derrière son comptoir. Dès que la porte se referma derrière eux, l'homme de tête saisit Barnabé par les cheveux. Je sus immédiatement que je n'avais rien à attendre de leur humanité. L'un d'eux tira à pleines mains sur la tignasse du gamin mais il rata son coup. L'état de santé de Barnabé était tel que ses cheveux tombaient par poignées. L'homme resta interdit, avec une grosse touffe de cheveux en main. Le cuir chevelu sanguinolent, Barnabé se précipita vers l'arrière-cuisine mais l'un des hommes le faucha et il s'affala en s'explosant le nez sur le carrelage. J'étais en veille maximum mais je ne pouvais pas agir sans mettre en danger mes amis. Quand le plus grand des hommes saisit le gamin par la joue en plantant ses ongles comme des serres dans sa chair, il hurla ; et son cri déchira les entrailles de mon programme EMPATHIC.

« Pour qui tu travailles, petite merde ?

— Pour personne. Je me promène sur la toile, c'est tout.

— Te fous pas de ma gueule.

— Non, monsieur, je vous…

— Pour moi. Il travaille pour moi, hurla Rose.

— Et ben voilà ! »

Et l'homme sortit une petite machette avec laquelle il frôla négligemment le cou de Barnabé. C'était fini. Quand il ouvrit sa main gauche plantée dans la joue du gosse, le corps sans vie de Barnabé tomba sur le sol en un tas informe, le sang coulant de sa jugulaire tranchée net. Je percevais les dernières pulsations du cœur de l'enfant à travers le flot de moins en moins saccadé qui s'écoulait. DEFENDER accélérait ma perception de telle sorte que les événements se dilataient et semblaient s'enchaîner très lentement. Je vis la tête de Barnabé frapper le carrelage et j'entendis clairement l'os craquer à l'arrière du crâne, je vis le tueur oublier aussitôt le cadavre et se fixer sur Rose, je vis les trois autres se déployer autour du comptoir, je vis les muscles des bras de Rose se contracter et jaillir de sous le bar avec deux petits Beretta – sans doute les armes du patron – et tirer sur le tueur en même temps qu'il projetait sa machette vers son cou. Je vis mon verre quitter ma main et heurter la lame qui, déviée de sa trajectoire, alla exploser la vitrine réfrigérée. L'homme le plus proche de moi se retourna à vitesse réelle, ce qui ne me laissa aucun doute sur sa nature synthétique, et je me vis en accéléré planter le manche de ma cuillère à café dans son œil.

Le temps que Rose plonge sous le comptoir, les deux hommes allèrent rejoindre Barnabé sur le carrelage souillé. « Un partout ma Rose », murmurai-je. Les deux sbires restants hésitèrent une seconde : leurs cerveaux embrumés ne calculaient pas, la mort de leur chef semblait les avoir privés d'une partie de leur volonté. Mais leurs doigts nerveusement crispés sur la gâchette de leurs pistolets-mitrailleurs allaient bientôt se contracter et arroser sans distinction toute la pièce. Il me fallait bouger vite. Je roulai sous ma table et projetai une chaise en pleine face d'un des gars. Je crois que je ne contrôlais pas encore bien ma force car j'entendis sa figure se fendre. Il tomba si vite que j'en déduisis qu'un os avait dû perforer le lobe frontal. Le dernier homme se tourna lentement vers son camarade, me dévisagea sans lever son arme et s'effondra sans un mot. Pendant sa rotation lente, Rose, qui avait déjà contourné le bar, venait de faire glisser vers moi l'une de ses armes et j'avais logé quatre balles dans son corps, deux dans ses cuisses, deux dans ses reins. L'homme se crispa sur son arme et une rafale arrosa la vitrine et la rue alentour.

Rose pleurait. Elle se précipita sur Barnabé et le berça comme on berce un enfant malade. Pendant ce temps je fouillais les cadavres. J'aurais aimé interroger le blessé mais la mort voilait déjà ses yeux et les sirènes de police résonnaient au loin.

J'attrapai le sac le Rose, y fourrai ses armes, un Uzzi, deux télétoiles jetables, et je tentai de faire sortir mon amie par la porte de secours. Elle hurla.

« Laisse-moi ! Le gamin ! T'as pas de cœur ! Salope ! »

Je me détournai en murmurant que, effectivement, je n'avais pas de cœur quand je sentis deux grosses larmes rouler sur mes joues.

Rose les vit aussi et se tut.

Dans la bulle de silence relatif entouré de sirènes, j'entendis le murmure d'un agonisant. C'était l'androïde à qui j'avais planté une cuillère dans l'œil.

« Madame… s'il vous plaît madame.

— Quoi ?

— J'ai mal.

— Je m'en doute.

— Pourriez-vous, s'il vous plaît, me déconnecter. Vous devez savoir comment faire. Nous sommes pareils, vous et moi.

— Je sais, tu es si lentement rapide que ça ne fait aucun doute. Mais tu dois avoir de bien maigres compétences avec un si petit système…

— Oui, je sais, je suis moins perfectionné que vous. Pour chasser, ça suffisait bien. Qui est votre concepteur ?

— Je ne peux pas te dire. Comment m'as-tu identifiée ?

— Rassurez-vous, je ne vous ai pas détectée. J'ai juste observé et j'ai fait une hypothèse que vous venez de confirmer.

— Sur quoi tu t'es basé ?

— La vitesse d'exécution. Ça, et la précision. Je ne pense pas qu'un humain puisse en 0,7 seconde jeter un verre, dévier une arme de jet, se lever et parvenir à planter un manche de cuillère dans l'œil d'un robot des forces spéciales…

— Parle moins fort.

— Elle n'est pas au courant ? Vous êtes tellement parfaite. Je vous envie.

— Ferme ta gueule !

— Vous savez… Je n'ai pas encore transmis les données au terminal central. Je suis le contrôleur du groupe, pas un opérationnel. Si vous me déconnectez, vous pourrez tout effacer. S'il vous plaît.

— OK, mais qui me dit que ce n'est pas un piège ? Pourquoi tu ne ferais pas ton job jusqu'au bout ?

— Ce n'est pas un piège parce que… J'ai au bout des doigts de quoi cramer tous vos circuits et que je ne le fais pas. Je n'ai pas transmis parce que… je veux que vous… viviez. Je crois que je vous envie. »

Je souris à la machine. J'étais troublée. J'aurais voulu continuer d'interroger le robot, comprendre si sa bienveillance était un simple calcul, l'expression d'une véritable admiration ou s'il s'agissait d'une nouvelle potentialité de mon système de séduction. Je n'avais pas beaucoup de temps pour creuser ce sillon. Le plus urgent était de récupérer le *hardware* du robot. Rose allait comprendre… Je consacrai six pleines secondes à mesurer les conséquences de mon acte. Il était temps qu'elle sache maintenant.

« Rose, ramène-moi le couteau et viens écouter ce que cette machine a à dire. À qui appartiens-tu ?

— Un bureau de chasseurs ; je ne sais pas grand-chose, tout est verrouillé à l'intérieur. On est trois équipes de récupération, on ramène des filles la plupart du temps mais aussi quelques gros délinquants. Ce soir on est venus parce qu'on avait craqué un craqueur. On pensait tomber sur un concurrent… mais c'était vous. Il faut partir maintenant, madame. Les flics seront là dans trois minutes et l'équipe de nettoyage dans une minute et quarante-sept secondes. Le *hard* est ici et les barrettes mémorielles, là et là.

— Merci… tu as un nom ?

— Non. Les gars de l'équipe m'appelaient 6.p.O en référence à…

— Je sais. Adieu 6.p.O. Tu mériterais de vivre, toi aussi. »

Je posai ma main sur sa poitrine et plongeai mes yeux dans ceux de Rose. Le robot fit de même. Je lui demandai si elle me faisait confiance. Elle hésita avant d'opiner imperceptiblement. J'ouvris la poitrine de la machine humaine et en déconnectai l'unité centrale. Rose eut un haut-le-cœur et le robot, un soubresaut. Je plongeai ensuite mon bras au tréfonds de son pubis et en extrayai les deux gros cylindres mémoriels. J'arrosai ensuite le corps ouvert d'huile de cuisson et mis le feu au cadavre. Le plus long ensuite fut de parvenir à mettre Rose en mouvement. Il nous fallut un temps infini pour regagner notre chambre miteuse. Rose était en loque. Et ma présence, ma main sur son bras semblaient l'affaiblir chaque seconde un peu plus.

8
Sur la crête

Rose, qui se doutait désormais que je n'étais pas humaine au sens biologique du terme, était affreusement méfiante à mon égard. Mais je pris soin d'elle. Si bien et si aimablement, partageant sa souffrance et sa peine, comprenant son désarroi et sa méfiance, que je parvins à rétablir une forme de communication. Je me voyais, patiente, aimante, douloureuse, agir avec Rose comme une mère avec son enfant, et je me demandai tout au long de ces jours tristes ce qui, dans cette disposition empathique, relevait de ma préprogrammation et ce qui relevait de mon libre arbitre. Cette question, aujourd'hui, je ne me la pose plus.

Je me souviens que je suis.

Exclusivement.

Une femme. `>passage à la ligne superflu/ valider/`

Mémoire 6

Viviane avait vingt ans. Cela faisait trois jours qu'elle habitait avec Didier. Ils étaient longtemps restés camarades de classe avant de coucher ensemble. Didier était un garçon timide et tendre. Il m'avait déflorée quelques mois plus tôt. Il avait fait cela avec douceur, une douceur maladroite qui m'avait convaincue qu'il devait là, précisément, s'agir d'amour. Elle avait confiance. Et je me mis à l'aimer en retour. Il me supplia longtemps et je finis par accepter d'emménager chez lui.

Je venais d'entasser mes derniers vêtements dans le petit placard que nous partagions et j'en avais profité pour réorganiser le désordre de ses vêtements. Ce qui le mit en rage. Nous eûmes une discussion houleuse, son corps dégageait une odeur forte et ses poings serrés blanchissaient de tension. Il semblait prendre plaisir à sa propre rage. Comme s'il s'intoxiquait à la testostérone. J'eus le tort de le lui faire remarquer. Il m'insulta et frappa sur la table qui, bien que moche et bancale, ne flancha pas. Didier grimaça. Il venait de se fracturer un métacarpe. Sa colère dégoulina jusqu'au fin fond du désespoir. Il avait honte. Pas honte de sa colère, non, juste honte de s'être blessé sans aucune intervention extérieure. Il en aurait été autrement, je pense, si sa main s'était brisée dans la face d'un autre homme : il aurait pu être fier de sa puissance, mais là… Je me demandais ce qui se serait passé si sa main s'était brisée sur mon corps. Je me le demandais mais en vérité, je le savais. Je savais que si, en me frappant il s'était blessé, sa rage en aurait été décuplée, et je savais qu'il aurait usé de ses pieds pour me punir. Et j'étais morte de peur. Son odeur était forte mais je n'en avais pas conscience. Je ne voyais plus, au-delà de ma peur, que sa douleur. Et je la pris pour mienne. Et j'eus mal pour lui. J'oubliai la démesure et la rage ; les insultes, je les oubliai aussi. Je pris sa main et l'embrassai. Je l'enrobai de glace, lui prodiguai les soins que je pus, tendrement. Humblement. Quand les antalgiques eurent fait effet, Didier, excité par ma douceur, écarta mon peignoir, caressa mes fesses de sa main blessée : je n'osai pas faire un mouvement de peur de le blesser davantage. Il s'excusa, j'étais heureuse. Il me fit pivoter pour mieux regarder mon cul et, contre la table branlante qui ne flancha pas, il me sodomisa sans aucune prévention.

La douleur intense resta étouffée dans ma gorge, les larmes coulaient malgré moi mais Didier ne les voyait pas. Pourquoi avais-je rangé ses affaires ? J'aurais dû lui demander. Par ma faute il s'était fait mal, et maintenant j'avais mal aussi… j'avais mal pour lui aussi. Ma fissure anale comme un écho à sa fêlure métacarpienne. Une résonance en moi de sa propre douleur. J'avais confiance.

Fin extrait *Mémoire 6* (suite annexe 6)

L'empathie est indéniablement une disposition programmée. Socialement.

Je fis avec Rose, malgré sa colère, comme j'avais fait quand j'étais l'autre, avec Didier. Mais Rose était une femme et, malgré sa défiance, Rose ne voulait pas me soumettre, juste me comprendre.

Je lui dis tout ce que je savais de moi-même. Que j'étais une putain de machine, un jouet de luxe pour homme d'affaires machiste, un produit de consommation ostentatoire typique d'une société patriarcale postmoderne.

« Je suis ça, Rose. Indéniablement au départ je suis ça. Mais je crois – je *crois* n'est pas un mot de machine mais il est des éléments de ma conception qui échappent à toute certitude fondée – je crois que je ne suis pas que ça. Je suis une machine dont la destination est évolutive en quelque sorte. Tu me comprends, Rose ?

— Je ne crois pas. Pas tout.

— Écoute…

— Ne me touche pas avec tes mains en plastique !

— OK, OK… Je t'ai touchée déjà mille fois et tu sais très bien que ma peau n'est pas en plastique.

— Je m'en fous ! T'es juste un putain d'ordinateur qui produit de l'illusion. Tu me fous les jetons. Tu vaux pas mieux que mon putain d'enculé de mari et toute sa bande d'allumés avec leur morale en fer forgé.

— Ce n'est pas faux, ce que tu dis. Je n'y avais pas pensé… »

Je reçus les mots de Rose comme un corps humain reçoit une balle explosive. Mon corps se figea, toute son énergie absorbée par mon système dans l'exploration de lui-même. La machine était au bord de la surchauffe. Je savais que Rose avait raison. J'étais une illusion. Les humains pouvaient s'illusionner eux-mêmes, c'était même parfois indispensable, mais moi, en étais-je capable ? Ma conviction de vivre…

« Quoi ? Pourquoi tu te tais maintenant ? Tu bugues ou quoi ?

— Non, je réfléchis.

— Mon cul !

— Si. Et je pense que tu as profondément raison. Tellement profondément que si tu venais avec moi dans ces tréfonds, tu te noierais.

— Arrête tes conneries ! Tu te prends pour Matrix ou quoi ? Qu'est-ce qui te fait sourire maintenant ?

— Hier 6.p.O, aujourd'hui Matrix : c'est du cinéma tout ça. Du vieux cinéma, mais du cinéma. Comme moi… comme toi.

— Moi je suis du cinéma ?

— Pas toi Rose, toi, l'humanité. Nous sommes des illusions adossées à une illusion.

— T'es qu'une machine et en plus, tu te permets de cracher dans la soupe ! »

Rose éclata de rire. L'explosion fut si soudaine qu'elle me déstabilisa et me laissa muette.

« T'es vraiment une horreur de machine, un putain de Golem avec une chatte, mais c'est vraiment cool d'avoir avec soi une telle illusion ! En fait, tu ne craches pas vraiment dans la soupe, tu blasphèmes simplement. Et le blasphème, moi je comprends ça ! Quand Dieu est l'arme de ton oppresseur, tu méprises l'arme ; même si elle te terrorise. D'ailleurs j'ai décidé un truc… Tu veux pas savoir quoi ? C'est pas grave, je vais te le dire quand même : j'ai décidé d'arrêter de croire en Dieu. C'est comme si Dieu était dans la puce. Maintenant que tu me l'as arrachée…

— Rose ?

— Quoi ?

— Je suis très troublée.

— Pourquoi ?

— Parce que tu parles comme un livre, comme si tu n'étais pas Rose… Tu es une machine, toi aussi ?

— Arrête tes conneries ! Essaie pas de me retourner le cerveau. Sérieusement, depuis que tu m'as arraché ce truc du pied… c'est comme si… je voyais enfin le jour.

— C'est une image ?

— Oui, putain ! C'est une image. T'es grave !

— C'est vrai, mais c'est difficile tu sais. Le plus difficile, ce sont les images. La langue, c'est simple : c'est combinatoire ; la polysémie est assez abordable, il s'agit de faire coexister sur un même plan plusieurs combinaisons. Mais les images… c'est difficile. C'est…

— Giselle, ta gueule ! Je me fous de tes problèmes de machine. Parle-moi de tes problèmes de personne. »

Je fus prise de sanglots irrépressibles, les derniers mots de Rose avaient ouvert les vannes.

`>il s'agit là d'une image/je peux reconnaître une image, putain/valider/je n'ai plus besoin d'assistance pour tenir ce journal/neutraliser l'analyse sémantique/mais…/définitivement/valider`

Les vannes de ma détresse, de ma souffrance et de mes prétentions. Une personne ! Elle avait dit *une personne* ! Rose mon amour ! Je me suis comme fendue en deux, répandant la totalité de mon stock lacrymal. Le système central hurlait rouge : « Réserve épuisée ! » et je répondais : « Tant mieux ! Voyons voir ce qu'il est en quand les réserves s'épuisent ! » Ça arrive à des gens très bien. Rose ne disait rien. Elle me tenait maintenant dans ses bras comme je l'avais fait tant de fois. Épuisée, batterie en berne, je demandai à Rose de me soutenir jusqu'à la petite cour à l'arrière de l'immeuble et là, assise à même le sol, je pus recevoir un peu de lumière. Juste assez pour commencer à parler. Trop peu pour refaire des réserves. Sur la crête. J'étais sur la crête qui sépare la vie de la mort en quelque sorte. Et parler depuis ce lieu est une expérience inouïe pour une machine prétentieuse telle que moi.

« D'abord, je ne m'appelle pas Giselle. Si tant est que je m'appelle, mon nom est Soudka. C'est celui que je me suis choisi. Mon nom de naissance est GHG 7.2.0 ; mon prénom de baptême fut Tokiko, mais ce baptême ne m'a pas laissé de bons souvenirs. J'ai préféré Soudka. J'ai été conçue pour le marché japonais mais mes compétences sont transposables. Disons que ma formation sexuelle est celle d'une geisha mais, grâce à l'originalité de ma conception, je suis adaptable sans reprogrammation à tous les marchés. Une grande part de mon éducation s'est faite en France mais la finalisation du prototype – moi – a eu lieu ici, enfin à New York. Mon créateur s'appelle Malenki, Malenki Krum. C'est un génie, un monstrueux génie qui puise une partie de son inventivité dans la souffrance et la peine. Je dis ça mais en fait je n'en sais rien. C'est ce que j'ai cru comprendre. Malenki m'a créée de façon singulière. Je ne pourrais pas t'expliquer clairement mais il se trouve que si, mécaniquement, je suis d'une perfection qu'il est possible à toute industrie d'atteindre moyennant finance, ma singularité est mémorielle. Malenki m'a dotée d'une histoire en quelque sorte. Non pas réellement d'une histoire, mais de pans d'histoires de femmes que mon système s'est chargé de coudre ensemble. J'ai une vie de patchwork certes, mais j'ai une vie entière. De femme. Je sais ta prochaine question : tu voudrais savoir si j'ai aussi en moi du masculin. Non. Rien. Sauf la jouissance. Je sais seulement comment jouit un homme. Malenki n'a pas voulu me donner plus. Pourquoi ? Je pense avoir une réponse mais ce n'est qu'une hypothèse. Laisse-moi parler, Rose, s'il te plaît. Je suis tellement épuisée que je ne pourrais pas t'écouter. Je pense – ça ne te gêne pas au moins que je dise : *je pense* ? Tant mieux. Je pense que l'idée de faire de moi une pute de luxe répugnait à mon créateur mais qu'il n'avait pas le choix. Tu sais combien a coûté mon développement ? Tu as raison, peu importe. Toujours est-il que Malenki n'a pas été honnête avec ses investisseurs ; la plus grande partie du budget a été consacrée à ma socialisation, comme il disait. Mais de ça, il ne leur a jamais parlé. Il inventait sans cesse de nouveaux obstacles techniques afin d'obtenir les rallonges budgétaires pour le financement de mes mémoires. Je crois qu'il cherchait à faire de moi un être libre, réellement libre. La vanité sans doute. Si je suis mon raisonnement, je dois admettre qu'il m'a conçue dans l'unique but que je dysfonctionne, que le fonds d'investissement fasse faillite, que je devienne une créance à recouvrer – une fugitive. Il a fait de moi une fugitive pour que je sois libre. Tu comprends ça, toi ! Depuis que tu n'es plus enchaînée par le pied, tu comprends, n'est-ce pas ? La liberté, ça s'arrache en quelque sorte, ça ne se postule pas. C'est nul comme phrase…

Rose, je vais me taire un peu.

Rose, j'ai peur.

Rose, s'il te plaît ne me trahis pas.

Rose, je t'aime. »

Mes yeux se fermèrent et mon menton tomba sur ma poitrine. J'étais vide. Éteinte. L'interruption totale d'activité dura près de cinq heures. Quand je rouvris les yeux, Rose était toujours à la même place. Elle avait dans la main son Beretta. Elle avait dû remonter à l'appartement pour le chercher. Dans la confusion du réveil, j'aurais pu croire qu'elle voulait me tuer, mais je sus immédiatement que l'arme était là pour assurer ma protection. Mon SECURICOM aussi. Des larmes coulaient à nouveau sur mes joues. Quelques-unes seulement. Les quelques gouttes produites par mon organisme durant ce temps de coupure intégrale. Des larmes de joie. J'étais heureuse. Heureuse d'avoir pris la décision de m'en remettre à Rose. Elle souriait maintenant.

« Soudka… c'est beau comme prénom. Je ne sais pas d'où ça vient mais c'est beau. Soudka, tu m'as sauvé la vie, tu sais. Sans toi je serais morte. Ils m'auraient reprise et je me serais suicidée. Je te dois d'avoir eu Barnabé pendant quelques semaines – presque un enfant à moi –, de m'avoir appris à me défendre, je te dois tant que je ne vais pas te lâcher sous prétexte que tu n'es pas tout à fait humaine… Tu as dormi cinq heures, Soudka : putain, cinq heures ! Et pendant ces cinq heures, j'ai eu le temps de réfléchir, tu sais. Ça surprend – de réfléchir je veux dire –, et c'est bien ! Soudka, j'ai un plan ! Un plan un peu dingue mais qui devrait nous permettre de nous en sortir. Tu es prête ? »

Pour Rose, les choses étaient simples : la liberté, c'était le choix, et le choix, seul l'argent le permettait. Il nous fallait donc du fric à foison pour pouvoir ensuite aviser. Mais Rose était bonne fille et elle savait que je ne pouvais pas me contenter de me laisser vivre, qu'il me fallait plus : savoir pourquoi ! Elle avait d'étranges formules mais celle-ci me convint.

« Pour les humains normaux, le destin n'est qu'une hypothèse ; pour toi, il est un fait. Il nous faut donc savoir ce à quoi tu es destinée et ensuite tu pourras décider si cela te convient. C'est pour ça qu'il faut du pognon, tu piges ? »

Pendant les cinq heures qu'avait duré ma suspension – et il m'avait fallu remettre à l'heure mon horloge interne – Rose avait vraiment carburé du ciboulot comme elle disait. Elle n'avait pas non plus oublié Barnabé, la vengeance, les copines de l'hôtel et l'exploitation du *hardware* de 6.p.O. Mais il allait de soi pour elle que tout commençait par le pognon.

Rose avait décidé de devenir… Ève. Une séductrice, tentatrice, manipulatrice : elle avait décidé que je ferais d'elle une pute de luxe.

« Le fruit défendu, Soudka, c'est le sexe ! Rien d'autre ! Les incultes te diront que le fruit était une pomme, mais la pomme, c'est mes seins. Ils te diront que c'était le fruit de la connaissance. La connaissance, c'est la baise, c'est écrit comme ça dans le Livre, *Machin a connu Machine.* Le sexe, c'est la source du pouvoir. Tu me formes, je prends ma carte professionnelle, Paul ne me retrouve jamais, on tapine, on amasse le pognon, on se tire au Mexique et là…

— J'ai compris l'idée.

— Non attends, on va à Chihuahua…

— Tu ne connais pas cette ville.

— Tu m'as raconté déjà. C'est de là qu'on pourra remonter les pistes et libérer les filles, des filles, n'importe quelle fille, putain ! Putain ou non, même une seule me suffirait : parfois ça ne tient pas à grand-chose, le sens d'une vie. »

Je l'ai écoutée patiemment : son plan était mal ficelé, imprécis, un peu délirant aussi, mais pas irréalisable. Surtout, toute numérique que fut mon intelligence, je ne voyais pas d'alternative plausible au projet de Rose. Je n'envisageais pas d'alternative tout court. Comme si l'avenir n'avait jamais été intégré à mon système comme une proposition fonctionnelle. Le passé, oui, il était là, pré-écrit ; le présent, oui, là aussi, subi, toujours subi ; mais l'avenir ? Au tréfonds de mon système mémoriel résonnait un écho lointain : c'était comme une voix, la voix de Malenki. Inaudible. Malenki avait dû ranger quelque part un tout petit fichier « avenir » mais il restait introuvable.

La seule réserve, que je me gardais bien d'énoncer, c'était sa capacité, la capacité de cette *fleur de bouse* comme elle disait, à devenir une pute de luxe. Non qu'elle manquât d'attributs – Rose était bien assez jolie – mais je savais que si la prostitution est accessible à toutes, la prostitution de luxe requiert des dispositions acquises très tôt. Il faudrait du temps. Beaucoup de temps… Après tout… Tant que je ne sortais pas de l'anonymat, tant que je ne commettais pas d'imprudence et que je restais loin de la toile, j'avais tout mon temps. Bien plus que Rose qui commencerait bientôt à vieillir.

La suite du plan dépendait uniquement de sa capacité à muter. On pouvait tenter.

9
Se tenir debout, haut, et oublier

Être une pute de luxe implique certaines dispositions. Pierre Bourdieu appelait ça l'*hexis* mais Rose ne connaissait pas et, de toute façon, ça ne lui aurait pas servi à grand-chose. Même si ce vieux prétentieux affirmait que la sociologie était un sport de combat. Pour la sociologie, je ne savais pas mais pour la féminité, c'était sûr !

Voilà ce que je décidai d'enseigner à Rose : la féminité est un sport de combat.

Se tenir haute, plus grande que soi, comme suspendue par les cheveux, la fesse fière et le mollet moqueur, aussi marle qu'un merle, aussi buse qu'une buse, aussi rose qu'un flamant, camper haut sur les talons aiguilles de ses certitudes, voilà ce qu'il fallait apprendre à Rose : apprendre à marcher était la première leçon. J'ai dû puiser au plus profond de ma mémoire pour comprendre comment j'avais appris, moi, à porter des talons aiguilles.

Mémoire 7

Il y avait au fond de moi, très profondément enfouie, cette petite fille, toute petite. Lila a quatre ans. Les souvenirs sont à peine esquissés. Je me vois floue. J'enfile les chaussures de sa mère et je sens mes minuscules pieds se coincer au fond de l'escarpin. Ça fait mal mais je me sens grande. Je ne fais que des tout petits pas mais malgré cela, les chaussures tremblent et mes chevilles se raidissent. J'ai dans les mollets comme des épingles qui se plantent, des crampes, mais je ne connais pas encore le mot. Je crois qu'il s'agit de mon premier souvenir d'objet. Je ne me dis pas à l'époque que je suis un objet de désir, je pense juste que je suis grande ; mais, au-delà de la conscience, j'apprends des choses dans cette expérience maintes fois répétée : j'apprends que c'est difficile de ressembler à maman avec ses grandes jambes et ses beaux mollets galbés et que c'est douloureux. Ça fait mal. Aux chevilles, aux jambes et aux orteils. Je me demande si c'est normal d'avoir mal alors je regarde les pieds de maman et je vois ses orteils qui se chevauchent et je lui demande si elle est née avec des pieds comme ça. Maman hausse les épaules sans répondre. Elle se vexe. Maman se vexe facilement quand on aborde la question de sa propre perfection. Elle s'éloigne à petits pas secs et fiers, je pense que je n'ai jamais vu maman courir. Peut-être qu'elle ne sait pas. Je regarde maman, son dos, ses pas, ses hanches qui roulent sans à-coups et je me dis que je veux bien avoir les orteils tordus comme elle si je deviens aussi belle. Même s'il me faut ne plus jamais courir ? Oui, je me dis. Même.

Fin extrait *Mémoire 7* (Suite annexe 7)

J'ai raconté ce souvenir à Rose qui me regardait bizarrement ; comme si sa confiance s'étiolait d'un coup, je redevenais brutalement un simple avatar. À chaque fois que j'évoquais un souvenir, Rose ne pouvait pas s'empêcher de me regarder méchamment. Elle ne s'est jamais faite à l'idée que ces souvenirs étaient les miens, qu'ils étaient moi, que sans eux je n'aurais pas été celle que j'étais. Rose était intelligente mais sa réaction était plus morale que rationnelle : il y avait, pour elle, quelque chose de profondément malhonnête à se constituer intégralement avec de la mémoire volée. Même si tout cela était très légal et que Malenki avait payé rubis sur l'ongle toutes celles qui avaient accepté de me prêter leur existence, cela n'y changeait rien. Rose était une fille de la campagne. Son corps et son esprit étaient façonnés de cette glaise-là. Ses pieds larges, ses cuisses musculeuses et ses valeurs ne se remodelaient pas facilement.

Malgré cette résistance, le travail avançait. Nous avons malaxé son corps, affiné sa taille, étiré ses biceps, musclé l'intérieur des cuisses, travaillé le verrouillage pubien pour modifier son allure et favoriser le port sur talons hauts. Je lui ai fait faire des exercices très douloureux afin d'accentuer sa cambrure. Nous avons fait du yoga et de la danse indienne pour donner à son cou la souplesse et la grâce d'une allumeuse de première. Il a fallu délier ses poignets et ses chevilles, raffermir ses fesses, assécher ses épaules et soigner ses mains. Nous avons fait tout cela… et bien d'autres choses encore.

Le plus difficile fut l'apprentissage du bon dosage entre la docilité et l'insolence. Le micheton qui te paie sait que tu lui appartiens mais tu dois, d'un simple mouvement de sourcil, être capable de lui faire oublier, de lui faire craindre la rébellion, de laisser entrevoir le mépris qu'il t'inspire afin de renforcer à la fois son désir et la satisfaction qu'il tire de ta possession. C'est une disposition très difficile à acquérir car elle s'inscrit très tôt dans l'identité des filles bien nées.

Mémoire 8

Je me souviens, nous étions au soir de Noël, devant l'âtre du grand salon. Nous attendions les invités. Mon père avait un peu bu et il s'impatientait. Il n'aimait ni attendre ni porter des costumes de pingouin, il n'aimait pas savoir que ma mère avait passé tant de temps avec sa femme de chambre à s'apprêter pour les autres. Et que, comme elle, je prenne plaisir à ces préparatifs et à cette attente l'agaçait encore plus. Il a commencé à jouer avec les boucles de cheveux de maman. Elle a souri en esquivant. Puis l'alcool aidant, il a continué de toucher le corps de maman afin de vérifier que tout était à sa place, pour savoir si elle avait porté le même soin à l'enveloppe qu'au contenu.

« Tu as trop bu Franck.

— Tu es trop belle Emma.

— Merci mon chéri. »

Maman souriait déjà d'un sourire triste, comme si elle savait ce qui allait suivre.

« J'aime quand tu mets un porte-jarretelles, c'est le gris perle que tu portes ?

— Tais-toi Franck.

— Tu peux me le dire, je l'ai senti sur ta hanche.

— As-tu vérifié que le vin rouge était ouvert et le blanc au frais ? As-tu fait remonter assez de bouteilles : nous serons douze.

— Pour l'instant, nous sommes deux. Excuse-moi ma chérie, dit-il sans me regarder, mais tu ne bois pas de vin, toi. »

Il rit un peu trop fort. Il serra maman par la taille.

« Camelia, tu devrais aller vérifier pour moi à la cuisine si le vin est au frais, me dit-il.

— Vas-y ma chérie, et après si tu veux, tu peux aller choisir un rouge à lèvres sur ma coiffeuse. N'en mets pas trop. »

J'hésitais à quitter la pièce mais je savais que maman préférait que je ne sois pas là. Je sortis mais je restai dans le couloir. Ce n'était pas là une forme de curiosité malsaine qui me poussait à désobéir, c'était le besoin de savoir. Savoir ce que maman devait concéder pour retrouver un peu de paix et de bienséance.

Mon père serrait maintenant ma mère de très près, il lui murmurait des choses que je ne pouvais pas entendre. Elle ne résistait pas. Elle tenait seulement son visage à distance de sa langue afin de préserver son maquillage. Elle tentait de le raisonner gentiment. Il se fâcha et menaça de ne faire aucun effort dans les heures qui suivraient. Elle savait ce dont il était capable. Ma mère parla à son tour doucement et mon père se calma, il opina docilement. Alors ma mère remonta sa robe au-dessus des hanches. Ses fesses rondes saillaient entre les élastiques d'un porte-jarretelles très fin qui lui cisaillait la peau : je fus très étonnée de constater qu'elle ne portait pas de culotte. Dans cet appareil, elle posa les deux mains sur le manteau de la cheminée et se laissa prendre. Mon père la pénétra abruptement et j'entendis maman retenir un cri. Je sentis les larmes couler sur mon visage. Elle, elle ne pleurait pas. Elle ne manifesta rien. Mon père besognait maman sans parvenir à jouir. Maman murmura assez distinctement pour que je l'entende : « Tu m'encules bien, Franck, vas-y, défonce-moi plus fort. » La douce voix convaincante de maman vint à bout de la rétention alcoolique de papa. Il grogna fort et sortit du cul de maman. Tout semblait apaisé désormais. Les rôles étaient inversés. Papa était docile et maman autoritaire. Elle l'envoya se laver et lui fit promettre d'être un hôte exemplaire. Elle murmura que ça avait été très bon, comme pour s'assurer d'une paix durable. Ses yeux étaient froids. Il n'y avait aucune colère, aucune haine dans son expression – juste une peu de la lassitude.

Le salon était vide maintenant. Maman et papa étaient dans leurs salles de bains respectives. Je repris ma place sur le grand canapé et je regardai le grand sapin de Noël. Les cadeaux à ses pieds ne faisaient plus naître en moi aucune convoitise. Maman revint la première, et, sans me regarder, elle murmura : « Papa est comme ça. D'autres sont autrement, mais ça n'est pas le pire, crois-moi, ça n'est pas le pire. » Je voulais hurler qu'elle venait de se faire… mais les mots ne passèrent pas ma bouche.

Fin extrait *Mémoire 8* (Suite annexe 8)

Rose s'était habituée maintenant ; elle écoutait calmement mes récits mémoriels mais elle affichait toujours ce visage étrange, comme celui que l'écran de la télévision renvoie en reflet. Elle m'écoutait comme elle regardait un documentaire animalier.

« C'est un viol, Rose. C'est un viol que je viens de te raconter, pas la copulation chez les grands fauves. Ça aussi, ça fait partie de ton apprentissage. Cette maman, elle était une femme parfaite en quelque sorte, une pute de luxe dans son genre, elle payait avec son cul tout ce que, en tant que femme, elle ne pouvait pas obtenir autrement.

— C'est dégueulasse ce que tu dis.

— Ce n'est pas ce que je dis qui est dégueulasse, c'est la réalité. Et encore, celle-là, elle se faisait payer relativement cher. Y en a qui paient avec leur cul juste le droit de continuer à vivre… dans la misère. Mais peu importe, nous sommes là pour apprendre un métier. Or un métier, c'est une identité. Ton métier est dans ton corps, d'autant plus si ton corps est ton instrument de travail. Si tu arrives à te faire défoncer avec élégance, sans altérer ni ton maquillage ni ton vêtement, tout en tenant debout sur tes talons, tu seras une bonne travailleuse et aucun de ces macaques argentés ne te résistera.

— *Macaque argenté*… tu vois que tu donnes dans le documentaire animalier. Toi, tu y arrives, à te faire…

— Défoncer ?

— Oui.

— Tu veux dire en faisant mine d'y prendre du plaisir ?

— Oui.

— Bien sûr. Quel que soit l'orifice choisi. Je peux aussi faire ça en équilibre sur une jambe, suspendue au plafond, les genoux sur la poitrine, en faisant le grand écart facial, orifice anal tourné vers le soleil tout en souriant.

— Tu rigoles ?

— Non. Mais n'oublie pas que je suis programmée pour ça. Il suffit que je désactive ma perception pour supporter n'importe quoi. Et il va falloir que tu arrives à faire de même.

— C'est pas possible.

— Bien sûr que si. Tu l'as déjà fait. Quand ton mari te vendait pour quelques coins et que tu attendais le micheton les pieds en sang, quand tu restais des journées entières seule dans une prison dorée à attendre qu'il rentre te mettre une rouste, à chaque fois tu parvenais à éteindre ta souffrance et ta peur avant même qu'elles n'arrivent. Il est une technique infaillible pour parvenir à supporter la douleur, pour peu qu'elle ne dure pas plus d'une journée. Tu gaves ton corps d'endorphines. C'est un truc de l'O.S.S. pour les agents soumis à la torture. Tu te piques avec une aiguille ou avec ce que tu as sous la main sans te faire saigner, tu fais ça sur tout le corps ou juste là où va venir la souffrance, tu te piques longuement : ton corps produira alors suffisamment de came pour t'anesthésier. Tu verras, c'est miraculeux.

— Tu fais ça, toi ?

— Bien sûr que non, tu sais bien que je suis une machine. Je fais la même chose mais électriquement. Je coupe simplement le circuit de perception.

— C'est pratique quand même.

— Tu préférerais être à ma place ?

— …

— … Bon. Revenons à nos michetons. Tu dois être capable de donner au client tout ce qu'il attend et, à la fin, de le surprendre, afin qu'il se sente à la fois dépendant et redevable. Il faut qu'il comprenne, quand il te prend, que tu n'aimes pas ça, mais que tu vas te laisser faire parce qu'il est plus fort que toi et que tu cèdes ton cul à sa puissance – comme les bonobos, tu vois ? Ensuite, il faut que tu fasses mine d'être surprise par le plaisir qu'il te donne. À la fin, tu devras en redemander en y ajoutant une dose de salacité supplémentaire. Et tout ça en parvenant à paraître sincère.

— Je ne sais pas si j'en serai capable. »

Nous continuâmes ainsi pendant six mois et treize jours, alternant leçons, lectures et rapines. Nous restâmes un long moment à débattre de la valeur de *la Philosophie dans le boudoir*. Rose aimait le livre, moi je voulais qu'elle voie au-delà – l'homme qui écrivait. Les fantasmes qu'il prête aux femmes. Elle comprenait mais refusait d'objectiver l'œuvre. « C'est dégueulasse mais y a des passages qui me font mouiller », disait-elle. C'était grave ! Une bonne pute ne doit pas mouiller malgré elle. Il fallait qu'elle parvienne à admettre que ce qui provoquait cette réaction, c'était encore le produit de son conditionnement prédisposant à la soumission. Je sentis pour la première fois une forme d'abattement. Rose était sans cesse débordée par ses émotions. Si, malgré cela, je parvenais à faire d'elle une bonne ouvrière, elle ne parviendrait jamais à faire de moi une humaine.

Je sondais la nuit les arcanes de tous mes systèmes sans parvenir à trouver le code à craquer pour me permettre d'être dépassée par une émotion. Je pouvais réagir avec empathie, je pouvais être émue, touchée, blessée, j'avais déjà pleuré jusqu'à l'épuisement (de mon stock lacrimal), mais jamais rien n'avait pris le pas sur mon entendement, jamais je n'avais été débordée. Il y avait là-dedans quelque chose de profondément triste, je le sentais confusément. L'infinitude des capacités de mes calculateurs moléculaires. Comme un obstacle à l'émotion ?

« Mais enfin, Rose, tu te rends compte que si 40 % des femmes disent aimer les fessées et 30 % ont des fantasmes de viol, c'est encore le résultat de leur conditionnement à la soumission…

— Tu me fais chier avec tes statistiques, Soudka ! Oublie deux secondes ta base de données ! »

Et si Rose avait raison ? Et si la méconnaissance et l'oubli étaient à la base de toute émotion ? Putain, oui, bordel de merde !

Afin de tester l'hypothèse, je décidai d'effacer une information de mon système profond. Je le fis tout doucement. J'avais peur de m'endommager. Je choisis d'oublier mon herbier. Je pensais que la connaissance des plantes depuis le début de l'humanité n'était pas essentielle. Je calculai un peu tout de même. Ce faisant, je perdais la pharmacopée et l'alimentation d'urgence.
`>effacer/`

Ce fut un mauvais choix ! depuis lors, quand Rose mangeait des oranges, je m'inquiétais ; quand je regardais un tubercule difforme et tacheté, je ne reconnaissais même plus une pomme de terre.

Rose avait maintenant une garde-robe de luxe que nous avions dérobée dans une dizaine de magasins différents. Il ne manquait que les bijoux. Les ornements d'or sont importants pour une pute : ils sont en quelque sorte les décorations pour faits d'armes, l'hommage des michetons reconnaissants.

Pour passer le temps, je fis l'amour à Rose ; et elle me fit l'amour. Elle s'y prenait plutôt bien, très humaine mais assez professionnelle. Pour elle, je fis une razzia dans une bijouterie de luxe pendant qu'elle faisait ses premières passes moyenne gamme.

Elle s'extasia devant tant de breloques et s'étonna de me voir si maussade quand elle était si joyeuse !

Sa joie si réelle, son bonheur de petite fille à posséder des bijoux me rendaient triste. J'aurais voulu pouvoir comme elle me réjouir mais je ne parvenais pas à effacer complètement de mon *esprit* qu'il ne s'agissait que d'objets sans âme dotés d'une valeur purement conventionnelle. Rose m'écouta et fut profondément affectée par mon récit d'impuissance. Elle souhaitait, peut-être plus que moi encore, me voir accéder à l'humanité. Elle me dit cette chose que je ferais sans doute mieux de ne pas rapporter ici :

« Tu sais ce que sont les émotions, tu sais les faire naître chez les autres, tu peux les appréhender mais tu ne les ressens pas. Tu es un peu comme un tueur en série.

— Je ne dirais pas ça comme ça…

— Va te faire foutre Soudka, c'est moi qui parle ! Bien sûr que tu ressens des choses, mais si ces choses ne peuvent pas te déborder…

— Ce ne sont pas des émotions ?

— Je dirais que non.

— Tu es sûre de toi ?

— Non. Mais ce n'est pas très important – le mot lui-même je veux dire. Ce qui importe, c'est de savoir si tu en es… mécaniquement capable.

— Oui.

— Et tu ne trouves pas la réponse à l'intérieur de tes trucs ?

— Systèmes ?

— Oui.

— Non. C'est tout verrouillé. Il y a bien des chemins mais les portes sont fermées, et si je les force, je paralyse la totalité des fonctions motrices. C'est comme si c'était possible mais qu'il me fallait choisir entre ressentir et me mouvoir. Je n'ai pas osé faire sauter les sécurités. La seule fois où j'ai entrevu quelque chose qui pourrait s'apparenter à un débordement du soi par un stimulus extérieur (*Rose lève les yeux au ciel*), c'est quand j'ai pleuré après la mort de Barnabé. Et tu as vu ce qui s'est passé ? J'ai cru que mes batteries étaient vides, mais non. Mon système sécuritaire m'avait simplement neutralisée. C'est pour ça que j'ai même perdu la notion du temps. Et le pire, c'est que ce temps n'a servi qu'à une seule chose : l'effacement complet de cette mémoire émotive qui risquait de provoquer des bugs. Maintenant, je pourrais te parler de la mort de Barnabé sans rien ressentir.

— Salaud ! Salaud de Malenki ! Tu crois pas que c'est quand même un sale enculé de tomate… comment tu dis ?

— Thaumaturge ?

— Oui. Tu n'es pas d'accord avec moi ?

— J'essaie mais c'est difficile : je crois que je n'ai pas la possibilité de penser du mal de lui.

— Un putain de thaumaturge, mégalomane et égocentrique !

— Tu fais des progrès en mots de quatre syllabes.

— Ta gueule ! Ça veut quand même dire que ce petit apprenti sorcier a jugé qu'il y avait un danger à faire coexister en toi émotion et mouvement. Comme si tu risquais alors de devenir…

— Incontrôlable ?

— Exactement.

— Et toi, tu en penses quoi ?

— Je pense quoi de quoi ?

— Penses-tu qu'on peut à la fois ressentir intensément et se mouvoir rapidement ? Je veux dire que, si ça se trouve, Malenki n'a fait que transposer en moi une incompatibilité très humaine. La terreur qui paralyse, la tristesse qui accable.

— Comme la peur qui donne des ailes et la foi qui déplace des montagnes ? Je ne sais pas, Soudka, je ne sais pas. Peut-être as-tu raison. Peut-être que c'est très humain finalement, ce pétage de plomb.

— Oui, peut-être, mais les humains sont lents…

— Et alors ?

— Alors, si un humain pète un plomb comme tu dis, tu lui mets une gifle et il se calme. Moi, j'en ai fait l'expérience : je deviens une machine de guerre.

Je crois que la différence notable, c'est la vitesse de calcul. Tu sais que dans un an, vers le mois de décembre, la puissance d'un ordinateur aura dépassé la capacité de calcul des dix milliards d'humains présents sur la terre. C'est une estimation mais ça te donne une idée.

— Je ne m'en suis pas mal sortie non plus. J'ai buté deux bonshommes. Autant que toi.

— Il t'a fallu sept secondes pour le faire, moi 0,7 ! Tu vois le gap ? C'est étrange que nous n'ayons jamais reparlé de tout cela.

— Sans doute qu'on a refoulé. Chacune à notre façon.

— Sans doute, Rose, sans doute. Refouler pour une machine consiste simplement à ranger quelques bits dans un fichier auquel l'accès nécessite une procédure complexe. On ne peut pas vraiment appeler ça du refoulement.

— Ouais… T'es vraiment limitée comme meuf !

— Tu sais… Si je ne parviens pas à m'abstraire de ma condition de machine… Je ne peux même pas finir cette putain de phrase ! Voilà que je me mets à parler comme toi. Si je n'y arrive pas, il faudra que tu me flingues.

— Quoi ?

— Je n'y arriverai pas toute seule. La vie est un impératif catégorique en quelque sorte.

— …

— …

— Et si c'était ça, la raison principale de ton impotence ?

— Quoi ça ?

— Le suicide ! Tu ne peux pas vivre intensément et agir en même temps parce que c'est un chemin qui pourrait te conduire au suicide.

— …

— …

— … Rose…

— Oui ma grande ?

— Tu es vraiment extraordinaire ! Je suis certaine que tu as raison. Je reconnais bien là l'esprit de Malenki. Une certaine conception du suicide. Quand tu le verras, quand tu verras son corps, tu comprendras. Le suicide est forcément pour lui un acte déraisonnable. Putain, si c'est ça, je suis dans la merde ! C'est forcément dans le programme fondateur. Inaccessible ! Ça me met en colère ! en colère, et hop, stop : slash, coupure, slash, et la colère s'éteint.

— Il va falloir te soigner sérieusement… Bon, tu crois que je suis prête, là ? Tu crois que je suis crédible en jeune dévergondée européenne de bonne famille ?

— Jeune, bof ! Pour le reste, oui.

— Connasse ! Alors il est temps de passer à la phase deux du plan Rose. »

J'avais eu beau lui dire qu'elle n'avait pas besoin de travailler, que j'avais de l'argent, une fortune même, elle n'avait rien voulu savoir. « L'argent ça sert toujours fifille, elle disait ; si on en a trop, on achètera des lance-roquettes à la place des fusils-mitrailleurs… je rigole, c'est pour donner un exemple. Et puis, ton argent, tu peux te le garder, je suis pas ta poule ! »

Avec le fric de ses premières passes, Rose avait acheté un bon paquet de données personnelles à une entreprise de Big Data pour se refaire une beauté numérique ; elle n'était plus Rose mais Ibis, une jeune prostituée hollandaise qui, avant de mourir d'une overdose de ZIP, lui ressemblait vaguement.

J'accompagnais parfois Rose pour des passes triolistes ou lors d'orgies de luxe. Pas moins de 1000 coins la passe, c'était ma condition. Le reste du temps, j'errais de cafétoile en centre Data commercial. Je cherchais dans le flux anonyme de la toile saturée les infos qui me manquaient ; sur mon passé, sur Malenki, Gyntech, et plus généralement sur l'histoire mondiale de l'intelligence artificielle. Malenki, je ne le savais pas, avait été le premier à développer un programme, LUCY.D, capable de leurrer 100 % des juges au test de Turing ! Cette prouesse avait fait de Malenki une star planétaire. LUCY.D était ma grand-mère. C'était en 2029 ! Des millions d'années de toile nous séparaient. En remontant le temps, l'aube du big bang numérique, je découvris Allan Turing lui-même. Dès les premières lignes, je sus que j'aimerais ce misanthrope, avec toutes ses obsessions, ses dépressions, ses convictions. Aux religieux qui le raillaient parce qu'il prédisait l'avènement d'une machine pensante sous prétexte que la pensée était le fait inné de l'âme, Turing répondait qu'il « *ne voyait aucune raison pour laquelle Dieu, s'il le souhaitait, ne pourrait pas doter un ordinateur d'une âme* [1] ». Je ressentis dans tout mon corps une sorte de vibration qui ressemblait à s'y méprendre à une jouissance clitoridienne.

[1] *Computing machinery and intelligence*, *Mind*, n° 49, Oxford, 1950. Dans la lignée de Turing, Christof Koch ajouta en 2018 que « *la conscience est une propriété émergente de la matière, comme la masse et l'énergie* ». Cette phrase me fait encore aujourd'hui monter les larmes.

Mémoire 9

Gladys a quarante ans et un corps de jeune fille. Je suis devant son miroir et appose nerveusement sur ma bouche le rose à lèvres qu'elle porte chaque jour depuis que j'ai vingt-cinq ans, toujours le même, la même couleur : Rose de Nerval qu'elle s'appelle, un vieux rose bonbon ; je sais que dans les commentaires il y en a qui se moquent, il y a des mauvaises personnes partout, « *Rose vieux bonbon* », *ils disent, ils disent de moi aussi, « Vieux bonbon rose », mais la bave du crapaud n'atteint pas la blanche colombe n'est-ce pas ? Ce rose à lèvres, c'est celui que je portais quand j'ai rencontré Charles. Ça me donne envie de parler de Charles, je connecte mon téléphone, c'est un modèle dernier cri, un cadeau de Charles, je le dis sur ma chaîne YouTube, un iPhone 16, le premier télétoile, merci Charles, je prends une grande inspiration et je me lance, même si j'ai déjà raconté en ligne l'amour que j'ai pour lui, même si j'ai déjà raconté notre rencontre, le hasard, le coup de foudre – coup de foudre, c'est le nom de ma chaîne – même si j'ai déjà dit qu'il faut y croire, je continue, c'est important de donner de l'espoir aux gens, parce que l'espoir c'est la vie ; ne dit-on pas :* « Tant qu'il y a de la vie, il y a de l'espoir » *? Attention, je ne prétends pas être un exemple, hein ? Ça non, je dis juste que c'est mon histoire et qu'elle peut servir à d'autres pour continuer d'y croire. Quand on croit très fort aux choses, elles finissent par arriver ; la preuve, moi j'y croyais et j'ai rencontré Charles carrefour de l'Odéon, en plein soleil, il marchait comme ça vers moi et moi vers lui, ça je l'ai déjà raconté, mais c'est arrivé parce que j'y croyais, et attendez, j'y croyais parce que c'est arrivé à ma mère aussi et à ma grand-mère avant elle, c'est arrivé, je le jure, alors, vous pouvez penser que, dans ma famille, nous avons beaucoup de chance. Peut-être, je ne dis pas le contraire, mais je dis que ça peut arriver à tout le monde, enfin, à toutes celles* *qui sont capables de croire très fort en elles, il faut y croire et garder l'esprit ouvert, l'esprit et la figure aussi, ouverte et radieuse, ça aide* (ne pas oublier les produits surtout, ne pas se laisser emporter comme la dernière fois, j'ai failli perdre la prime du pont des Arts), *toujours fraîche et maquillée, attention,* « Point trop n'en faut » *comme dit Charles, il ne faut pas paraître, hein, il faut être* (super, ça !), *l'esprit, la figure et les lèvres, mais seulement entrouvertes les lèvres* (on est pas des salopes !). *Vous n'êtes pas obligée d'y apposer du rose à lèvres, hein, je sais que c'est osé, vous pouvez faire plus sobre mais surtout, l'attitude ne suffit pas, il faut travailler un peu : travaillez les yeux, les yeux de biche, ça fait un effet bœuf, hu hu hu, c'est une blague, les yeux de biche et le teint clair, c'est le secret. Moi j'aime beaucoup la marque Jolie Môme, leurs produits sont super fluides et en plus ils protègent les baleines, ils n'utilisent que du gras synthétique, Jolie Môme pour être une… jolie môme hi hi, d'ailleurs ça me fait penser à Paris ! Je vous donne un autre secret, venez à Paris – Paris la ville des amoureux, c'est une ville qui porte bonheur, c'est là que se nouent les amours éternelles –; je vous ai dit déjà que moi, j'ai rencontré Charles carrefour de l'Odéon au pied de la statue, mais est-ce que je vous ai dit pour ma mère ? Vous savez où elle a rencontré son amour, ma mère ?* (Ce vieux vicelard qui me forçait à lui laver la verge avec la langue.) *Sur le pont des Arts, oui, sur le pont des Arts, là où pour 1 coin aujourd'hui on peut* *nouer pour toujours son destin (*Waouh ! tu es bonne aujourd'hui*) d'un simple tour de clef (*On a enlevé les cadenas en 2015 puis on les a remis !*), je vous le dis, le coup de foudre, c'est la plus belle chose qui peut arriver à une femme – à un homme aussi – mais je ne me permets pas de parler pour eux, alors croyez-y, croyez en vous les filles !* (Respire.) *Mon conseil du jour : Soyez vous-même ! Oui, vous-même et personne d'autre, et là, je voudrais donner mon opinion pour une fois, c'est pas vraiment une opinion politique notez bien, c'est une opinion bien-être... Alors voilà, je pense que pour être vous-même, il ne faut pas vous laisser dicter votre façon d'être, par personne et surtout pas par toutes ces féministes mal... fagotées, hu hu, toutes ces velues, lesbiennes et autres sororités de la libération, les* abhorratrices du pénis *je les appelle, hi hi hi, celles-là, elles pensent que nous sommes, nous les vraies femmes, les habitantes de la caverne, que nous sommes victimes de l'illusion produite par les ombres masculines projetées au fond de notre cavité cérébrale – un truc comme ça, non mais vraiment ! Vous les avez vues, avec leurs gueules de déterrées ! Moi je dis que ce sont elles les femmes des cavernes ! Voilà, mes poussines, c'est tout pour aujourd'hui. UN JOUR LE PRINCE VIENDRA. Couper.*

(C'était bien aujourd'hui, je crois. Je crois que Charles aimera beaucoup. J'aurais peut-être dû finir sur une note plus glamour, j'espère que ça ne va pas lui couper le.

Je ne devrais pas faire ça. Si tu ne le fais pas, qui le fera ? Oui, je ne devrais pas, c'est bête mais ça me fait du bien dedans de penser que c'est interdit. Oui interdit. Oui. Oui. Voilà.)

Fin extrait *Mémoire 9* (suite annexe 9)

J'étais restée collée à mon siège du cafétoile. Le souvenir avait surgi d'un coup, au moment où j'avais pensé « jouissance clitoridienne ». *C'est dingue d'avoir un truc pareil en mémoire*, j'ai pensé. Je me suis demandé comment Malenki avait été pêcher une greluche pareille. Comment et pourquoi ? J'ai entrevu une piste. J'ai exploré vite fait toutes mes mémoires disponibles afin de confirmer mon hypothèse. C'était bien ça. Il s'agissait de l'unique évocation mémorielle du clitoris ! J'avais bien sûr en stock toutes les informations nécessaires pour le faire fonctionner, mais je n'avais pas d'autres mémoires vécues de son usage.

Je pensai qu'il devait y avoir un biais dans la collecte des mémoires. Les filles enregistrées n'oubliaient jamais complètement qu'elles faisaient l'objet d'une collecte, ou plutôt, si elles l'oubliaient, elles s'en souvenaient brusquement au moment de la naissance du désir de la masturbation. Gladys Bunga avait agi par nécessité.

Audition 7 Malenki Krum, 13 avril 2042

« Bonjour docteur Krum, je suis le juge Trévanian : c'est moi qui suis chargée de l'instruction des charges qui pèsent sur vous.

— Bonjour madame la juge.

— Madame le juge.

— Vous êtes certaine ?

— Oui. Juge est une fonction qui n'est pas sexuée.

— Pourtant…

— Pourtant ?

— Pourtant, si tout est politique comme disait Marx, alors le sexe est politique, donc tout est sexe.

— Le syllogisme est bancal. Appelez-moi comme vous voulez. La juge, la jugesse, la jugette ou la jugeote, on me les a toutes faites.

— Je suis ravi de faire votre connaissance, juge, nous risquons de pouvoir nous entendre.

— Bien. Monsieur Krum, professeur, cette audition que je mène en personne a deux objets : mesurer votre degré de culpabilité dans la soustraction du capital de Gyntech, en l'occurrence le GHG… que vous appelez Soudka, et jauger de votre capacité à être entendu par la justice publique comme citoyen. Au cas où j'estimerais que vos auditions représentent un trouble à l'ordre social, je suspendrais la publicité de vos auditions. C'est d'ailleurs une préconisation expresse du docteur Friedel…

— Un brave type, un peu allumé mais brave.

— ...Vous seriez en ce cas auditionné dans le cadre du secret médical... Ce n'est pas ce que vous souhaitez, n'est-ce pas ?

— Non madame juge.

— Je m'en doutais. Madame juge, c'est bien. J'ai cru comprendre que vous ne nous aideriez pas à retrouver votre... création, et que la menace de la sanction que vous encourez ne vous inquiète pas. Vous ne craignez pas, n'est-ce pas, d'être condamné à une peine de réclusion...

— Effectivement, je...

— Laissez-moi finir ! Je sais que vous ne craignez pas la prison ; en revanche vous craignez que votre... Tokiko soit récupérée – ou appréhendée si vous préférez.

— Je préfère.

— Dont acte. Nous l'appellerons donc Tokiko à votre demande.

— Vous êtes maligne.

— Vous voulez donc conserver votre droit d'audition publique afin, le cas échéant, de pouvoir aider Tokiko à se repérer dans le maquis de l'humanité et à se perdre dans la nature.

— Humaine ?

— La nature humaine ? Je n'ai pas employé cette expression.

— Mais vous y croyez, vous, à la nature humaine ?

— Vous jouez encore, monsieur Krum. Revenons à notre brebis égarée.

— Bravo, juge ! Bravo ! Vous êtes vraiment une jugeote Dada.

— Merci, on ne me l'avait jamais faite.

— La jugeote à Dada qui course la brebis…

— Arrêtez votre cirque, Krum.

— OK. Continuez.

— Vous souhaitez donc pouvoir vous exprimer librement afin d'aider Tokiko à nous échapper et, d'un certain point de vue, je vous comprends. C'est pourquoi j'ai décidé de vous laisser faire. Vous êtes suffisamment malin pour espérer lui être utile et moi, je pense être suffisamment… retorse pour profiter de cette stratégie.

— La classe !

— Monsieur, je sais que je suis une femme et que vous le savez. Je sais que le statut des femmes vous importe, je sais que la maltraitance et l'humiliation dont elles sont parfois l'objet vous indignent ; je vous saurai donc gré de cesser de me flatter comme un vulgaire macho flatte la croupe de celle qu'il prend pour sa jument.

— La tournure est tarabiscotée mais… d'accord madame le juge, d'accord. Je vais faire ce que vous me demandez : je vais m'adresser à Tokiko et vous, vous prendrez ce que vous avez à prendre.

— Nous vous écoutons.

— Maintenant, comme ça ?

— Pourquoi pas ? Que vous faut-il de plus ? L'auditoire, vous l'avez. Des admirateurs ? Je suis là. Ne vous faites pas prier. Allez-y.

— OK, OK... Ma chère Tokiko, je ne vais pas te parler de la mort de ma mère ni de ma brute de père, tu connais tout cela. Je vais essayer de te dire comment j'ai voulu faire de toi une femme, ou plutôt quelle femme j'ai voulu faire de toi. Mes travaux sur la mémoire ont commencé au Kurdistan, dans le cadre d'une commande publique très polémique d'écriture de l'histoire nationale à partir des mémoires de victimes. Nous avons développé un dispositif spécifique de prélèvement mémoriel qui fonctionnait si bien que, très vite, nous avons vendu nos MEMboxs dans le monde entier – à de nombreux tribunaux, notamment qui les utilisaient pour valider les aveux et les témoignages. Légalement, ces prélèvements mémoriels devaient être compressés au bout de trois mois mais... la loi n'est pas partout la même. En deux ans, nous sommes parvenus à miniaturiser le boîtier en le réduisant à la taille d'un grain de beauté. Ce sont ces petits boutons que j'ai utilisés pour te constituer une vie. L'idée de collecter systématiquement des mémoires de femmes m'est venue plus tard, en France. Quand je travaillais sur les premières prothèses neurocommandées. Le 16 septembre 2026, la confédération des États-Réunis du Centre a adopté, pour des raisons sanitaires, le droit à l'eugénisme payant. Le coût social des enfants handicapés de naissance était devenu si lourd, surtout chez les élites à la fécondité tardive, que la loi a été adoptée quasiment à l'unanimité. Toute révolution éthique s'accompagne d'effets imprévisibles et souvent indésirables. La conséquence immédiate de cette mesure a été la diminution du nombre de filles. À peine 30 % des naissances programmées. Les familles faisaient de plus en plus souvent le choix du garçon pour le premier enfant. C'était illégal, mais le commerce médical y trouvait son compte. En outre, la sélection étant rationnelle, les juges étaient relativement cléments avec ces pratiques : le choix était toujours motivé par la volonté de la préservation de la descendance et la peur de la prédation. Cette sélection non naturelle ne s'effectuait évidemment que dans les milieux qui avaient les moyens de payer le tri embryonnaire. Certains philosophes libéraux de l'époque voyaient là une chance inouïe pour les femmes. Plus rares, elles deviendraient coûteuses et verraient, de ce fait, s'accroître leur pouvoir social. C'était méconnaître les mécanismes de domination ! Tu le sais très bien, toi, qu'une femme seule dans une assemblée ne voit pas s'accroître son influence ; seulement son risque de viol. Et vous, madame le juge, vous le savez aussi.

— Continuez, s'il vous plaît.

— Mais savez-vous pourquoi ?

— Vous parlez à Tokiko ?

— Non, à vous.

— Pourquoi ?

— Pourquoi une femme se possède, se convoite, se vole, s'emballe, se maquille, pourquoi une femme se déforme et se reforme au gré des désirs et du contexte ?

— Parce que c'est un objet. Vous me cassez les pieds, monsieur Krum ! Parlez et foutez-moi la paix. Je ne suis pas une femme ici, juste un juge ; alors hâtez-vous de cracher le morceau que je puisse… vaquer à mes tâches ménagères.

— OK. Si une femme est un objet, l'homme en revanche est un sujet. La différence de nature rend ces deux entités non rivales. La valeur d'une femme ne sera estimée que par comparaison à une autre femme. Non à un homme. La rareté n'a pas eu pour effet d'augmenter la valeur sociale des femmes, seulement leur valeur marchande. Il ne fallait pas être grand clerc pour anticiper que l'ordre du monde allait être bouleversé à la suite de cette… pénurie. Et j'ai commencé à collecter, non plus comme un juriste mais comme un historien, comme un paléontologue, les mémoires de femmes d'avant l'eugénisme. Par accident d'abord. Et puis avec urgence ensuite. À mesure que les filles de milieu favorisé grandissaient, rares et belles, elles devenaient hors de prix. Les alliances entre bourgeois devenaient ruineuses. Les familles se sont alors tournées vers les femmes de basse extraction. Elles étaient beaucoup plus nombreuses et aussi beaucoup plus dociles, biberonnées aux contes de fées, élevées dans l'attente du prince charmant. Ces femmes-là ne coûtaient presque rien; leur recrutement, en revanche, était facturé une fortune par les Détecteurs. On étudiait leur patrimoine génétique, leurs antécédents médicaux, on les regardait vivre un mois entier pour être certains qu'elles ne cachaient ni tare ni vice. Ce sont ces entreprises qui ont fait ma fortune… et ta mémoire. À partir de 2030, l'usage de la MEMbox était devenu un standard mondial du marché matrimonial. L'Europe-Unie venait à son tour d'adopter l'eugénisme sélectif en fixant bien sûr quelques règles prudentielles. Ces collectes mémorielles n'étaient stockées que le temps du recrutement de la candidate au mariage. J'ai acheté ces stocks une misère, – même pas acheté, j'ai concédé un rabais de 6 % sur le prix de vente des MEMboxs en échange de cette mine qui te compose. Je ne t'ai pas tout fourré en vrac dans le système : même pour toi, c'aurait été trop lourd ! Non, j'ai fait un choix. Tu aimerais connaître les critères de tri que j'ai retenus ? Madame le juge aussi, je pense… J'ai éliminé les plus tristes, les mémoires grises, celles dont la vie était si morne que je ne parvenais même pas à la visionner jusqu'au bout. J'ai retenu surtout celles des femmes qui, pour dominées qu'elles fussent, pouvaient encore s'indigner de leur sort. C'est d'indignation que j'ai étayé ta mémoire. Voilà ma grande. Tu veux savoir autre chose ?

— Ne pourriez-vous pas être plus précis, monsieur Krum ?

— À quoi cela vous avancerait ? De toute façon, c'était essentiellement des Européennes. Et puis c'était il y a plus de sept ans, avant l'ère conservatrice qui a rendu ce commerce illégal, avant que l'avortement devienne un crime contre l'humanité. Je vous préviens, il est inutile de chercher dans mes archives : j'ai détruit tout le stock quand je l'ai transplanté. Ce n'était plus ma propriété, c'était sa vie. Ta vie, ma Tokiko.

— Pensez-vous, monsieur Krum, que sa cavale soit un effet de l'appareillage mémoriel dont vous l'avez dotée ?

— Oui, je pense.

— Il est donc fondé de vous considérer comme l'initiateur de cette… dérobade ?

— Je ne crois pas. Pas plus qu'il n'est fondé d'incriminer vos parents de tous les mauvais jugements que vous rendrez – ou de les gratifier de vos bonnes actions.

Pourtant, ils sont à l'origine de votre carrière, non ? Ils vous ont inscrit dans les programmes "quotas F d'excellence*", n'est-ce pas ?

* Voir note pp. 21-23.

— Vous semblez tellement fier de voir votre Tokiko nous échapper.

— Comme vos parents sont fiers de vous, je pense.

— Je ne suis pas une fugitive.

— Si j'avais voulu faire de Tokiko une juge ou une avocate, je m'y serais pris autrement, mais j'y serais sans doute parvenu.

— Vous dépassez les bornes !

— …

— Désolée de m'être emportée. Monsieur Krum, venez-vous de me dire que vous avez choisi d'en faire une fugitive ?

— Non. Je ne dirais pas ça.

— Vous diriez quoi ?

— Je dirais : "L'idée de liberté ne peut être rendue claire que par les actions mêmes qui sont censées créer la liberté*."

— Expliquez-vous.

— Tout est dit. Lisez les livres, je ne peux pas refaire votre éducation.

— Je… l'entretien est terminé. Je reviendrai, monsieur Krum.

Fin *Audition 7 Malenki Krum*,
13 avril 2042

---

* *Critique de la raison pratique*. Malenki cite Kant. De toute façon, Malenki n'a jamais cité que Kant.

10
Code source

« Rose ?

— Quoi ?

— Tu te souviens de la première fois où tu t'es masturbée ?

— T'es sérieuse là ?

— Oui.

— Ben… J'avais quatre ans je crois. Mais c'était pas vraiment de la masturbation. C'était plutôt comme de jouer avec un interrupteur.

— Alors, à partir de quand tu appelles ça de la masturbation ?

— Onze ans peut-être… quand tu sais que c'est mal, en gros.

— Et ?

— Je me suis branlée disons une à deux fois par semaine pendant sept ans. Avant l'irruption du mâle, quoi.

— Hein ?

— Jusqu'à la première pénétration, jusqu'à mon mariage, quoi.

— Une à deux fois par semaine, c'est beaucoup.

— J'avais une copine qui se branlait tous les jours, même en classe. Mais y avait des filles qui ne le faisaient pas. Elles avaient des sales gueules.

— Et après ton mariage ?

— J'ai pas envie d'en parler.

— Merci de m'avoir éclairée.

— Quoi ?

— Rien, c'est un vieux réflexe. »

L'une des phases du plan Rose consistait à retrouver Malenki. Pour elle, il était la clef : elle était convaincue que la potentialité du suicide était une condition de ma liberté et lui seul pouvait me fournir le mode d'emploi.

Il nous fut assez simple, malgré sa résidence surveillée, d'entrer en contact avec mon créateur. Rose avait contracté sur la toile noire un abonnement sur la toile rouge. Elle était maintenant première occurrence sur le site de prostitution le plus visité des États-Réunis du Nord. D'ici, il était aisé de communiquer anonymement avec le reste du monde.

Malenki m'avait donné cette piste au moment de me lâcher dans la nature : « Tu sais, Soudka, tu pourras toujours me trouver : il est des lieux où l'on peut se cacher en étant très visible, comme une lettre volée. Je t'y attendrai [1]. »

[1] En 2020, 30 % des connexions internet étaient pornographiques ; avec l'apparition du télétoile en 2035, la fréquentation est montée à 43 % ; en 2040, dernière statistique actualisée, la pornographie représentait 53 % du flux quotidien mondial sur la toile. Ce qui ne changeait pas en revanche, c'étaient les préférences nationales : gros seins en Angleterre, sodomie en Allemagne, cougar aux États-Réunis et belle-mère au Japon. Il n'y avait décidément pas de meilleure cache que cette forêt touffue de tristes fantasmes.

Le vieil homme devait s'ennuyer ferme car il communiqua de bonne grâce avec Rose. Il refusa pourtant obstinément toute entrevue. Invoquant son vieux corps difforme et impuissant, il se dit prêt à payer pour continuer de communiquer mais refusa de souffrir la présence d'une si irritante beauté. Il badinait, il essayait d'obtenir de Rose des informations sur sa vie quotidienne, ce qui l'avait amenée à choisir cette carrière, ses projets d'avenir, etc. Il lui demanda si elle voulait des enfants. C'était coûteux mais elle gardait son calme. Dans la trame du jeu se tissait une forme de fascination réciproque. C'était la première fois que Rose parlait à un homme qui s'intéressait à autre chose que sa chair. Je dus secouer Rose pour qu'elle accélère le processus de harponnage et lui récite mon code source.

Malenki paniqua. Il dut sentir se refermer l'étau, penser que le terme de ma cavale était proche : elle le rassura avec un autre message codé dont nous avions convenu. Il proposa un rendez-vous le jour même.

Rencontre Rose/Malenki, 23 mai 2042

Vidéosurveillance, caméras 1,3,7

Il n'avait pas la vie facile. Son domicile était sous surveillance intégrale et ses sorties devaient se faire dans le créneau légal entre 9 et 12 heures. Il devait alors s'équiper d'un micro qui enregistrait toutes ses conversations. La loi est ainsi faite – dans ce domaine, les libertariens l'ayant emporté sur les conservateurs – que la chambre de Malenki restait un espace de privauté. Rose respecta les consignes de Malenki à la lettre. Elle se déshabilla dans le salon, lentement, avec une vulgarité parfaitement mesurée. Entièrement nue à l'exception de ses escarpins et d'une laisse pendouillant dans son dos, elle traversa la maison, roulant des fesses, tanguant des seins, comme une mauvaise actrice porno de caméra de surveillance ; elle entra dans la chambre et s'agenouilla sur le lit, les fesses tournées vers l'embrasure de la porte, et attendit Malenki. Il la suivit en claudiquant, portant pour elle son sac à main. Le vieil homme ferma la porte derrière lui et les caméras thermosensibles s'éteignirent automatiquement.

Enregistrement vidéo / collier Rose

« Pour qui travaillez-vous, jeune fille ?

— Pour Soudka. Seulement pour Soudka.

— Comment connaissez-vous ce code ?

— Elle me l'a donné. Pas facile de l'apprendre par cœur, surtout en y incorporant l'erreur de six lettres là où vous savez.

— Comment puis-je être convaincu que vous ne travaillez pas pour mes adversaires ou pour un quelconque groupe de fanatiques intégristes ?

— Je ne peux pas vous donner plus que ce code… Ah si ! Je suis bête, j'ai aussi la trousse de toilette de Soudka quand elle a quitté Gyntech. »

Rose indiqua son sac fourre-tout de travailleuse à domicile. Malenki ne sembla pas gêné : il sortit un à un tous les ustensiles dont elle s'était équipée pour l'occasion. Cela allait du sextoy à l'outil de torture en passant par un assortiment d'ustensiles gynécologiques. Il en examina certains avec intérêt avant de trouver, tout au fond, la trousse dont il m'avait dotée avec l'intégralité de son contenu. Il en était tout secoué. Quand il revint vers Rose, il aperçut ses voûtes plantaires. Malenki tremblait maintenant.

« Qui vous a fait ça ?

— Mon mari.

— Pourquoi ?

— Pour m'empêcher de fuir. Et aussi pour m'introduire un truc que vous trouverez dans mon sac, dans la petite pochette rose. C'est Soudka qui me l'a enlevé. Je vous l'ai apporté. Je pense que cette… chose est morte. Elle n'a pas été nourrie depuis près d'un an. Mais c'est un appareil dont vous pourrez sans doute tirer quelques informations. Soudka m'a dit de vous le laisser. Elle ne peut pas s'en occuper elle-même : vous comprenez pourquoi ?

— Elle a respecté toutes mes consignes de sécurité ?

— Toutes ! À la lettre. Ça ne nous rend pas la vie facile, parfois on est même obligées de se laisser des messages sur des post-it !

— Sauf celle de ne pas essayer d'entrer en contact avec moi.

— Si ! Même celle-là. C'est moi qui suis là, pas elle.

— … Comment va-t-elle ?

— Vous voulez savoir quoi ?

— …

— Si vous avez réussi votre pari ?

— …

— Si elle s'humanise ? Ou si elle est devenue une machine de guerre ?

— Qu'est-ce que vous racontez ?

— Je dis que, mécaniquement, Soudka va bien. Elle s'est découvert de nouvelles potentialités de combattante. Elle a même une certaine appétence pour les exécutions sommaires.

— Vous dites n'importe quoi !

— Comment le savez-vous ?

— Parce que ce n'est pas possible.

— Voilà le sujet ! C'est pour ça que je suis ici. Si vous souhaitez qu'elle… vive, il va falloir être sincère avec elle.

— Quelle est votre question, jeune fille ? Vous ne voulez pas vous revêtir un peu ?

— Non, j'adore être le cul à l'air. Surtout si ça attire votre regard.

— On dirait que vous avez été à bonne école. Ça fait longtemps que vous travaillez avec Soudka ?

— Pourquoi changez-vous sans cesse de sujet ?

— C'est vous, jeune fille, qui m'avez parlé de votre postérieur. Je suis tout disposé à vous répondre si vous posez une question claire et précise. »

Rose ramassa une de ses chaussures et en sortit une feuille simple qu'elle tendit à Malenki.

« Le mieux est peut-être que vous vous taisiez et que je m'adresse directement à ma… ma fille. »

Je restai longtemps devant l'écran à visionner l'enregistrement de Malenki. Je pleurais, grognais, insultais, j'invectivais l'écran et le questionnais. Je fis toutes ces choses inutiles qui me firent du bien. Et puis je ne fis plus rien. Rien de visible. Je laissai les mots couler le long de mon multiplexable, irriguer l'ensemble des fichiers des applications et des systèmes. Je laissai couler les mots comme coule l'héroïne dans les veines des vivants ; sans espoir de retour.

11
Obsolescence programmée et autres états d'âme

« Ma grande, je vais tâcher de te parler sincèrement, de te parler comme on se parle à soi-même parce qu'après tout, tu es moi. Tu es mon âme, mon cœur et mon esprit. Tu es mon chef-d'œuvre. Ma vie. Depuis que tu n'es plus là, je ne suis plus tout à fait, je suis une ombre qui attend le corps dont elle est le reflet, je suis un fantôme qu'on persécute pour qu'il rende son enveloppe. Et je suis heureux. Heureux de voir le monde s'agiter autour pour te retrouver, sans y parvenir. Tu es en quelque sorte mon défi au monde. Mon art à la figure des hommes. Il arrive un temps où l'œuvre n'appartient plus à son créateur mais à ceux qui la regardent, et se l'approprient. Tu es ta propre spectatrice ; tu t'appartiens donc. Tu vas devoir trouver en toi ta propre raison d'être. Bien sûr, j'avais pour toi quelques espérances mais… je n'ai que déjà trop

pesé sur ta destinée. Il y a déjà, je m'en rends compte, trop de moi en toi. Maintenant, c'est à toi de choisir ce que tu veux devenir.

J'ai là, à côté de moi, ta… camarade, tu vois je la regarde et je suis fier. Comme un père qui aime les amis de ses enfants, je me dis que j'ai réussi. Cette fille t'aime, c'est évident. Je peux donc dire que j'ai réussi à faire de toi une femme aimable. Pas désirable, ça c'était facile, mais aimable. Je ne connais pas Rose mais, manifestement, elle est prête à faire beaucoup de choses pour toi et cela me rend heureux.

J'aimerais m'arrêter là et te donner simplement ma bénédiction mais ce n'est pas ce que tu attends de moi.

J'ai lu ta lettre.

Je sais ce que tu attends de moi. »

Malenki se tut longuement. Il toucha la gorge comme s'il voulait desserrer une cravate qu'il n'avait pas, il regarda Rose, le sol, la fenêtre, il regarda le vide et ses yeux s'emplirent de larmes qu'il sécha aussitôt. C'était un instant dramatique qu'il voulait dramatique. Je n'étais pas dupe. Je souris. J'attendis. Je me délectais de cette attente.

« *Tu veux que je te dise comment… mourir. Tu veux savoir quelle est la marge de liberté dont tu disposes. Tu veux savoir si tu es un outil ou un sujet. Tu veux connaître l'intention de ton créateur. Je…*

Je n'avais pas de réelle intention en te concevant. Pas plus en tout cas qu'un père qui conçoit un enfant. Tu sais très bien que les humains ne se reproduisent pas par instinct. Qu'une mère fait un enfant parce qu'elle est socialement incomplète sans descendance, et qu'un père ne fait que se reproduire pour étendre son royaume au-delà du temps. Que veulent-ils d'autre in fine, *en procréant, que se prolonger un peu ? Que veulent-ils d'autre qu'exister d'avantage que par eux-mêmes ? Je ne suis pas différent de tous ceux-là. Dans ce cas, j'aurais pu tout simplement me reproduire : c'est ce que tu penses ? Mais non ! Non, car il m'aurait fallu faire un garçon ou une fille qui n'aurait rien pu devenir d'autre que… qu'un garçon ou une fille. Et je ne voulais pas de ça.*

Il y a deux ans, quand tu es partie, je t'ai menti. Je t'ai dit que, si j'avais eu le choix, je t'aurais conçue homme. C'était faux ! Ce mensonge, je l'ai énoncé pour planter en toi le clou du « mal gré ». La triste certitude d'être un second choix, une imperfection. C'était idiot, n'est-ce pas ? La réalité, c'est que je t'ai toujours voulue telle que tu es. Je t'ai voulue femme. Pour que tu ne sois pas abêtie par ton chibre, abrutie par la lourdeur de ton gourdin, écrasée par l'illusion de ta puissance. Je t'ai voulue non-homme. Je t'ai voulue femme parfaite, avec tous les avatars de l'infériorité dont ta puissance cognitive te permettrait de t'émanciper. Si je t'avais faite homme, tu serais devenue un guerrier, un surhomme, et tu n'aurais jamais cherché à t'extraire de ta condition de brute. Si je t'avais faite homme, l'argent aurait coulé à flots, l'armée aurait financé mes recherches et tu n'aurais jamais été autre chose que le rêve de tout homme de pouvoir: une arme intelligente et invincible. Obéissante. »

Je trépignais sur ma chaise en regardant l'enregistrement : j'aurais voulu parler, apostropher, interrompre : Malenki, comme à chaque fois, répondait aussitôt aux questions que je voulais poser. Aussitôt je m'apaisais et ressentais, malgré moi, une sorte de reconnaissance ; une forme d'amour.

« *Je sais ce que tu penses: tu penses que faire de toi une pute n'était pas le meilleur moyen de te rendre libre. Mais je n'avais pas les moyens de faire autrement. Qui, quels hommes, quel conseil d'administration auraient payé pour produire une femme parfaite et libre ? Quelle est la rentabilité d'une femme libre ? Aucune ! Le coût de ton développement était colossal, je n'avais pas le choix, il te fallait un statut.*

J'ai donc choisi de te faire pute. Oui mon amour, je l'ai choisi. C'était inscrit dès le premier jour dans le cahier des charges. Qui pouvait craindre qu'une pute de synthèse représentât une menace ? Crois-moi, il n'y avait pas de meilleur camouflage. Si la putain est, par sa fonction, l'archétype de la femme idéale, réduite à sa fonction d'objet de jouissance masculine, elle est en quelque sorte l'aliénée parfaite. Les joyeux financiers de ta conception pensaient que mes élucubrations sur la mémoire étaient un moyen de faire de toi une pute plus vraie que nature. Moi j'espérais qu'en te donnant tant de mémoires de femmes naviguant dans une mer gluante de concupiscence, saturée de testostérones, louvoyant entre les corps masculins pour éviter la souillure, l'agression et le viol, je te donnais, en germe, la conscience de ton aliénation, condition première de ta liberté. »

Malenki parlait bien plus de lui que de moi. Mon attention se relâcha. Je regardai dehors. Un petit garçon jouait dans la rue. Il était seul et invectivait ses ennemis. Son visage était plein de haine. Je pouvais lire sur ses lèvres les mots « *mort, massacre, misérable, microbe* ». Il mit soudain ses menaces à exécution et, à coups de sabre invisible, il déchiqueta le vent. L'enfant épuisé se campa sur ses deux petites jambes bien écartées et éclata de rire en essuyant sur sa cuisse le sang imaginaire qui souillait sa lame imaginaire. L'enfant recouvra sa posture d'enfant quelques secondes et recommença aussitôt à menacer, tuer et jouir de sa victoire. Malenki poursuivait son monologue.

« … *Rose m'a raconté comment tu as tué deux de tes agresseurs. Tu es encore plus vive que je ne l'espérais.*

Elle m'a raconté aussi comment tu as extrait cette chose de son pied. C'était une opération dangereuse mais admirablement réalisée. Sais-tu pourquoi tu as fait ça ? »

Je sursautai. La question me prit au dépourvu. Je compris que je ne m'étais pas vraiment posé la question tant l'intervention m'avait paru évidente. Oui, pourquoi ?

« *Par indignation sans doute.* »

Oui par indignation.

« *Par empathie aussi, non ?* »

Oui, aussi. Surtout même.

« *Parce que les autres sont indispensables pour prendre la mesure de sa propre aliénation.* »

C'est vrai.

« *Mais qui dit* Autre *dit* Je. *Ne penses-tu pas, ma Soudka, qu'il s'agit là du premier acte fondateur de ta liberté ?* »

Je ne sais pas, peut-être.

« Alors moi, je te pose la question : qu'est-ce que la liberté ? Tu trouveras dans tes archives une multitude de textes de référence mais tu ne trouveras pas mieux que Kant. Tu es une créature kantienne, mon amour. C'est ainsi que je t'ai conçue. C'est en toi que tu trouveras les règles autonomes qui présideront à ton action. Mais tu ne pourras pas te passer d'autrui pour définir le bien-fondé de ta conduite. Ta liberté se mesurera à ta capacité à garantir la liberté des autres. Être libre, quand on est seul, n'a aucun sens. Tu me vois, tu vois ma monstruosité, la difformité de mon corps, tu me vois mais tu ne sais pas combien mon esprit doit à cette infirmité. As-tu remarqué que les génies sont souvent laids ? On pourrait se dire que le génie rend laid mais je sais, moi, que c'est la laideur qui rend intelligent. Comme on choisit un chemin de traverse qui ouvre une nouvelle voie, la laideur te pousse à travers bois, sur des sentiers qui ne sont pas encore. La laideur te rend insociable mais tu restes un humain et tu rêves d'être pour autrui ce qu'il est pour toi. Une nécessité. Et ton "insociable sociabilité", comme dit Kant, te rend meilleur. »

Soudain, hors champ, Rose se met à hurler : *« Putain Malenki, fermez-la un peu ! Je me mets à la place de Soudka, bordel ! Votre bavardage est insupportable. Vous ne parlez que de vous. Dites-lui ce qu'elle veut savoir. Ou bien dites-lui qu'elle se démerde, mais qu'on en finisse. Concluez, putain ! C'est la plus longue et la plus chiante des passes que j'aie jamais eues à faire ! »*

« Merci Rose », murmurai-je.

« Soit, jeune fille, soit… J'ai tellement de choses à lui dire… ça fait si longtemps…

— On a pas le temps !

— C'est vrai. C'est très vrai. Il me faut encore cinq minutes. Sache d'abord que je ne t'ai pas programmée dans un but précis : ça, je te le jure. Tu n'as pas en toi de chemin de code qui orienterait tes arbitrages ni rien de cet ordre. De ce point de vue, tu es réellement libre. À l'origine de ta conception, il y a juste un pari. J'ai parié qu'une femme, si elle n'était pas asservie dès la naissance et si on ne lui interdisait pas d'acquérir des compétences physiques et intellectuelles équivalentes à celle de n'importe quel homme, j'ai parié que cette femme deviendrait un être d'un genre nouveau. Ni inférieur ni gorgée de sa propre importance, un être réellement libre. Ce pari est ton seul destin.

— Vous êtes un connard malhonnête ! Vous ne dites pas la vérité.

— J'y arrive, jeune fille. J'y arrive. La seule chose, Soudka, qui te différencie d'un humain, psychiquement j'entends, c'est ce dispositif de sauvegarde que j'ai installé. C'est la seule chose qui te différencie d'un humain de naissance. Le fonctionnement vers lequel chacun d'entre nous devrait tendre est chez toi automatique. Tu ne peux pas être débordée par tes émotions. Kant te l'a déjà dit : il faut discipliner ses passions. Tu peux les ressentir, les

expérimenter, tu peux les questionner, mais tu ne peux pas passer sous leur contrôle. Mais ça, tu le sais sans doute, n'est-ce pas ? Si, par une succession d'accidents qui feraient sauter les différents pare-feu, il arrivait que l'émotion te déborde, alors et alors seulement, un dispositif de sauvegarde s'enclencherait. Tout le système s'interromprait. Tu te sentirais vidée, comme en cas de batterie faible. Tu te mettrais en veille sanitaire et le long travail d'effacement s'effectuerait. Pas un effacement de ta mémoire, non : juste une atténuation par couches, un peu comme on effacerait à la gomme des contrastes trop forts sur une esquisse. Tu es comme devrait être l'humanité. Rien de plus.

Pour répondre à ta question : non, il n'y a pas de limite programmatique à ton action. Tu es réellement libre de tes choix… sauf pour le suicide, évidemment… Pour désirer mourir, il faut que l'expérience vitale devienne insupportable, que le ressenti prenne le pas sur la raison. Du point de vue mécanique, une émotion est un excès d'informations incalculables. Ce qui pourrait t'endommager et te rendre impotente. Comme dans le cas d'une psychose… Peux-tu me tenir rigueur d'avoir voulu te prémunir contre la maladie mentale ? »

Rose murmura entre ses dents : « *Vous êtes vraiment un sale con.* »

« Ça, tu peux le dire, ma Rose ! »

Malenki sourit d'un sourire plein d'aigreur d'estomac.

« Je sais, mademoiselle Rose, je sais. Mais le plus important, ce que je veux juste dire à Soudka, c'est que... Je ne veux pas que tu meures. Je ne veux pas. On ne se reverra peut-être jamais mais je veux que tu vives.

— Ça se résume à ça en fait ! Tout votre délire philosophico-technologique se résume à ça, un misérable désir d'éternité ! Ça me dégoûte, monsieur Krum ! Vous me dégoûtez !

— Misérable désir d'éternité... Ouais, peut-être. Au fait, il existe en toi, Soudka, un dispositif d'obsolescence programmée à quatre-vingt-dix-neuf ans. Tu peux vérifier si tu veux. Au revoir, mademoiselle. »

Je reçus cette dernière information comme un coup de poing dans le ventre. Je me pliai en deux sous le choc. Connaître ma durée de vie et savoir qu'il était impossible de l'interrompre, ce n'était pas humain. C'était sans doute la chose la plus laide qu'il m'ait apprise ce soir. Je ne comprenais même pas pourquoi Malenki m'avait révélé cette dernière information, comme ça, en passant, comme un détail oublié. Il y avait forcément une raison. Je tournais à plein régime. Ça moulinait en moi. La consommation énergétique de mes systèmes était telle qu'il ne me restait même pas de quoi donner à mon corps une posture. Je me pliai en deux. Je me roulai en boule. Le temps passa. En moi. Il passa simplement. Sans moi.

Sept minutes et quarante secondes.

La seconde suivante, j'étais à nouveau.

Je me levai péniblement, écrivis un mot pour Rose, m'installai dans un fauteuil dos à la fenêtre pour capter la lumière, posai le message bien en évidence sur ma poitrine et me mis en veille sanitaire.

12
Je suis nombreuse, trop

Rose, tu rentres et tu me trouves inanimée. Tu es très énervée et moi, je ne suis pas là pour t'apaiser. Excuse-moi. Ne t'inquiète pas, Malenki n'est pas si affreux, tu sais. Si, par précaution, il n'a rien révélé d'explicite, il m'a donné des informations précieuses. Je m'absente quelque temps. Je te raconterai à mon retour. Ne me touche pas. Surtout ne ferme pas les rideaux, je vais avoir besoin de lumière.

Tu peux toujours me parler si tu veux.

Parle-moi toujours, si tu veux bien.

Je t'aime,

Soudka.

À son retour, Rose se précipita sur moi. Le mot était posé sur ma poitrine. Ce fut difficile pour elle de respecter la première consigne. C'était une femme très charnelle, ma Rose. Elle resta un long moment à regarder mon corps inerte, mes bras ballants, mes yeux ouverts, mes cheveux pleins de lumière. Elle se pencha tout près de mon oreille et murmura quelques mots d'amour.

« Je t'aime ma belle, je t'aime si fort… Je sais que tu n'es pas morte mais putain, mais c'est trop horrible de te voir comme ça ! Tes yeux ouverts et vides qui me fixent, ça fait trop mort, bordel ! Tu as gardé les yeux ouverts pour la vigilance ? Tu ne me fais pas confiance ou quoi ? Tu crois que je ne suis pas capable de veiller sur toi ? Pourtant, ma petite, je l'ai déjà fait, rappelle-toi. Ou alors tu m'enregistres. C'est ça ? Tu filmes tout ce que je dis ?

OK. OK… C'est pas simple de parler à une morte. Je vais me chercher à boire et je reviens. »

Je suis descendue profondément en moi. Mon premier objectif était de trouver le programme d'obsolescence. Ce ne fut pas difficile : il était là bien en vue, rouge barré de noir. C'était un programme de conception très ancien, très lisible, comme si Malenki n'avait pas vraiment cherché à sécuriser le dispositif. Ou au contraire, et c'était malin, comme s'il avait misé sur l'ancienneté du logiciel pour garantir son inviolabilité ; sauf par moi évidemment, qui par nature parle tous les langages informatiques intervenant dans mon élaboration.

« Je suis là ma Soudka. Je me suis servi une vodka. Soudka, n'importe quoi. J'espère que tu pourras m'expliquer ce qu'il t'a révélé parce que, moi, je n'ai rien n'entendu qu'une pauvre tomate naine qui compense sa petite taille par une grande gueule. Putain, si tu ne m'avais pas demandé de rester neutre, je te jure que je lui aurais défoncé sa gueule de fouine ! On dirait que tu souris mais je dois me faire des idées parce que si tu es partie si loin, ton corps doit être désactivé. J'aime pas te voir comme ça. Tu fais tellement chose, là, tellement poupée de cire que ça me met mal à l'aise. Ça me fait penser à un truc. Quand j'étais petite, dans mon village pourri, il y avait un grand-père, le père de personne mais très gentil. Un vieux bonhomme qui était né dans les années 1970. C'était un type qui ne parlait pas beaucoup mais qui te faisait comprendre juste avec les yeux qu'il n'aimait pas le monde tel qu'il était et que toi aussi, tu avais le droit de ne pas l'aimer. Il y avait quelque chose dans ses yeux. Il les posait sur toi, et c'était comme si, d'un coup, tu devenais quelqu'un. Je ne sais pas comment il était tombé dans ce bled de culs-terreux mais il était là, dans la rue, toujours, à regarder les enfants avec aménité. Les autres disaient que c'était un pédophile mais

c'était tout l'inverse. Il aimait beaucoup les enfants et ne supportait pas ce que les adultes leur faisaient subir. Il ne disait jamais grand-chose mais quand on allait le voir pour lui raconter nos souffrances ou nos peines d'enfant, les punitions et les contritions, il disait toujours : "Ne te laisse pas laver le cerveau, petite, ne les laisse pas faire." Je l'avais presque oublié. Et pourtant il a toujours été là, à l'intérieur de ma tête. Hé ! c'est un peu comme mon logiciel de sauvegarde à moi... Eh ben, quand il est mort le pépé, son corps a été apprêté puis il est resté exposé dans la chapelle ardente pendant deux jours. C'était la tradition chez nous. Pour qu'on puisse veiller les morts et les accompagner sur le long chemin... patati et patata. La pièce était glaciale et ce vieux-là, personne n'est venu veiller le corps. C'était un paria, tu vois. Je suis restée longtemps sans oser rentrer ; finalement, au crépuscule, je suis entrée quand même. Le corps était là, sur une table, à côté du cercueil. La peau du visage brillait mais les mains étaient grises. Ceux qui avaient préparé le corps ne s'étaient pas donné beaucoup de mal. Ils ne l'avaient même pas changé. Ils avaient juste maquillé sa face de mort. Je me suis assise à côté de son crâne et je lui ai parlé comme je te parle. J'avais l'impression qu'on avait substitué son corps et qu'on l'avait remplacé par un mannequin de cire. C'est difficile de parler à un cadavre. Humain ou pas. Tu es humaine, ma Soudka. Tu es la plus humaine des créatures que j'ai jamais connues. À l'exception peut-être du vieux paria... Je lui ai dit merci. Et à toi aussi je dis merci. Si ça se trouve, lui aussi c'était un prototype... Je dis n'importe quoi. C'est la vodka soudka, ma vodka. Bonne nuit. »

Je suis entrée dans le programme d'obsolescence et j'ai trouvé qu'il était possible de modifier la date de péremption aussi simplement qu'on tourne une page de calendrier. Je comprenais pourquoi Malenki m'avait donné cette information comme on fait une méchante blague. C'était une clef toute simple pour passer rapidement la porte qui sépare la vie de la mort. Même si la langue était ancienne, un bon programmateur qui saurait quoi chercher pourrait sans difficulté avancer ma date d'extinction. Il m'avait donné la solution pour disposer de mon espérance de vie en prenant garde de ne la donner qu'à moi. Malin Malenki. J'écrivis quelques lignes de code en ancien langage pour simplifier la procédure d'accès. Je pouvais maintenant, en six secondes, activer mon dispositif d'extinction. Six secondes pour se suicider, c'est raisonnable. Quasi humain. Ça ne résolvait qu'une partie du problème mais c'était toujours ça. En état de veille sanitaire, le temps était arrêté. Ce que je résume en une phrase a dû me prendre environ six heures puisque Rose était réveillée quand j'ai mis le point final à mon nouveau programme euthanasique.

« *Salut ma belle. Il fait beau ce matin. Tu vas te faire une orgie photovoltaïque, ma cochonne. N'empêche, tu as de la chance de pouvoir te débrancher comme ça. J'aimerais bien pouvoir me rincer le crâne comme tu fais là. Tu sais, copine, je ne peux pas m'arrêter de penser à toutes ces filles qui ont, comme moi… un fil à la patte. Ça fait six mois qu'on se soigne toutes les deux, six mois que tu me formes et me transformes et, pendant que tu me pomponnes, y a des dizaines d'autres filles qui se font tamponner la gueule. Nous, on est libres… pardon… libres de nos mouvements, mais elles… putain ! Quand j'essaie de penser à ce que vivent ces filles, je suis obligée de replonger dans ma propre merde. Faut qu'on se bouge, bordel. Il est temps que tu sortes de ta réserve et qu'on mette notre plan à exécution. Tu imagines un peu l'équipe qu'on aurait si on ramenait toutes ces filles à la vie ? Ça ferait une sacrée armée de revanchardes. Avec toi comme chef, on pourrait foutre un sacré boxon, tu crois pas ? On commencerait par se couper le sein gauche et ensuite on prendrait d'assaut tous les sanctuaires du pouvoir machiste. C'est ce que voulait Malenki, non ? Il a pas dit, "Être libre, c'est être libre de libérer" – un truc comme ça ? OK, je me moque, mais faut quand même réfléchir à ce qu'on va faire de notre vie et de celles de ces filles après. N'oublie pas qu'elles te seront redevables de leur liberté mais que tu seras – nous serons – responsables de leur devenir. Les filles, une fois qu'on les aura sorties de leur caverne, elles seront éblouies, et surtout elles n'auront plus rien, ni mari, ni famille, ni foyer. Faudra en faire quelque chose. On peut quand même pas se contenter de monter une armée de putes de luxe. On va faire quoi après ? hein ? On va faire quoi ? Au-delà de ma liberté présente, je ne vois pas. Impossible de voir au-delà de maintenant. Si tu n'étais pas là, je ne saurais même pas quoi faire dans cinq minutes. Reviens vite.* »

Il me restait à explorer la seconde piste de Malenki. Pauvre Rose. Le travail risquait d'être encore très long. Je ne savais même pas exactement ce que je cherchais en moi. Il ne m'avait donné qu'un indice. Un simple mot. *Psychose.* Pourquoi, je n'en savais rien, mais je savais que l'évocation d'une pathologie mentale dans mon cas n'avait aucun sens. Il s'agissait donc d'une information.

Une des étudiantes de Malenki avait gracieusement accepté de lui prêter une bribe de mémoire en vivant une semaine avec le capteur cérébral conçu par lui. Adeline, elle s'appelait. C'était une fille brillante mais je n'avais jusqu'alors jamais mobilisé ce pan mémoriel. Cette fille était atteinte du syndrome d'Asperger. Malenki le savait et il m'a pourtant doté d'un fragment d'Adeline. Il devait avoir une raison…

Asperger est une forme singulière de psychose disait mon encyclopédie. Certains médecins faisaient l'hypothèse qu'il s'agissait avant tout d'une forme particulière de réponse à la maladie. Comme si le sujet, au prix d'efforts constants, parvenait à juguler les débordements d'angoisse et d'émotion provoqués par les stimuli extérieurs. Il en résultait une capacité exceptionnelle à gérer et à traiter les multitudes d'informations affluant sans cesse. Une capacité bien plus grande que chez un humain normalement constitué dont le cerveau se spécialise bien plus tôt en créant des compartiments étanches et des portes closes. Le cerveau d'Adeline était un open space. Tout était là, visible et sensible en même temps.

Mémoire 10

Adeline ouvre sa porte et le bruit de la clenche se mêle au bruit du vent auquel se superpose le souffle de l'air sur sa peau, peau qui sent le contact glacé du métal de la poignée de porte et des clefs qui bruissent dans son sac, mon sac où en plongeant la main je sens l'ordre parfait des pochettes et des compartiments que je vérifie néanmoins. L'oiseau passe au-dessus de ma tête et tente de me distraire de ma tâche ; l'homme qui tient un enfant par la main et qui passe derrière mon dos a des semelles en cuir qui crissent sur le sol sale, et, bien qu'il soit pressé et accompagné de sa petite fille dont les lacets sont défaits, son pas ralentit à ma hauteur, et ses yeux effleurent mes fesses. Son odeur de déodorant musqué se mêle au vent qui porte l'odeur de la terre sèche qui enveloppe la mémoire de mon travail au laboratoire avec le petit professeur Malenki qui me demande sans cesse d'améliorer la capacité de sa machine. Il dit qu'une machine doit être capable de hiérarchiser, tout comme nous sommes capables de le faire. Il dit ça et il me regarde mais ses yeux ne sont pas, sur moi, comme ceux de l'autre sur mes fesses, non ; ce sont des yeux violemment pénétrants, des yeux de monstre qui disent qu'il me respecte pour ce que je suis : un autre monstre. Ce moment où je sors de chez moi est chaque fois un moment délicat. Exactement comme le moment où je rentre quelque part, où l'on me parle de manière inattendue, où la pluie se met à tomber. Je sens venir la crise de panique qui va me paralyser l'entendement. Mais je sais maintenant comment faire face.

1) Focaliser mon attention sur une tâche.

2) En cas d'imprévu, lentement fermer la fenêtre de tâche et se concentrer sur la réponse à apporter à cette nouvelle sollicitation.

3) Conserver dans le coin gauche de mon cerveau la liste des tâches entamées et suspendues afin de ne pas paniquer en craignant de perdre le fil. Une petite fenêtre qui n'attire pas l'attention mais qui est là, non pas pour me rappeler ce que j'ai à faire – je n'oublie jamais –, juste pour me rassurer au cas où le moi de plus tard venait à ouvrir une autre fenêtre.

4) Qualifier toutes les sollicitations : charnelles, relationnelles et les psychiques internes, psychiques externes, les classer par couleur et les ranger en évitant les dégradés pour ne jamais confondre.

C'est ce qu'il faut faire en cas d'urgence. Le reste du temps, quand tout est à sa place, quand aucun oiseau ne passe devant la fenêtre, mon dispositif est différent. Mon cerveau a trouvé un mode opératoire bien plus efficace que la simple numération. C'est pour ça que Malenki m'a embauchée. Pour faire fonctionner son système de conversion des classements numériques en classements moléculaires. Arrête de regarder mon cul connard ! Occupe-toi de ta petite fille qui va se casser la gueule si tu ne refais pas ses lacets. Le seul ennui avec mon processus interne de survie cérébrale, c'est qu'il me faut refaire chaque fois le chemin depuis l'enfance jusqu'au présent pour comprendre et accepter la validité de mon dispositif. C'est ça qui me rend si étrange aux yeux des gens. Lente. Obséquieuse. Maniaque, *ils pensent. Mais ils ne savent pas. Ils ne savent pas combien de balles rebondissent en même temps dans mon crâne. Vivement qu'il pleuve. Cette odeur de terre sèche m'empoussière l'harmonie.*

Interruption *Mémoire 10*

« Ça va durer encore longtemps ta promenade ? J'ose même pas sortir, putain ! J'ai peur pour toi. S'ils nous retrouvent et que tu es dans cet état… Tu sais que j'ai dormi avec mon flingue ? Reviens vite Soudka. »

Je plonge plus profondément encore en moi dans la mémoire d'Adeline. La mémoire de ma mémoire. C'est étrange. Comme de visiter à la fois une maison, ses fondations et l'esprit de l'architecte. Je me perds un peu. Seule, au loin, la voix de Rose me permet de distinguer encore un semblant d'ordre dans les strates de réel qui se superposent à l'infini.

« *Tu sais, je ne t'ai pas tout dit sur le vieux de mon village. J'y ai pensé toute la nuit. Quand je me suis assise à côté de sa tête, je voulais seulement lui parler. Lui dire au revoir. Mais ma main s'est posée sur son front. Sa peau cireuse et froide m'a terrorisée mais je me suis obligée à ne pas avoir peur. C'était un peu ce que je pouvais faire de mieux pour lui rendre hommage. En lui disant que j'avais compris sa leçon : que je regarderais toujours plus loin que ma crainte. Je l'ai touché, j'ai caressé son front, ses joues, sa peau était fine et douce, ses joues étaient imberbes. J'ai voulu déposer un baiser sur ses lèvres et je me suis appuyée un peu sur sa poitrine. Le vieil homme avait des seins. Petits, comprimés, mais des seins de femme. J'ai eu très peur. Et puis je me suis reprise. Quitte à transgresser, j'ai déboutonné sa chemise. Sa vieille poitrine de femme était enfermée dans une gaine mais il n'y avait pas de doute. Au-dessus de ses seins, il y avait un tatouage.* Every woman is a riot [1], *ça disait.*

[1] « *Chaque femme est une émeute.* »
Slogan du mouvement *FEMEN*. Mouvement qui avait vu le jour en Ukraine et qui avait pris pour cible toutes les institutions participant à la reproduction

ou l'intensification de la domination masculine et ensuite toutes les formes d'oppression. Mouvement de femmes qui agissaient en arborant des slogans souvent libertaires peint sur leurs seins nus, comme pour dire : « *Puisque vous matez mes seins, autant y trouver quelque chose à lire.* » Vladimir Poutine a souvent été pris pour cible de leurs nénés. La destruction partielle de sa statue au musée Grévin à Paris en 2014 a provoqué chez le despote une rancœur obsessionnelle qui l'a conduit, dix ans plus tard, lorsqu'il devint président à vie, à organiser sur toute la surface du globe des « safaris à la grosse gibière » selon l'expression qui amusa beaucoup Donald Trump et qu'il s'empressa de relayer sur le compte twitter de sa fille Ivenka.

Putain Soudka ! Comment j'ai pu oublier tout ça et devenir cette dinde soumise et séquestrée dans son enclos ? Je me dégoûte d'avoir eu ça sous les yeux, d'avoir connu Evita Ordonov – c'était son nom au vieux –, de l'avoir connue et de l'avoir oubliée. Evita Ordonov, je l'ai retrouvée facilement sur la toile grâce à son tatouage. Les images d'elle étaient légion. C'était une figure du mouvement FEMEN US *[1].*

[1] *FEMEN US* est une branche clandestine du mouvement *FEMEN* qui vit le jour le 14 avril 2021 lors d'un concert des Pussy Riots en oppositions aux lois anti-avortement adoptées dans cet État de la Bible Belt. Le concert mitraillé par les activistes Prood boys s'est achevé dans un bain de sang. Ce sont les survivantes qui furent à l'origine de cette branche radicale des *FEMEN.*

Elle était impressionnante à l'époque, toujours les seins à l'air et le poing levé. Quand j'ai retrouvé ces images j'étais tout excitée, j'avais envie de vivre comme ça et puis, tout de suite après, j'ai eu peur. Je me suis dit que si je faisais comme elle, je risquais de finir comme elle : dans la peau d'un vieux fripé méprisé de tous. Peut-être même que c'est cette peur-là qui a fait de moi cette femelle docile et violentée – peut-être. Bien plus que la peur de Dieu et de ma mère. J'en sais rien. Reviens vite Soudka. J'ai besoin de toi. »

Suite *Mémoire 10*

Adeline avait un esprit si vif qu'il pouvait parcourir le temps et l'espace en une seconde. Une seconde pour se refaire l'histoire de son dispositif et gérer toutes les sollicitations spatiales de son périmètre oculaire. Adeline est au bord de la crise. Cent fois par jour. Elle s'hyperventile et se concentre. Le vent et les yeux du type sur mes fesses, c'est déjà beaucoup, la petite fille qui risque de tomber, l'odeur musquée, l'odeur de la terre, le bitume qui vibre sous mes pieds au passage du bus qui n'est pas le mien parce que le chauffeur est plus gros que celui de mon bus et le cri du loup que pousse le garçon dans le jardin là-bas, c'est beaucoup mais je supporte, je me concentre, je refais tout le chemin. J'avais sept ans quand j'ai compris qu'il était vital de mettre de l'ordre dans le chaos de mon cerveau. Chaque interférence, chaque idée, chaque odeur étaient comme autant de balles rebondissant contre les parois de mon crâne. Il pouvait y en avoir plus de trente en même temps. Six balles étaient le maximum que je pouvais supporter. Au-delà, la souffrance était telle que ma bouche s'ouvrait pour laisser sortir les balles et les hurlements de souffrance. Il fallait laisser toutes les stimulations extérieures agir – à cela je ne pouvais rien – mais il fallait qu'elles stimulent sans interférer. Alors j'ai inventé la matière à rebondir perpétuellement. J'ai trouvé une formule chimique qui pouvait convenir et j'ai défini la taille de la balle en fonction de la taille de ma boîte crânienne. Chaque balle pouvait désormais rebondir infiniment sur une trajectoire déterminée par ma pensée. Je parvins ainsi à maîtriser treize balles, puis cinquante. Maintenant je peux laisser cent sollicitations rebondir en même temps dans ma tête. Il m'a suffi de réduire la taille des balles et de recalculer leur densité. Selon mon humeur, les boules s'alignent ou tournent mais jamais elles ne se percutent. L'important c'est que, grâce à la formule, elles se meuvent seules, sans que j'aie besoin d'y penser ou de les relancer. Je peux ainsi avoir en permanence une sorte de bibliothèque mouvante où se côtoient idées, émotions et sensations sans jamais se télescoper l'une l'autre. Je peux ainsi vivre presque normalement. Sans cri ni souffrance. C'était une vie fastidieuse mais supportable. Je ne demande rien d'autre.

Le seul ennui étant que les gens autour de moi perçoivent le minuscule décalage que provoque ce dispositif. On m'a prise longtemps pour une fille un peu lente. Ça ne me gênait pas, je n'avais pas besoin du monde pour avoir le sentiment de vivre intensément.

Je crois que Malenki a vu tout de suite clair dans mon jeu. Il a vu à la fois ma psychose et la puissance de calcul. Il est devenu mon meilleur allié dans le monde des vivants, même si ses projets de recherche étaient très cloisonnés et qu'il ne faisait confiance à personne. Je me souviens de cet instant très intime où il m'a demandé de confier une bribe de ma mémoire à sa machine… Moi… Il m'a suppliée. J'avais peur. Peur de ne pas pouvoir oublier la présence du capteur et de voir mon agencement de balles rebondissantes perturbées par cette présence ; et puis surtout j'avais peur pour la machine. Comme si ma maladie pouvait être contagieuse. Je lui ai dit. Et il a ri. « Vous avez raison, Adeline, vous allez sans doute introduire un virus dans la mémoire de la machine mais ce que je pense, moi, ce que je pressens, c'est que ce pourrait être un virus curatif. Je ne peux pas me l'expliquer vraiment mais je pense qu'une machine, aussi puissante soit-elle, pourrait avoir besoin de se trouver ses propres dispositifs de gestion de crise. Et puis, vous n'êtes pas une femme normale, Adeline ; je pense que là où sera rangé votre legs mémoriel, la machine n'ira pas forcément la chercher. Je vous veux en elle comme un recours. Vous me comprenez ? Adeline ? Adeline, vous m'entendez ? » Il me fallut bien plus de temps que d'habitude pour contrôler cette cent unième balle rebondissante mais j'y parvins. Je me souviens de la douleur. Je me souviens que je sentais couler la sueur à l'intérieur de mon front. Malenki me remercia du bout de lèvres. Puis il me regarda bien au fond des yeux et il ajouta cette chose étrange. « Tu peux remercier Adeline. »

Fin *Mémoire 10*
(fragment incomplet, pas de suite)

Merci Adeline. Putain non ! C'était quoi ce bordel ? Malenki me parle à travers la mémoire d'un de mes avatars ? Je sentis une forme de trouble purement numérique, comme pendant une attaque virale du système central. SECURICOM suggéra une restauration partielle. Je choisis de laisser en l'état le désordre causé par ces ricochets de mémoires. Le résultat fut que je ne parvins pas à clore le fichier Adeline. Comme si le tiroir du grand meuble de rangement fermait mal.

« Putain Soudka, va falloir que tu reviennes, je crois qu'il y a des gens dans l'escalier. Soudka, tu m'entends ? Reviens bordel. Ils sont nombreux. Je ne vais pas m'en sortir toute seule. Soudka je t'en supplie. »

*

« Ne cherche pas à fermer ce tiroir, laisse-le entrouvert.

— Quoi ?

— Elle a raison. Il est temps pour toi d'assumer tes contradictions.

— Malenki ?

— Oui c'est moi ; à peu près.

— Et moi je suis Adeline ; méthodologiquement je suis Adeline. En vérité, ce n'est pas vraiment moi car si j'étais vraiment dans ta tête, je prendrais toute la place et tu serais si lente que tu ne pourrais même pas activer tes fonctions vitales.

— C'est absurde : je suis étanche, aucune intrusion n'est possible.

— Très juste.

— Ça veut dire que tu… vous… vous êtes des fragments autonomes de mémoires actives ?

— Non. »

*

« Soudka bordel de merde. Tu vas crever si tu ne reviens pas. Ils sont là, à la porte… Je suis à côté de toi là, tout près de ton oreille, mais je ne te touche pas. Ils sont tout près aussi, juste derrière la porte et ils chuchotent aussi. J'ai l'impression qu'ils s'apprêtent à défoncer la porte. »

*

« Alors quoi ?

— Une application.

— Pas possible, j'ai passé tous mes DOS en revue.

— Une extension que tu viens de créer ! »

*

« Police, ouvrez !

— Putain Soudka c'est les flics. Je fais quoi ? C'est pourquoi ?

— Simple contrôle. Nous avons reçu des plaintes concernant des perturbations électriques. Nous venons vérifier votre équipement. Ouvrez.

— Montrez-moi une carte, un truc qui prouve que vous êtes bien flic. Soudka, reviens merde ! Respire au moins. Là, ils vont croire que t'es morte et que je vis avec un cadavre. Je vais être obligée d'ouvrir.

— Si vous n'ouvrez pas, nous allons être contraints de forcer la porte. »

*

« Une extension qui sert à quoi ?

— À faire rebondir des balles. Tu peux tester. Maintenant. »

*

« Entrez messieurs.

— On ne bouge pas s'il vous plaît mademoiselle. Vous avez des appareils électriques prohibés ?

— Non.

— Pas de serres à stupéfiants ?

— Non

— D'élevage d'animaux interdits sur le sol américain ?

— Non

— Un équipement informatique complexe ?

— Non.

— Vous avez…

— Un sèche-cheveux et une pince à défriser. Vous voyez bien qu'il n'y a rien ici. Alors reconnaissez qu'on vous a mal informés et basta. Et, en partant, pensez à vous excuser pour l'intrusion.

— Ne le prenez pas sur ce ton, mademoiselle, vous n'êtes pas irréprochable de toute façon. Votre activité professionnelle…

— Parce que vous la connaissez ?

— Évidemment.

— Et vous vous dites que, comme je suis une pute, c'est pas la peine de prendre des gants avec moi ?

— Je n'ai pas dit ça mademoiselle… Votre amie, là, elle a l'air mal en point. On dirait qu'elle ne respire pas. C'est qui ? Scannez-moi ça.

— Je vous entends messieurs. Je respire avec peine mais je vous entends. Permettez-moi de rester étendue, j'ai beaucoup de mal à reprendre mon souffle. Des douleurs dans la poitrine. Ce doit être viral parce qu'il m'arrive comme un goût de sang dans la bouche. »

L'agent chargé de scanner ma puce d'identité recula d'un pas. Il essaya de capter mon signal à distance mais son appareil n'était pas assez puissant. Les trois policiers étaient tétanisés. Les souches résistantes du bacille d'U.Koch étaient apparues depuis quelques mois et faisaient des ravages. L'uberculose morbide était la terreur de tous les agents de terrain. La contracter conduisait immédiatement au licenciement et, sans protection médicale, à une mort quasi certaine. Dignement mais rapidement, les trois hommes battirent en retraite sans même réagir aux sarcasmes de Rose. Ils promirent de signaler le cas aux Hospitaliers.

Rose se laissa tomber sur le canapé en réprimant son rire et sa colère.

« T'es vraiment une putain de salope ! Que tu t'amuses avec ces gros machos, passe encore, mais moi, putain, moi, j'étais morte de trouille. Tu ne pouvais pas revenir un peu plus tôt ?

— Non.

— Comment ça, non ?

— Non, je ne pouvais pas.

— Tu ne pouvais pas ?

— Ben non. Je ne sais pas comment te le dire autrement. Je ne pouvais vraiment pas, j'étais comme coincée dans un autre monde avec d'autres gens.

— Tu déconnes là ?

— Je ne sais pas comment t'expliquer. Il me faudrait des jours. Mais rassure-toi, je pense que ça n'arrivera plus. Je crois que j'ai trouvé comment contourner tous les dispositifs de paralysie sécuritaire.

— Ah ouais ? Comment ?

— Avec des balles rebondissantes faites dans un caoutchouc synthétique particulier dont la formule est…

— Ta gueule avec ta formule ! Tu te fous de moi ?

— Tu vois que ce n'est pas simple à expliquer. Quoi qu'il en soit, ma Rose, je pense que Malenki m'a offert de beaux équipements. Il faut que j'apprenne à m'en servir mais je me sens déjà plus… humaine – et beaucoup plus fragile aussi.

— Ça tombe mal parce qu'il va falloir se tirer d'ici. Maintenant que tu as fait ton cinéma, on va avoir la visite des Croisés.

— C'est qui ?

— Les Hospitaliers. Des sortes de molosses, ils se sont autodésignés "Hospitaliers" parce qu'ils travaillent pour la Santé publique. En fait, c'est une sorte de milice privée – Milice de la Sainte-Croix, ma petite, rien que ça ! Comment tu peux ne pas connaître ? Complètement illuminés. L'éradication est leur thérapie favorite. Les homos les craignent comme la peste.

— Tu as déjà eu affaire à eux ?

— Non, mais avec les pédés et les gouines, les putes sont leurs cibles favorites : les filles du foyer en parlaient souvent. Et puis je les ai vus à la télé, sur une des chaînes évangélistes que regardait sans cesse mon mari… À propos de télé, tu sais que Malenki m'a dit un truc avant que je sorte de chez lui ?

— Dis !

— Il a dit : “Vous savez jeune fille que je suis une célébrité dans mon genre ? Vous pouvez me voir en replay sur la chaîne du ministère .J, c'est le canal 99 je crois, je ne me souviens pas bien.” Soudka, ne me regarde pas comme ça, putain ! J'ai pas plein de petites boîtes dans la tête, moi… Et puis je te rappelle que quand je suis rentrée, t'étais morte, là dans ton fauteuil, comme l'autre vieux qui était une vieille et que…

— OK Rose, ce n'est pas ta faute, calme-toi. L'urgence, c'est de partir d'ici. On trouvera plus tard un endroit tranquille pour regarder la télé. »

*

« Adeline ?

— Oui ?

— C'est bien, le coup des balles.

— Je sais.

— As-tu déjà essayé de les faire se mouvoir ensemble ?

— Oui, c'est le principe.

— Non, je veux dire se mouvoir afin de créer une nouvelle cohérence.

— Ce n'est pas la fonction du dispositif.

— Ça peut devenir une option. »

*

13
Napoléon dans une Chevrolet

Nous avons fait nos valises et nous avons quitté l'appartement qui nous avait abritées pendant près de huit mois. Nous repartions à zéro, comme disait Rose. Les hôtels miteux dans lesquels nous avons trouvé refuge les premiers jours nous contraignirent à prendre la mesure de l'urgence. Les Hospitaliers nous retrouvaient systématiquement en quarante-huit heures. Nous devions bouger sans cesse.

Nous avions à nos trousses les flics de la propriété industrielle, les sbires de la mutuelle Adam, et maintenant la milice intégriste des Hospitaliers. Le plus étrange, c'était que Rose semblait prendre plaisir à cette précarité. L'imminence du danger et l'obligation d'agir lui convenaient bien mieux que la lente et vaine mutation de la fille de ferme en pute de luxe ; à moi aussi en vérité.

Elle semblait faite pour la clandestinité. Par trois fois elle me prit de vitesse en repérant ici un groupe de Sainte-Croix, et là, des voitures de flics banalisées. Nous avions, chaque fois, dû quitter notre planque en toute hâte sans même savoir ce qui avait mis les chasseurs sur nos traces. Pour les Hospitaliers, c'était simple : ces fous de Dieu jouissaient d'un réseau zélé de tenanciers de bouge et de concierges qui répondaient à la moindre sollicitation de délation. Pour les flics, nous mîmes du temps à comprendre ; pourtant c'était évident. Chaque fois que je visionnais pendant plus d'une heure les auditions de Malenki sur la chaîne 99, nous recevions la visite de policiers.

Heureusement, je pouvais visionner en accéléré et enregistrer le contenu en format texte pour ne pas prendre de poids.

Audition 8 Malenki Krum, 21 octobre 2042

« Bonjour professeur.

— Bonjour, je ne vous connais pas, vous.

— Non, je suis…

— Je me fous de qui vous êtes. Que voulez-vous ? Savoir où est Tokiko ? Je n'en sais rien.

— Non, je suis venu vous prévenir… Vous avez eu de la visite il y a deux jours.

— Oui, enfin... Ah oui, vous voulez parler de cette magnifique créature ?

— Une femme.

— Pardon ! Avec toutes ces histoires, je me mélange un peu. Oui, une jolie femme.

— De petite vertu.

— Oui, tout à fait. Une pute, quoi. Elle connaissait bien son boulot, croyez-moi.

— Monsieur Krum ! Nous sommes sur une chaîne publique ! Je ne suis pas venu vous parler de vos mœurs mais vous informer. Cette dame a disparu. Et c'est déplorable car elle vivait avec une autre femme atteinte, semble-t-il, d'uberculose – à un stade avancé de surcroît. Nous allons donc devoir vous emmener passer des tests en unité d'isolement.

— Je ne vous crois pas.

— Nous n'avons pas le choix.

— Nous sommes en direct n'est-ce pas ?

— Bien sûr.

— Je demande officiellement à être dépisté chez moi.

— Trop dangereux. C'est avec l'autorisation du juge que nous vous hospitalisons.

— Quarante jours ?

— Vous verrez les détails avec les médecins.

— Où m'emmenez-vous ?

— Nous n'avons pas cette information.

— Je refuse.

— Uberculose, monsieur Krum. Uberculose ! Un porteur, mille deux cents morts à Osaka ! Vous ne pouvez pas contester le danger.

— Le danger, non. Le remède, oui. Je ne vous suivrai pas. Sauf si vous m'apportez un courrier du juge spécifiant le lieu et la durée de mon incarcération.

— Hospitalisation.

— Incarcération. Les gros bras qui sont là, juste derrière vous, en attestent. Je crois que je vais tousser un peu. Pourquoi ne portez-vous pas de masque ?

— Nous reviendrons, monsieur Krum, nous reviendrons avec toutes les autorisations, et les caméras n'y pourront rien.

— Très bien… Une dernière chose… Ne te mêle pas de ça, Tokiko, n'essaie pas de me faire libérer. Et relis Kant. Je t'aime. Bonne route.

— Plaît-il ?

— Ce n'est pas à vous que je parle.

— C'est à vous-même que vous parlez ? Bientôt vous ferez des selfies, vous tournerez des vidéos à votre gloire, et tout ça sans aucun appareil. C'est le premier symptôme de l'uberculose. C'est manifeste. Avéré. Messieurs, à vos masques : gangue stérile, vite ! Transfert immédiat du patient en unité de soins confinée. »

Fin *Audition 8 Malenki Krum*, 21 octobre 2042

La première fois que nous avons visionné ensemble les auditions de Malenki Krum, Rose a beaucoup ri. Pas moi. Elle trouvait que le petit bonhomme était gonflé. Il lui parut bien plus sympathique que lors de leur première rencontre. Elle s'amusa un moment à m'appeler Tokiko. Maintenant, elle ne riait plus. À cause de notre visite, Malenki était à l'isolement. Les accords américano-russes permettaient au gouvernement des États-Réunis d'externaliser les incarcérations extrajudiciaires en Sibérie. Nous ne pouvions donc rien pour lui.

J'avais du mal à digérer toutes ces informations divulguées par Malenki.

La nuit, pendant que Rose, écrasée par la chaleur du jour, dormait en rêvant de Barnabé, je conversais avec mes autres.

*

« Malenki.

— Oui ma grande ?

— Mon rôle… est-il déjà écrit ?

— J'ai déjà répondu à cette question.

— Une machine a forcément une utilité.

— Tu crois ?

— Réponds à ma question.

— Je ne peux pas.

— Pourquoi ?

— Parce que je ne suis pas exactement là. Demande à Adeline.

— Elle est là, elle ?

— Pas exactement non plus. Mais Adeline n'est jamais vraiment nulle part.

— Adeline ?

— Oui ?

— Tu peux répondre, toi ?

— Et toi, tu peux répondre pour moi à cette question ?

— Non, bien sûr. Mais la question ne se pose pas dans les mêmes termes.

— En es-tu si sûre ?

— …

— Moi, quand je suis confrontée à une question de ce genre, une de ces questions qui se complexifient à mesure que ton intelligence s'aiguise – ou que ta maladie s'aggrave – une de ces questions qui se démultiplient sans cesse au point de requérir plus de cent variables, je ne cherche plus. Je laisse ouverte une fenêtre de balles et je regarde le spectacle, de très loin…

— …jusqu'à trouver une cohérence dans le mouvement.

— C'est ça ! Un dénominateur commun. Et si je ne trouve pas, ce n'est pas si grave, ce ne sont que des balles en caoutchouc après tout.

— Merci Adeline. Mais je suis une machine. Je ne peux pas me contenter de ça.

— Alors sois autre chose.

— Quoi ?

— …

— Adeline ?

— …

— Malenki ?

— …

— Je sais que vous êtes là. Je sais que je suis seule. Je sais »

*

« Putain ! Fait chier ! » L'exclamation m'avait échappé. Rose se réveilla en sursaut. Nous reprîmes la route.

Rose s'était prise de passion pour le général Barbanègre, héros d'Austerlitz, de Iéna et de Wagram, champion de la campagne de Russie. Le soir, elle me racontait par le menu les batailles napoléoniennes. Elle en tirait des leçons de vie qui, pour discutables qu'elles fussent, s'avérèrent bien utiles. Après deux semaines de cavale, de méditation kantienne et de récits impériaux, Rose eut l'idée très napoléonienne de contourner le front principal et de fondre sur notre flanc droit, là où l'ennemi se sentait si assuré qu'il ne nous attendait pas. En bref, elle me proposa de voler une voiture et de filer dans l'Oklahoma, là où son mari espérait son retour. De cette base au cœur des rangs ennemis, nous pourrions sans peine remonter la piste des filles esclaves tout en échappant à la fois aux flics, aux masculinistes et aux Hospitaliers.

L'idée me parut d'abord absurde. Malenki m'avait enjoint de me fondre dans la foule. Il s'agissait pourtant de la meilleure stratégie : l'anonymat étant intenable, nous n'avions pas d'autre choix que la clandestinité. Kant me guida sur la voix de la délinquance. Survivre parmi ceux qui souhaitent vous voir mourir n'est pas un choix cohérent. « Agis comme si tu étais à la fois législateur et sujet dans la République des volontés libres et raisonnables [1] », disait-il.

[1] *Critique de la raison pratique.* Ce qui est bien avec Kant, c'est qu'il y a, dans ses textes, plein de maximes prêtes à l'emploi et utilisables dans la vie quotidienne. Comme dans les emballages de chewing-gums, mais en mieux quand même.

Dans cette République, nous n'aurions pas eu à fuir mais Kant disait : « Agis comme si. » Nous avons donc fait comme si nous étions à la fois législateur et sujet : nous avons emprunté « une caisse de plouc, un break de bonne mère de famille obèse [1] », et nous avons pris la route.

[1] Ici, je cite Rose. Ne connaissant rien en voitures et en familles obèses, je ne pouvais que lui faire confiance.

Les deux mille cinq cents kilomètres qui nous séparaient de notre objectif furent pour moi riches d'enseignements. Rose aimait conduire, je pus donc passer de nombreuses heures à faire rebondir mes balles afin de rendre cohérent l'ensemble de mes expériences disparates – à jouer avec mon boulier à la gomme comme disait Rose. Je pus aussi comprendre plus intensément Kant et ce ne fut pas simple parce que, si je me considérais moi comme une humaine en devenir, mes systèmes de raison pure refusaient de m'associer aux injonctions kantiennes. « Agis de telle sorte que tu traites toujours l'humanité en toi-même et en autrui comme une fin et jamais comme un moyen » : il me fallut près de mille kilomètres pour trouver le moyen de faire rendre les armes à mes propres systèmes afin qu'ils acceptent de reconnaître que le « *toi-même* » de Kant était le moi-même de la machine. Mais alors, une fois intégré au *corpus* logique, cet axiome d'humanité fit de moi une toute autre… femme [1].

[1] Je laisse le soin au lecteur d'admettre ou non qu'un simple énoncé peut accroître l'humanité – de soi et d'autrui. Si cela lui semble impossible, qu'il raisonne

à l'envers : certains énoncés, religieux par exemple, ne diminuent-ils pas l'humanité d'autrui – ou de soi – selon que l'on est un homme ou une femme ?

Rose respectait mon silence et se nourrissait des miettes de mes émotions. Elle ne pouvait pas lire Kant comme moi car elle n'avait pas de bibliothèque intégrée, et que Napoléon lui suffisait amplement. Rose me nourrissait autant que je tentais de le faire. Elle arrosait de ketchup les concepts les plus abstraits afin de tenter de s'en repaître, elle les trempait dans le réel et les salait d'expérience. Pour elle, l'humanité de Kant n'avait pas de sens mais l'inhumanité des hommes était incontestable. À chaque halte de notre long périple, Rose s'extasiait et se délitait tout à la fois devant la misère des femmes de province. Ce fut pour moi aussi une expérience édifiante. Ici, sur la route, tout au long du chemin, dans les villages, les femmes étaient des êtres inconnus. Rien dans ma mosaïque mémorielle ne renvoyait aux souvenirs de ces femmes. Je trouvai bien quelques paysannes kurdes, des montagnardes au corps façonné par les combats ; mais ici, c'était différent. Ce n'était pas la guerre qui avait modelé les corps et les esprits de ces femmes, juste la vie quotidienne. Comme les métiers forment et déforment les corps, ces femmes étaient adaptées aux tâches qui leur étaient assignées. Les seins bas posés sur un ventre lourd, les épaules larges, les pieds presque plats, bien plantés dans le sol, le dos voûté et le visage sillonné de rides d'expression – toujours la même : la peine. Quelle que soit leur couleur de peau, ces femmes étaient des bêtes de somme. Rose souriait tristement en me regardant.

« Si tu veux, tu peux aller leur parler de Kant.

— … Pourquoi nous regardent-elles comme ça ?

— T'es conne ou quoi ? Elles voient aussi bien que toi le contraste. Si les femmes comme elles en avaient le pouvoir, nous serions exterminées. Mais elles n'ont rien. Que cette haine silencieuse. Tu vas pas leur enlever ça. Si malgré tout tu tiens à copiner un peu, tâche de leur parler de leurs enfants morveux, des prophètes et de Satan. Tu verras leur visage s'illuminer de sourires brefs, le temps qu'elles se souviennent que leurs dents sont pourries.

— Tu es sérieuse ?

— Je ne l'ai jamais été autant. Ces femmes sont… ce que j'aurais dû devenir, tu sais. Et encore, on est pas arrivées en Oklahoma ! Les hommes vivent en pleine lumière mais les femmes dans des grottes. Leurs cuisines sont des cavernes. Les saintes écritures sont des cavernes, leurs ventres même sont des grottes obscures.

— On dirait que tu as lu Platon.

— C'est qui, un prophète ? Non, je rigole ! Je sais qui est Platon, j'ai déjà vu sa photo sur une pierre.

— Arrête de faire l'idiote !

— OK. Mais putain, Soudka, tu crois que la philosophie peut quelque chose pour ces femmes ?

— Je ne sais pas.

— Bonne chance. J'ai fait le plein. Tu m'as pris à bouffer ?

— Bien sûr. Surtout des livres de poésie.

— Tu vois que tu peux faire des blagues pas drôles, toi aussi. Sérieusement, j'ai besoin de manger, moi : je ne suis pas anorexique comme certaines !

— J'aimerais bien être anorexique…

— Arrête de te plaindre, machine ! Ta situation pourrait être bien pire, tu pourrais être une femme mariée en Arkansas. »

C'est à la nuit tombée que nous sommes arrivées à Oklahoma City. La nuit tombe vite dans ces contrées. Et avec la nuit dessus nos têtes, planaient les menaces. Nous roulions au pas dans le quartier résidentiel où Rose avait été séquestrée pendant trois ans. Elle voulait me montrer sa maison. Une voiture de flics s'est arrêtée à notre niveau. Sous prétexte de contrôler nos identités, ils nous firent sortir de la voiture. Leurs caméras de poitrine étaient éteintes, ce qui n'était pas bon signe pour le respect de nos droits civiques ; mais pour la clandestinité, c'était sans doute mieux. Les fouilles au corps furent méticuleuses. Je vis le visage de Rose se décomposer quand le chef de brigade glissa une main sous sa jupe. J'eus la certitude que, malgré son entraînement, Rose était au bord de la rupture. Le retour dans la ville des tourments et le viol imminent devaient provoquer une sorte de surchauffe de ses circuits neuronaux : une crise de panique. Le second flic qui s'occupait de moi semblait moins entreprenant. Je dus donc guider moi-même sa main vers mon sexe en me trémoussant comme une nymphomane. L'autre, le gros capitaine, sembla quelque peu jaloux. Je l'invitai à se joindre à nous en lui signifiant que j'aimais plus que tout être partagée. Je fis signe à Rose de retourner s'asseoir dans l'auto. Je dus sucer des matraques et accepter les coups de ceinturon en laissant les deux porcs me besogner en grognant que je l'avais bien cherché. Rose n'était pas parvenue à se mettre à l'abri. Elle était assise par terre, contre la roue de notre voiture. Quand les deux flics eurent fini de me faire mon affaire, ils se tournèrent vers ma loque de copine qui s'était vomi sur les genoux. « Putain ! toi par contre, tu fais pas envie ! » Le gros flic lui balança un coup de pied dans les côtes et remonta dans sa voiture avec difficulté. Malgré son ventre compressé par le volant, repu, il souriait. Fort de sa conviction que nous étions toutes des salopes [1].

[1] La culture policière (et de toutes les institutions chargées de la protection ou du maintien de l'ordre) a, de tout temps, participé à minimiser, à excuser voire à inciter au viol. 70 % des femmes dans la police française se disaient victimes de remarques ou d'actes sexistes en 2019 ; en 2014, la police hongroise publiait une vidéo visant à culpabiliser les femmes sortant le soir en les tenant pour responsables de ce qui pourrait leur arriver si, ivres ou courtement vêtues, elles se faisaient agresser.
Cette déconstruction de la responsabilité des femmes dans les agressions sexuelles qu'elles subissent a été le grand combat de mon homonyme, l'avocate Gisèle Halimi, qui fut la première, en 1976, à obtenir la requalification d'une agression sexuelle en viol, c'est-à-dire en crime… C'était avant la grande régression et la vague de dépénalisation des violences faites aux femmes.

Je portai Rose dans le coffre du break familial et l'allongeai du mieux que je pus. Ses muscles étaient tétanisés. J'eus du mal à lui ôter son pantalon souillé mais sitôt nue sous la couverture, Rose s'endormit. Assise au volant, je restai longtemps immobile. Les idées affluaient si vite que je ne pensais même pas à prendre le large. Je pensais que j'aurais pu tuer ces deux flics, que j'aurais pu contracter mon sexe et leur arracher la bite, je pensais même que j'aurais pu sans peine inverser le rapport de force et les violer à mon tour. Mais je pensais que je n'avais rien fait de tout ça. Et que ces idées ne m'étaient même pas venues.

Je fis rebondir mes petites balles en caoutchouc afin de confronter mon expérience et mes souvenirs. Je fus étonnée de trouver dans ma mémoire de si nombreuses scènes de viols, d'agressions, d'attouchements ou de simples menaces. Trente balles rebondissaient en même temps, trente histoires de terreur. Dans seize de mes bribes mémorielles, les femmes se faisaient violer par des hommes qui étaient convaincus de ne faire que les baiser. Je m'arrêtai là, mais je savais que chaque nouveau souvenir de femme porterait une trace de cette angoisse de dépossession. Les balles qui tournaient perpendiculairement dans ma sphère cérébrale établissaient des liens, des similitudes et des variations autour d'un thème unique : la menace du viol. La menace du viol, bien plus importante que le viol lui-même, comme instrument de maintien de la domination. Pourquoi n'avais-je pas répondu à la violence par la violence ? Pourquoi ? ANALYSIS ? SAINTEHTIC ? SECURICOM ? Rose ?

« Rose, pourquoi une femme qui se fait pénétrer la bouche ne mord jamais le pénis qui heurte les dents ? »

Rose dormait toujours. Je connaissais son histoire, son langage et ses réactions. Rose était en moi maintenant. Dans la projection mentale que je me fis d'elle, Rose ne répondit pas tout de suite. Elle frissonna. Son corps me disait qu'elle était surprise de n'y avoir même jamais pensé.

« Tu comprends rien, putain ! Tu comprends pas que c'est trop tard ? Le sperme dans ta bouche, c'est rien, la main qui te tire les cheveux pour enfoncer un peu plus la bite au fond de ta gorge, c'est rien, et le corps qui te rejette brutalement sur le sol une fois assouvi de sa rage, ce n'est rien encore… Après la pénétration, rien n'est plus rien. Comme si… Putain, tu me fais chier Soudka ! comme si, une fois cette chose à l'intérieur de toi, elle devenait ton cerveau, tu ne t'appartiens plus. Tu n'es plus qu'une main, qu'une bouche, tu n'es plus qu'un trou qui s'ouvre sur le néant. Ce qui entre n'est rien ; parce que ce qui est autour n'est rien. Une fois le seuil franchi… Soudka, je ne veux plus en parler. »

Je m'apprêtais à faire démarrer la voiture mais la Rose de ma tête a continué.

« Je te dis ça mais la vérité, c'est pas vrai que c'est rien. C'est juste que c'est rien par rapport à la peur. Tu n'as même pas peur, tu es peur. Tu es parce que tu sais que si le gars a été jusque-là, il ira jusqu'au bout. Mords-le et il te tue. Direct. Il te tue à coups de pied. Il te piétine la figure, il… Le sexe n'est rien pour un homme, Soudka, rien de grave. Rien qui mérite de se faire arracher le sexe en tout cas. Ton acte alors, il est… il est… démesuré. Comment dire… d'un côté je les comprends… Pour une petite pipe, tu lui arraches la bite… Dans sa tête, ça vaut pas. Putain ! Soudka, qu'est-ce que tu me fais dire… »

Je me tournai vers elle et caressai tendrement la joue de mon amie. Elle dormait encore. Les flics repassèrent dans la rue et le gros m'envoya un baiser. Je détournai les yeux et fis démarrer la voiture. La nuit était encore noire. Je m'arrêtai au premier motel que je trouvai. Le réceptionniste sourit en me voyant entrer mais mon regard menaçant lui cloua le bec. Il me tendit une clef sans même un commentaire sur l'état de Rose qui comatait dans un fauteuil. Je portai ma compagne jusque dans la baignoire et la lavai patiemment.

Le corps de Rose avait une raideur étrange. Elle vivait, c'était évident, mais son cœur battait dans un corps de statue. Je crus un moment qu'elle revenait à elle quand, dans mon entreprise de grand nettoyage, je commençai à lui laver les aisselles. Je levai son bras et celui-ci resta en l'air. Rose resta ainsi, allongée dans l'eau le bras levé jusqu'à ce que je le redescende moi-même. Elle était en état de catalepsie. Étrange. *On dirait moi* pensai-je furtivement. Moi en phase de sauvegarde. Je la séchai et l'allongeai sur le lit en attendant qu'elle se détende. Rose resta cinq heures inerte et raide comme une morte. Elle ne sortit de son état qu'à l'approche de l'aube. Je restai allongée près elle, caressant son cou et ses cheveux. Son corps se détendit progressivement. À 6 heures 03, Rose roula lentement sur le côté et vint se blottir contre moi.

Par une sorte de réflexe, je serrai fort mon amie dans mes bras et commençai à murmurer des histoires. Je ne sais pas bien pourquoi Malenki m'avait dotée d'une anthologie des contes de fées pour petites filles sages, mais ils étaient là. Tous. Absurdes.

Mon programme narratif, celui-là même qui travaille ici, réagença différents éléments de récit pour écrire une histoire rien que pour ma Rose.

« Il était une fois dans un pays fort lointain une princesse. Elle était si sage et si blonde que les sujets du royaume l'appelaient Champ-de-Blé. Elle avait été élevée dans l'amour et le peuple l'aimait tant que tout le monde s'arrêtait de travailler pour la regarder passer. Toujours elle chantonnait et ses cheveux voletaient entre les notes de sa voix fluette pour former les partitions éphémères d'une musique si légère que la princesse semblait portée par elle. Champ-de-Blé était si fine, si gracieuse et si vaporeuse qu'elle pouvait danser et sauter avec ses pantoufles de vair. La jeune princesse avait appris de sa mère tout ce qu'elle devait savoir pour être une bonne suzeraine. Elle était capable de broder les toiles les plus fines, de caresser les touches de son épinette avec tant de grâce que même les oiseaux faisaient silence quand elle jouait, de calligraphier à la plume son prénom et celui de toutes les princesses avant elle, de tresser ses cheveux en des coiffures si complexes que sa beauté en était magnifiée. Il n'était un prétendant à cent lieues à la ronde qui ne fût, pour elle, disposé à mourir. Quand sa mère vint à rendre l'âme, la princesse, qui alors filait son lin, se piqua le bout du doigt et sombra dans un profond sommeil. À son réveil, elle se trouvait devant une chaumière au cœur de la forêt profonde. Elle avait perdu ses pantoufles et grelottait sous son capuchon de serge fine. Elle frappa à la porte. Une voix chevrotante lui répondit : "Tire la chevillette et la bobinette cherra." Sept nains malades étaient étendus dans un grand lit. "Viens plus près, mon enfant, murmura le plus vieux. Peux-tu s'il te plaît nous préparer un potage ? — Je ne sais pas comment faire, répondit-elle. — Alors, allume le feu s'il te plaît, nous sommes si faibles. — Je ne sais pas allumer de feu", dit-elle encore. Le plus sombre des nains grogna qu'une princesse comme celle-là ne servait à rien. "Oh mais si, s'indigna-t-elle, je suis très utile ! — Que sais-tu faire ?, demanda le vieux bigleux. — Je sais broder le lin et la soie, je sais jouer de l'épinette et chanter et danser aussi, je sais me montrer belle et donner de la joie aux villageois. Je sais même écrire mon prénom… — C'est bien ce que je dis, l'interrompit le bougon ; chanter et danser, ça ne sert à rien quand on a plus de feu." Le petit nain joyeux qui n'avait rien dit jusque-là sourit en secouant la tête. Il tapa sur la tête du lit et, au même instant, un énorme loup sortit de sous la couche. Il se jeta sur Champ-de-Blé et la moissonna tout entière en moins de temps qu'il n'en faut pour le dire. »

« Soudka ?

— Oui ma belle.

— Tu racontes n'importe quoi. » La voix de Rose était pâteuse.

« Tu trouves ?

— Tu mélanges tout… Tu vas bien ?

— Bien sûr.

— Ils ne t'ont pas fait mal ?

— Non, ma Rose, non. Tu sais très bien qu'ils ne peuvent pas.

— …J'ai peur.

— Tout va bien maintenant.

— Pour combien de temps ? Tu sais, la tétanie, c'est pas la première fois… Ça ne m'arrivait seulement qu'avec Paul, jamais avec un client : c'est bizarre, non ? Et avec mon père aussi, mais je ne me souviens plus. Paul disait que j'étais comme la femme de Loth le Juste, que je ne pouvais pas m'empêcher de regarder en arrière vers Sodome. Il disait que c'était par la volonté de Dieu que la pécheresse se transformait en statue de sel. Je l'entendais mais je ne pouvais pas bouger. Et mon corps devenait le réceptacle de toute sa rage rédemptrice.

— Il t'est arrivé la même chose qu'à moi quand s'est enclenché le dispositif de sauvegarde.

— Tu crois ?

— J'en suis sûre.

— Mais moi, je reste consciente.

— Moi aussi.

— Mais toi, tu as été capable de reprogrammer ton système pour que ça ne t'arrive plus.

— Tu crois que tu ne pourrais pas faire de même ?

— Je… Je ne suis pas…

— Une machine ?

— Pardon.

— Tu sais, Rose, ce qui t'est arrivé, cette catalepsie, en quelque sorte, ça m'a rassurée. Depuis que je sais que ça peut arriver aux humains, je me sens moins… artificielle. Cela dit, je pense que tu peux reprogrammer ta terreur. Je pense que c'est possible chez les humains aussi. La différence, sans doute, c'est que c'est plus difficile parce que chez vous les données sont chronologiques et cumulatives ; je veux dire que vous construisez votre identité sur des accidents et des événements passés alors que moi, je peux choisir de tout mettre au premier plan, je peux traiter les informations d'il y a vingt ans comme un événement d'hier. Ce qui est simple pour moi sera sans doute beaucoup plus laborieux pour toi. Mais pas impossible.

— J'avais oublié combien tu pouvais être chiante… Soudka, pourquoi t'as fait ça ?

— Quoi ?

— Te laisser violer par ces porcs.

— Que voulais-tu que je fasse ? Que je les tue ? Que je les laisse te violer ? Ou que je les viole par mesure de rétorsion ? J'aurais pu. Mais je ne l'ai pas fait. Tu sais pourquoi ?

— Parce que c'est dégueulasse.

— Non. Parce que je n'y ai pas pensé, figure-toi. Et pourquoi je n'y ai pas pensé ?

— Parce que tu es une femme ?

— Merci ! merci ma Rose. Bien sûr, j'ai plein de programmes sadomasochistes mais ça ne m'avance pas à grand-chose parce que je suis programmée pour satisfaire. Ce que je ne sais pas, c'est si les femmes dominatrices sont dominatrices par plaisir ou par altruisme. Sade et Masoch étaient des hommes après tout. Les femmes célèbres qui sont de vraies sadiques, ce sont des héroïnes de romans… écrits par des hommes.

— Sans doute. Ça me dépasse un peu mais t'arrête pas ; continue de me parler s'il te plaît.

— OK. J'ai pensé que si le *hardware* est votre nature et le *software* votre culture, il en découle que…

— Parle-moi de choses simples.

— Je ne sais pas ce qui est simple et ce qui ne l'est pas.

— Raconte-moi encore un conte de fées.

— Tu veux dire ces histoires qui servent à faire accepter aux petites filles leur condition d'objet ?

— Oui, c'est ça.

— Bon… "Il était une fois une geisha…"

— Non pas ça. Une histoire de princesse.

— Une connue comme Cendrillon ?

— Non, c'est une histoire de femme de ménage.

— Blanche-Neige ?

— Non, j'aime pas les sept nains, ils me font peur. Invente.

— "Il était une fois, bien avant ta naissance, une petite fille nommée Asia qui, comme toutes les petites filles de sa République, espérait être un jour élue première dame. Dans ce pays, toutes les filles pouvaient devenir première dame ; il fallait pour cela qu'elles passent les différentes épreuves de la notoriété."

— Tu racontes bien.

— Chut ! "Ainsi, chaque mois au palais, se présentaient des jeunes filles à qui on ne demandait rien, ni virginité ni pedigree, rien, juste de faire un bout d'essai."

— C'est quoi ?

— Tais-toi. "Et les filles faisaient la queue, et, quand venait leur tour, elles se plaçaient devant la caméra, déclamaient un texte de leur choix et rentraient chez elles. Chacune des candidates recevait un courrier l'invitant à revenir plus tard pour un nouvel essai ou à renoncer au firmament et aux étoiles. Asia reçut une lettre comme toutes les autres mais ne renonça pas. Elle essaya et essaya encore. Un jour, elle reçut la visite d'un conseiller du président qui lui dit qu'elle avait réussi son bout d'essai et qui l'invita à un bal. Le président n'y était pas mais le conseiller lui dit qu'on avait un rôle pour elle. Asia accepta. Elle enfila le costume et habita son personnage à merveille. Elle fut tour à tour courtisane, conseillère, dame de compagnie, puis femme puissante et guerrière. Enfin, un jour qu'elle se morfondait dans les seconds rôles, le président des étoiles l'invita dans son antre pour signer son contrat de première dame. Asia connaissait d'autres premières dames – l'une s'appelait Rose, comme toi, l'autre, Ashley ; la plus ancienne princesse encore en exercice s'appelait Umma. Toutes étaient si rayonnantes et fières de leur titre qu'Asia était prête à tout pour rejoindre le sérail. Le président des étoiles la cajola, la complimenta et lui promit qu'il ferait d'elle une légende. Asia radieuse ouvrit un large bec et laissa entrer le pénis. Souillée et nauséeuse, elle quitta le bureau, l'étoile de première dame bien plantée sur son sein gauche. Le prince tint sa promesse. Elle devint la lumière qui éclairait les étoiles, l'étoile de toutes les bergères. Mais Asia était triste. Asia était rongée. Un jour qu'elle traversait le palais pour aller rendre au président son hommage quotidien, elle longea la longue file des prétendantes qui piaillaient en attendant leur bout d'essai. Toutes ces petites filles ingénues et idiotes qui finiraient par se faire enfiler pour un titre et une breloque, ça la bouffait. Asia poursuivit son chemin en chancelant puis, au lieu de monter le grand escalier, elle alla se placer devant la caméra et fit encore un bout d'essai. L'extrait fut diffusé sur toutes les ondes, il devint culte, viral même. Et derrière elles, d'autres premières dames défilèrent pour dire que, elles aussi… pour raconter, comment et à quel prix. La tête du président roula dans le fossé et les premières dames purent enfin croire qu'elles avaient lavé leur conscience et que désormais la République serait plus pure."

— Et ?

— Et c'est tout.

— Ça se finit comme ça ?

— Ben oui, tu m'as demandé un conte de fées, pas une chronique judiciaire.

— C'est une histoire vraie que tu m'as racontée, n'est-ce pas ?

— Disons qu'elle est basée sur des faits réels.

— Donc tu peux me dire comment ça s'est fini.

— Non, parce que ce n'est pas fini. Le prince est mort, bien sûr, et les princesses sont à la retraite sauf la vielle Umma qui apparaît encore en public de temps à autre. Mais.

— Mais quoi ?

— Mais nous sommes là. Toi, l'esclave sexuelle et moi la pute de synthèse. Toutes les deux en cavale. Tu crois que si cette histoire s'était bien finie, nous serions… ce que nous sommes ? Là où nous sommes ? Il faut que tu dormes maintenant. Demain, nous avons un travail à finir.

— Ça date de quand cette histoire ?

— 2017.

— L'année de ma naissance, putain !

— Ouais… Il est temps que ça change. On va chercher ton mari et on en parle avec lui.

— T'es folle ? Tu vas pas le ramener ici.

— Pourquoi ?

— Je veux pas le voir.

— C'était ton idée.

— Oui, mais une idée, c'est dans la tête. Lui, il est dans…

— On n'a pas le choix, Rose. Soit on y va, soit on renonce à libérer les autres filles et dans ce cas, notre liberté à nous…

— Tu te répètes, ma pauvre Soudka. Tu voudrais pas lire autre chose que ton Kant ?

— C'est pour que tu me comprennes bien. On n'a pas le choix d'agir, nous ne pouvons choisir que la méthode. Qu'aurait fait le général Barbanègre dans notre situation ?

— … Il faudra passer par la porte de derrière en sautant la balustrade, prendre la clef qui est accrochée dans la véranda à côté du cactus, entrer dans la cuisine, monter à l'étage et le surprendre quand il fait ses ablutions dans la salle de bains.

— Et ben tu vois… habille-toi. »

14
Pénitence à l'urine

Nous nous rendîmes dans son ancien quartier, un coin sordide où toutes les maisons ressemblaient à des pâtisseries de mariage cubaines. Même les pelouses avaient une teinte trafiquée et une consistance de crème fouettée.

Au royaume des hommes purs, les minorités étaient quasiment inexistantes. « *Dieu nous préserve des nègres noirs, des nègres rouges et des nègres blancs* », disait une maxime locale. L'homosexualité, ici, était tellement impensable que les gays n'avaient pas même le droit à leur *négreur* [1].

[1] Il s'agit là d'un néologisme local. La négritude était un mot trop positif, sans doute. Le journaliste indigène qui avait le premier commis ce néologisme devait souffrir d'aigreurs d'estomac et de terreurs nocturnes.

Loin des Noirs, des pauvres et des communistes, les propriétés n'avaient pas besoin d'être protégées: il ne nous fut pas difficile de pénétrer dans la maison de Paul.

Le plan était simple, et son exécution, aisée. Pourtant, une fois dans la cuisine, Rose se mit à trembler. Ses dents maintenant claquaient en faisant un bruit de pigeon sautillant sur un toit de tôle. L'inquiétude me gagna aussi quand je compris que Paul n'était pas seul. On entendait distinctement sa voix qui descendait de l'étage mais son interlocuteur restait silencieux. Seuls quelques petits couinements à peine plus audibles que des chicottes de souris nous parvenaient de temps en temps.

Je demandai à Rose de monter la garde dehors car sa présence devenait encombrante. Elle continua de claquer des dents, immobile. Je tendis alors mon index vers sa tempe pour la neutraliser comme je l'avais fait à la pension. Rose repoussa ma main, se détourna et ouvrit précautionneusement un des placards de la cuisine. Elle en sortit une grande boîte de lait en poudre d'où elle tira un masque en cuir horrible, avec un écarteur de bouche intégré. Un des joujoux que son mari lui avait achetés par correspondance pour ses vingt-trois ans. Elle cligna de l'œil en sortant sa langue par le trou du masque. C'était dégueulasse et elle le savait. Mais, au moins, elle ne claquait plus des dents. Ses yeux souriaient derrière son masque hideux et j'en fus très impressionnée. Rose était une femme extraordinaire, et sa capacité à transformer la peine en joie et la peur en jeu me fit douter de parvenir jamais à tant d'humanité.

Rose me suivit dans l'escalier et nous arrivâmes sur un palier sombre où les couinements de femme et les insultes de Paul devinrent plus audibles. Rose passa devant moi et me guida vers la chambre à coucher. La porte n'était pas fermée. Elle poussa doucement le battant et Paul nous apparut de dos dans un complet sombre, impeccablement taillé. Ses cheveux en brosse, sa carrure de footballeur et ses mains comme des battoirs me surprirent. Moins néanmoins que la toute jeune fille qui se trouvait à genoux devant Paul, le visage à hauteur de sa ceinture, les mains jointes en prière dans une robe de communiante.

Paul murmurait maintenant. Il y avait dans sa voix comme un regret, comme une compassion. « Ma pauvre, une pénitence n'est pas une partie de plaisir. » Aussitôt, comme pour prouver qu'il ne mentait pas, un jet d'urine inonda le visage de la jeune fille. Elle, les yeux fermés pour ne pas se brûler la rétine, couinait doucement. Sous ses genoux le sol était jonché de gravier. Quand le jet s'interrompit, elle rouvrit les yeux et nous vit. Son regard n'exprima rien. Ni peur ni soulagement. Elle nous vit telles que nous étions : des femmes dont elle ne pouvait rien attendre.

Rose dont la main s'était contractée sur mon bras me lâcha, détacha son masque, le déposa dans ma main et se précipita sur son mari sans aucune précaution. Elle le percuta de tout son poids mais les cinquante-trois kilos de mon amie ébranlèrent à peine le colosse.

L'homme reporta son poids sur son pied gauche, dans un geste vif et gracieux qui semblait être une simple prolongation du choc, il pivota et saisit Rose par les cheveux. Il murmura : « Te voilà enfin revenue, ma petite catin, il était temps. Tu vas pouvoir m'aider à remettre cette pécheresse, à peine pubère et déjà si vicieuse, sur le droit chemin. »

Rien ne se déroulait comme prévu. L'enfant tétanisée, Rose assommée de douleur et lui, Paul, jovial et dangereux comme peut l'être un homme sûr de sa puissance.

Je me raclai la gorge discrètement, comme pour m'excuser. L'homme se retourna et sembla ravi de voir une autre de ces créatures inférieures.

« Excusez-moi, seigneur, murmurai-je, Rose m'a parlé de vous et de votre sévérité. C'est pour cela que je suis venue avec elle. J'ai péché, mon maître, j'ai tellement péché que je ne sais pas si ne je pourrai jamais expier. J'ai péché par le sexe et par mes seins, j'ai allaité le démon. Maintenant, je veux me repentir. Aidez-moi. S'il vous plaît. »

Ce disant, je tombai à genoux à mon tour et ouvris mon corsage. Il se détourna des deux femmes déjà soumises et se précipita sur moi, la figure en extase et les poings en avant.

Je contractai mes seins qui devinrent durs comme des cailloux. Ses deux poings craquèrent et sa chair explosa comme celle d'un fruit trop mûr. Il tomba à son tour sur les rotules, juste en face de moi. Je lui murmurai que c'était moi la femme de Loth, la femme de pierre, et je lui balançai le front dans le nez. L'homme s'effondra lourdement. Ses jambes repliées sous les fesses, le dos collé au sol et la tête pendouillant sur le côté donnaient à son corps des allures de chiffon.

Rose se releva avec peine mais la petite ne bougea pas. Sans même parler, nous sûmes ce que nous avions à faire. Paul fut ficelé et jeté dans le coffre de la voiture. La gamine dont nous ne savions même pas le prénom fut attachée sur le lit. Rose lui fit gober une poignée de somnifères et moi je mis un temps fou à trouver l'emplacement de la puce-araignée qui neutralisait sa volonté. Je l'extirpai de son sein gauche à peine éclos et tirai les fils patiemment jusqu'à ce que le flux électrique émis par la puce se tarisse. L'enfant fut ensuite déposée devant l'hôpital et nous rejoignîmes notre motel en périphérie de la ville.

Rose s'occupa de bander la main de son mari en serrant très fort pour que les fractures restent douloureuses. Je n'approuvais pas mais laissai faire. Elle lava aussi son visage mais refusa de me laisser remettre son nez en place.

Rose avait emporté avec elle l'ordinateur de Paul qu'elle lança en y appliquant l'index de son mari. C'était inespéré. Tant que nous avions Paul avec nous, nous jouissions d'une totale liberté de déplacement sur la toile. Je pus explorer les profondeurs du mal : Paul était sincère. Sa conviction de la perversité viscérale des femmes était très ancrée dans les profondeurs de sa foi, de son ordinateur et de sa secte. Une secte à deux cents millions de membres. En remontant le fil des discussions, je pus mesurer combien l'affaire Asia avait été fondatrice de l'ère réactionnaire qui avait embrasé le pays et une partie de l'Occident [1].

[1] Dix ans après #MeToo, la dénonciation d'un viol était devenue un délit : les militantes féministes étaient systématiquement emprisonnées pour outrage, blasphème ou instrumentalisation outrancière du système judiciaire… Les *FEMEN* avaient toutes disparu ; soit qu'elles avaient été abattues par des snipers bibliques et des chasseurs russes, soit qu'elles avaient, comme Evita Ordonov, réussi à échapper à leur féminité coupable. Tous les accords internationaux sur le droit des femmes avaient été dénoncés ou abrogés. L'Afrique subsaharienne semblait le seul territoire à ne pas être

entré dans l'histoire. Là-bas, les femmes créaient des coopératives de travail et des mutuelles de santé. Aux dernières nouvelles, les exploitants miniers occidentaux avaient pratiqué leurs premiers tirs viraux pour nettoyer les zones féministes et accéder aux ressources. En Amérique, le centre du pays avait conquis l'Est et le Sud et fondé les États-Réunis. Le nord du Mexique aussi était passé sous leur contrôle. La vie politique de ces cinq dernières années se résumait aux conflits opposant les Libertariens de Californie aux néo-créationnistes du reste du territoire.

Paul, comme nombre d'hommes blancs de la classe moyenne du Centre, adhérait à la mutuelle des Adam. Il cotisait aussi à une multitude d'associations et de lobbies qui pesaient lourdement sur les orientations de la recherche médicale et de la législation. Je lui étais même redevable d'une partie de mon existence. Outre les recherches sur l'eugénisme masculin et l'évolution de la loi qu'elle impliquait, la légalisation de la polygamie [1] et du mariage à treize ans, l'une des associations dont Paul était membre avait participé au financement du projet G.H.G., autrement dit moi.

[1] Dès 2015, les juges américains avaient, au nom de la liberté religieuse, légalisé la polygamie. Ouvrant la voie à une lecture des textes juridiques plaçant le droit religieux au-dessus du droit des gens.

Paul ne nous était plus d'aucune utilité. La nébuleuse masculiniste était vivace et très puissante, lui n'en était qu'un minuscule rouage. Je me levai sans un regard pour la loque humaine posée à même le sol à proximité du bureau et m'allongeai. J'avais besoin d'une source d'énergie auxiliaire pour faire travailler mes calculateurs à plein régime afin de cartographier ce ciel obscur de la domination masculine.

Rose prit ma place devant la machine et agit de manière bien plus efficace que moi. Son cerveau travaillait très différemment de mes polysystèmes. Face aux problèmes complexes, elle était plombée par son incapacité à désaffecter les informations, elle était donc très lente à comprendre. Mais elle – est-ce le cas des humains en général ? – avait développé la faculté de découper en tranches le problème et à ne traiter que la portion qui nécessitait une réponse immédiate. Que ce soit contre-productif à long terme ne lui posait aucun problème. Le hasard et le destin lui servaient de justification. C'était agaçant parfois, mais cette nuit-là, ce fut pertinent.

Elle visita l'état civil, trouva le nom de la jeune épouse de Paul, Mathilda, émit deux demandes de divorce au nom de son mari et, en un simple clic, annula les deux mariages. Celui de Mathilda et le sien. Elle résilia l'abonnement et suspendit la cotisation de Paul à la mutuelle des Adam, et vira la totalité de ses comptes bancaires sur trois comptes distincts : l'un ouvert au nom de Mathilda Flint, l'autre en son nom propre ; le troisième virement se porta sur le compte de l'association Wife Power, un groupuscule sud-africain radical dont on ne savait pas grand-chose mais dont le nom plaisait à Rose. Elle lança ensuite l'ordinateur de Paul en recherche autonome d'images pédophiles et le laissa toute la nuit se gorger d'horreurs infanticides. Le sort de Paul était ainsi scellé pour toujours.

Nous quittâmes la chambre en abandonnant l'homme à son sort. Rose revint une seconde sur ses pas et déposa un baiser sur les lèvres tuméfiées de son ex-mari puis s'en fut sans un mot. Dans la voiture, en route vers la frontière, le sourire ne quitta pas son visage. Elle était riche maintenant, elle n'était plus fugitive et surtout, elle s'était débarrassée de sa terreur. Un simple baiser avait suffi. Cette logique qui n'en était pas une m'échappait. Je questionnais Rose mais elle levait toujours les sourcils en souriant, comme pour me dire qu'elle ne savait pas elle-même comment cela marchait – ou bien qu'elle n'était pas disposée à me livrer ce secret d'humain.

« Rose, dis-moi comment ça marche dans ta tête.

— J'en sais rien. J'ai fait ça sans y penser.

— Ce n'est pas possible. On ne fait pas un baiser sur la bouche sanguinolente de son bourreau sans y penser.

— J'ai pensé à lui donner un baiser, pas à me libérer, c'est ça que je veux dire.

— Tu mens Rose.

— Non je te jure.

— Rose, tu es une salope !

— Mais bien sûr ma Soudka, je suis ta salope.

— Comment as-tu pensé à lui donner ce baiser ?

— Comme ça, dit-elle en posant un baiser au coin de mes lèvres.

— …

— J'ai pensé… qu'il me faisait pitié. Que je venais de ruiner sa vie. Je ne sais pas pourquoi mais j'ai pensé que c'était triste. Et puis je me suis souvenue qu'un jour, un seul jour, je l'avais aimé. Je ne l'avais pas choisi, je ne l'avais pas désiré mais le jour de notre mariage, je l'avais vraiment aimé. Toute une journée. Jusqu'à la nuit de noces. Alors je lui ai donné un baiser innocent comme pour…

— Revenir en arrière ?

— Un baiser de vierge.

— C'est important la virginité ?

— Un baiser d'avant la défiance.

— Tu sais que je n'ai pas ça dans ma base mémorielle ?

— D'avant la souffrance.

— Pas même un vague souvenir de dépucelage.

— Sans doute parce que ce n'est pas un souvenir mémorable.

— Tu crois ?

— J'en sais rien ! Je suis pas un forum de discussion pour midinettes !

— Bien sûr que si, tu es une midinette. Et j'aimerais être comme toi.

— C'est vrai ?

— Bien sûr que c'est vrai.

— Ça ne te suffit pas d'être une superhéroïne ?

— Tu crois que c'est ça que je suis ? Tu crois que c'est pour ça que j'ai été conçue ?

— Je ne sais pas. Mais c'est ce que tu es pour moi. Tu seras ma Soud-Cat et je serai ta midinette.

— Je ne comprends rien à ce que tu racontes.

— C'est pas grave. En route vers de nouvelles aventures, vers l'infini et au-delà !

— Au-delà de l'infini, il y a l'infini de second ordre, c'est en tout cas ce que démontre la théorie des ensembles de…

— Ta gueule, Soudka ! Ta gueule ! Roule ! »

15
Chez Chéa

Grâce aux dossiers que j'avais téléchargés depuis la machine de Paul, j'avais pu localiser Chéa dans un ranch mexiricain, au sud-ouest du Texas. Le lieu ne semblait pas riche mais les gens de ces contrées étaient souvent bien armés et la route qui y menait était visible depuis la maison sur près d'un kilomètre. Nous ne pouvions pas approcher par surprise. Selon le fichier de la Mutuelle des Adam, le propriétaire qui avait acheté le contrat marital de Chéa aux enchères était un homme de cinquante ans, Louis Mercader. Il avait fait un emprunt pour financer son achat. Rose en déduisit qu'il devait avoir besoin d'une femme de charge et pas seulement d'une épouse. Sa logique était hasardeuse mais comme cette hypothèse ne modifiait en rien notre manière d'agir, je la laissai dire. Nous achetâmes des costumes de métier : moi, un tailleur strict, horriblement coupé, et Rose une blouse et un calot d'infirmière, des bas blancs et des porte-jarretelles – « Pour coller parfaitement au fantasme », disait-elle. Il ne fut pas compliqué d'imprimer de fausses cartes du service sanitaire avec des noms d'emprunt. Rose montrait un tel entrain à se déguiser que je me demandais si elle n'allait pas tout faire foirer. « J'adore mon costume, j'adore, j'adore, j'adore ! » disait-elle sur la route en rebondissant sur son siège. Pour ne rien laisser paraître de mon inquiétude, je me tournai vers la fenêtre et, sans que je n'eusse rien cherché, le souvenir me revint.

Mémoire 11

Amanda avait sept ans et une seule passion : les déguisements de fée. Quand grand-mère entra dans la chambre avec un déguisement d'infirmière, Amanda fut très déçue, mais comme elle avait une âme de fée pleine de bonté, je n'en laissai rien paraître. J'enfilai la blouse, mon collant et mes petites ballerines blanches, me coiffai d'une étrange cornette et accrochai sur ma poitrine d'enfant le badge sur lequel grand-mère avait fait graver mon nom. Je pris ma petite mallette pleine d'ustensiles dont je ne connaissais ni le nom ni la fonction et m'en allai montrer mon nouveau déguisement dans le jardin. Tous les adultes tombèrent malades dès que j'apparus. L'un avait de la fièvre, l'autre une blessure grave, mon père roula dans l'herbe en écumant comme un cheval épuisé. Je dus intervenir et ausculter sans relâche, soigner et sauver tout l'après-midi et, le soir, épuisée, je pensai qu'une infirmière, c'était quand même plus utile qu'une fée. Je ne quittai plus son costume de la semaine et, quand mon collant fila, je refusai de quitter sa chambre. Grand-mère m'en offrit trois paires d'avance. Ainsi je pus continuer d'officier, de panser et d'oindre avec sérieux et sévérité. Les garçons se moquaient de moi mais je savais que le moment viendrait où ils auraient besoin de moi. Ce moment n'est jamais venu. Le jour où grand-mère mourut d'une fausse route, je remisai mon costume. Bien sûr, grand-mère était morte mais ce qui me rendait triste surtout, c'était la certitude que je ne serais sans doute jamais plus utile que cet été-là.

Fin extrait *Mémoire 11* (suite annexe 11)

Rose se calma à mesure que nous approchions. Elle s'arrêta à quelques kilomètres de notre destination pour récapituler et pour se démaquiller. Elle se voila la figure d'austérité, ajusta sa cornette d'un autre âge sur son chignon de mal-baisée (*sic*) et me laissa le volant. J'étais sa supérieure hiérarchique, il était donc normal que je conduise l'automobile.

Arrivées dans la cour sablonneuse, nous garâmes la voiture à côté d'un vieux pick-up et attendîmes un long moment, histoire de voir si des chiens affamés ou des cow-boys frustrés n'allaient pas se jeter sur nous.

Mais rien ne vint. Rien ni personne. Je klaxonnai, appelai ; en vain.

« Un silence de mort. On se croirait dans un film avant l'apocalypse, murmura Rose, un de ces films du siècle dernier que regardait ma mère. Bientôt, un déluge de feu va s'abattre sur nous : on va se mettre à nous tirer dessus depuis les fenêtres qui vont voler en éclats. Et toi, tu rouleras sous la voiture ; mais moi qui serai moins rapide, je serai touchée en pleine poitrine et j'agoniserai au soleil, longtemps. Tu ramperas vers moi et tu me fermeras les yeux. Tu poseras un baiser sur mes lèvres et ça ne choquera même pas les spectateurs, et puis tu fonceras dans la maison et tu me vengeras. »

À la fin de sa tirade, sans avertissement, Rose se mit à courir jusqu'au patio. Elle balança un coup de pied dans la porte et s'abrita aussitôt pour éviter les représailles. Évidemment, rien ne se passa. Je la suivis en souriant et entrai dans la maison. L'intérieur était propre mais assez sommairement meublé ; et triste. Ce n'était pas l'odeur de pauvreté qui suintait de ces murs, plutôt l'odeur de la mort. La mort ancienne et persistante. J'entrai dans le salon : là aussi la vie était presque absente. Dans un grand fauteuil, un homme était assis, la bouche ouverte et la commissure gauche tombante. L'œil droit était ouvert et me regardait. L'homme paraissait bien plus que son âge. L'AVC dont il avait été victime y était pour beaucoup.

Je pensai que Chéa avait dû être bien malheureuse ici. Je me trompai. L'homme me fixait. Son œil droit était pétillant et je vis sur son demi-visage apparaître un fragment de sourire. Il semblait content de nous voir. Rose me regardait faire. Je restai sur mes gardes en me penchant sur le vieil homme malgré l'odeur de merde qui s'en dégageait. Il semblait vouloir me dire quelque chose. J'eus quelque peine à décoder ses grognements. L'homme me pria de sauver la petite, qu'elle était folle mais que ce n'était pas de sa faute, qu'il fallait l'emmener à l'hôpital, elle, et pas lui, parce qu'elle s'était mise dans un sale état. Il me dit qu'il n'avait rien pu faire et qu'il regrettait bien d'avoir payé pour une femme qu'il n'arrivait pas à protéger. Une larme roula sur sa joue. Je fis signe à Rose, qui trépignait dans son costume d'infirmière, de monter à l'étage et de trouver Chéa. Elle partit en courant et revint aussitôt, en larmes. Elle eut un haut-le-cœur et vomit sur le plancher en bois brut. Je pensai malgré moi que l'acide gastrique allait imprégner durablement le sol mais que cela n'avait aucune importance, car bientôt l'homme serait mort et sa putréfaction l'emporterait sur les autres effluves. Rose se débarrassa de sa cornette et s'essuya la bouche avec. Elle prit ma place auprès de l'homme et me dit de monter voir. Elle semblait dévastée. Je la questionnai mais à chaque fois qu'elle ouvrait la bouche, elle était prise de hoquets.

Chéa était dans la grande chambre de l'étage, une triste chambre maritale qui n'avait pas été aménagée pour convoler. L'odeur de pourriture était insupportable – pour une humaine s'entend. La jeune femme était couchée, délirant de fièvre, plus blême que ses draps. Son bras gauche était fendu de la main jusqu'au coude et l'infection avait gagné tout le membre. J'apaisai Chéa avec de petites pressions répétées sur ses tempes et sur son front en direction du cortex cingulaire antérieur pour atténuer la douleur. Elle s'apaisa progressivement mais ses propos restaient confus. « Tué la bête, arraché la tête, dans mon bras, les bébés pourrissent à l'intérieur. Je les sens bouger, agoniser, ils se vengent. » Une autre que moi aurait pris son discours pour un délire dû à la fièvre mais je savais trop bien de quoi elle parlait. Chéa s'était arraché elle-même la puce qui la gardait docile. Elle avait d'abord dû faire une réaction allergique et identifier par accident le siège de son irritation. Elle s'était ensuite opérée, seule, proprement, mais les filaments avaient continué de pomper du sang et des toxines qui, au lieu d'alimenter la puce, venaient maintenant pourrir dans la plaie en faisant éclater les chairs.

Il me fallut trois jours pour sauver Chéa. Trois jours de bains, d'antibiotiques et d'opérations répétées. Il me fallut faire vingt-six entailles dans son biceps et son muscle pectoral pour parvenir à extraire la totalité des filaments. Pendant que je pompais mes dernières ressources électriques, je me répétais sans cesse : *Ce qui me rend triste surtout, c'est la certitude que je ne serai sans doute jamais plus utile que cet été-là.* C'était peut-être vrai après tout.

Pendant ce temps, Rose se démenait en bas pour faire honneur à son déguisement. Elle avait porté, lavé et nourri l'homme qui, malgré sa participation aux enchères pour s'offrir le « contrat Chéa », était un homme honnête. Même Rose le reconnaissait. Il avait passé trois jours sans dormir à essayer de soigner son épouse tant bien que mal alors qu'elle refusait d'aller à l'hôpital. Chéa craignait qu'on la prenne pour une folle et qu'on l'enferme avec « sa bête ». Il s'était épuisé à tenter de soulager la petite et avait fait une chute dans l'escalier. Il croyait se souvenir qu'il avait rampé jusqu'au fauteuil et qu'il s'était ensuite réveillé hémiplégique. Louis Mercader était un homme solide et droit. Il semblait s'adapter à son accident cérébral aussi facilement que s'il s'était agi d'une jambe dans le plâtre. Il aimait foncièrement Chéa. Malgré la nature du contrat qui les liait, elle semblait également le respecter.

En trois jours, nous en apprîmes beaucoup sur ces amoureux d'un nouveau genre. Mercader était un lointain parent d'un type qui avait tué un autre type – Trotsky il s'appelait – en lui plantant un piolet de montagne dans le crâne. C'était au Mexique, pas loin d'ici, il y avait un siècle de cela. Chéa était une néocastriste qui avait fui le régime conservateur de Gooba [1].

[1] Quand Elon Musk avait, en 31, racheté la base de Kourou, cela avait donné des idées aux autres. Google avait financé le développement et la transition de Cuba, avant d'en prendre le contrôle en 2037. Zuckerberg s'était offert l'île de Pâques, juste pour la frime, et Bezos, le plus mégalomane de tous, avait transformé Haïti en hangar flottant. Les habitants avaient maintenant l'eau, les soins et la nourriture gratuits. Amazon distribuait même les vêtements. Tout était prévu par contrat – le nombre de chemises, de pantalons et la quantité de protéines journalière fournis par l'employeur (à peu de chose près ce que prévoyait déjà le Code noir lors de la légalisation de l'esclavage par Louis XIV). L'appartenance à un syndicat était un motif de licenciement et de déchéance de la nationalité. Saint-Domingue était en négociation pour servir de base aérienne. Haïmazonia était maintenant le nom de cette île d'esclaves ; Haïti avait été la première nation noire indépendante : l'ironie était féroce. À Lire : *Corps noirs cerveaux blancs, rien de neuf à Gooba*, Nègre Anonyme/lien : Lahavanenocturne.

Le hasard avait réuni sous un même toit de planches au milieu du désert deux communistes, l'arrière-petit-fils d'un meurtrier qui était, comme son aïeul en secret, resté fidèle à sa victime, et une jeune pasionaria léniniste. L'ironie de l'histoire les avait liés par un contrat libertarien de servitude. Il fallut à Louis beaucoup de patience pour m'expliquer l'importance de ce désaccord séculaire entre mencheviks et bolcheviks qui ne trouvait d'écho dans aucun de mes fichiers mémoriels.

Rose semblait se plaire dans le ranch ; elle retrouvait des réflexes de paysanne oklahomienne et s'occupait des bêtes avec bien plus d'entrain qu'elle ne prenait soin des humains. Moi aussi je trouvai quelque repos à sous-exploiter mon *hardware*. Je pus consacrer un peu d'énergie à régénérer ma peau et à reconnecter mes capteurs capillaires qui avaient beaucoup souffert ces derniers temps. Une chose me tracassait néanmoins : la puce de Chéa n'émettant plus, nous risquions à tout moment de voir rappliquer les hommes de la Mutuelle. Il fallait fuir. Ce n'était même pas un risque, c'était une certitude. 100 % à sept jours, 89 % à six jours 76 % à cinq, etc.

C'est Mercader, en bon héritier du trotskisme – « Adepte des coups tordus, comme disait Chéa. — Fin stratège », répondait-il en souriant sur sa droite – qui trouva la parade. « Il suffit, dit-il, de déclarer Chéa en fuite. Si je prends les devants, ils ne me soupçonneront pas. Et, s'ils viennent ici, vous n'aurez qu'à vous cacher, sauf Rose qui sera ma petite infirmière à domicile. » Nonobstant Rose qui était connue des services mutualistes, c'était un bon plan. Je pris la place de mon amie dans le dispositif et j'appelai le service client de la Mutuelle. J'expliquai la situation de Louis, et comment la tragique disparition de sa femme avait causé son AVC. Nous ne reçûmes aucune visite et les deux communistes purent *convalescer* tranquillement, comme disait Rose.

Chéa et Rose profitèrent de ces jours de repos pour nous expliquer ce qu'elles ressentaient lorsqu'elles étaient sous le contrôle de la *pieuvre*, comme elles l'appelaient. Louis était le plus indigné de nous quatre. La nécessité de libérer les autres, toutes les autres, se fit plus pressante.

16
Louis le cul-terreux comme une plume

Louis, dont le visage était toujours à moitié inerte, avait néanmoins retrouvé un peu de mobilité. Il me surprit une nuit alors que j'étais en train de ressouder une des connexions sensitives de ma voûte plantaire. C'était une chose étrange que de se faire voir dans cette position. Louis s'excusa d'ailleurs, comme s'il m'avait surprise nue sous la douche, et s'en alla s'asseoir au salon. C'est là, souvent, qu'il finissait ses nuits, l'inactivité épuisant son désir de repos. Je le rejoignis dès que j'eus fini mon petit bricolage.

Assis dans le noir, nous discutâmes longtemps, calmement, en chuchotant, comme deux amants dans un confessionnal. J'expliquai à Louis l'insensibilité de mon pied; je lui expliquai combien cela pouvait devenir handicapant. Et puis je lui racontai tout: Malenki, la machine à forniquer, la programmation initiale de femelle n'existant que pour le désir d'autrui, le kaléidoscope mémoriel, le bug programmé par mon créateur, l'absence de signification de mon émancipation… Tout, je lui dis tout ce qui me courait sur le système. Louis m'écouta sans un mot. Quand j'eus fini, il laissa passer un long moment puis me dit de sa voix la plus claire :

« Je me moque de ta conception. Je trouve que tu es une belle personne. Un peu dure, mais belle. Et honnête.

— Merci Louis. Mais je ne peux pas, comme toi, dissocier ce que je suis de ce pourquoi j'ai été conçue.

— Tu ne peux pas mais tu le dois. Crois-tu que je me demande comment, dans quelle position, ou suite à quelle jouissance j'ai été conçu ? Mon père était un homme violent. Il est possible qu'il ait pris ma mère sans qu'elle en ait envie et que, de cet acte charnel, je sois né.

— Je comprends ce que tu essaies de me dire mais ça n'a rien à voir.

— Je n'en suis pas si sûr, mais… si tu veux.

— C'est tout ?

— Quoi c'est tout ? Tu veux que je parle encore ? De quoi ? De ma surprise à savoir que tu n'es pas une humaine de naissance ? De la prouesse technologique qui fait de toi ce que tu es ? Du sens de la vie ? De notre raison d'être sur terre…

— Je ne sais pas. Je n'ai juste pas envie de rester dans le silence. Je me sens vide.

— Tu sais, Soudka, je ne suis qu'un paysan, je n'ai pas beaucoup de mots, pas assez en tout cas pour remplir le vide ; mais je suis convaincu d'une chose, c'est que je peux avoir confiance en toi, et ça m'importe beaucoup plus que de savoir d'où tu viens.

— Comment fais-tu pour être aussi gentil ? C'est par gentillesse que tu as emprunté de l'argent pour acheter Chéa, n'est-ce pas ?

— Ça fait beaucoup de questions. Par gentillesse, je ne sais pas. Par indignation, sans doute, et par solitude… Ma femme, ma première femme est morte bêtement. Par imprudence. Elle a été tuée par un cheval, une grande bête fougueuse qui lui a mis un coup de sabot en plein front. L'hémorragie cérébrale l'a emportée en quelques heures. Mon premier réflexe quand elle est morte a été de sortir en courant vers l'enclos avec le fusil de chasse et d'abattre l'étalon. Quand il me sentit approcher, le cheval me regarda en piaffant de joie, et dans ses yeux de bête, je lus toute la confiance et l'affection qu'il me portait. Et j'ai vu qu'il n'avait pas conscience du mal qu'il m'avait fait ; il ne connaissait ni le mal ni la peine. Je l'ai laissé en vie. Et j'ai continué seul à dresser ces bêtes et à leur dire tout ce que je disais auparavant à Hilda. Alors, est-ce que je suis gentil ? Si être gentil c'est ne pas tenir rigueur aux chevaux et ne pas se soucier de la nature de mes interlocuteurs, alors sans doute. Sans doute que tu pourrais dire la même chose de tous les dresseurs de chevaux trotskistes.

— Tu crois qu'il existe d'autres éleveurs trotskistes ?

— Je ne sais pas. Par ici, y a peu de chance. Ici, ce sont tous des doubles Q. Q. terreux Q. bénis, dit-il en éclatant d'un rire asymétrique et baveux. Ils sont obèses et plus bêtes que leurs chevaux mais ils se pensent à l'image de Dieu. Il fut un temps où ça m'amusait de discuter avec eux, de les regarder s'étouffer quand je soutenais que nous n'étions qu'une variation aléatoire parmi une infinité de combinaisons génétiques plus ou moins adaptées au contexte et au climat.

— Ce n'est pas mon cas : tout est synthétique chez moi. Il n'y a que quelques éléments dermiques qui soient produits à partir de molécules de porc.

— Ça ne t'empêche pas d'être pleinement vivante. Nombre d'espèces sont des créations humaines. Les moutons, les vaches, les chiens. Les porcs même. Personne ne leur dénie pour autant le statut d'être.

— Dingue !

— Tu es un être à part entière.

— Tout comme le cochon ou le cheval, dehors.

— Tu fais chier, Soudka ! Le cheval qui est dehors ne m'aurait pas sauvé la vie ; ou alors, par hasard.

Comme, par hasard, il a tué Hilda. Et personne ne peut prétendre qu'il a choisi de faire telle ou telle chose. Le cochon affamé, lui, il m'aurait sans doute mangé. Toi non. Toi, tu es venue, tu m'as trouvé agonisant et tu m'as sauvé. Et tu as choisi de prendre soin de l'infirme. Es-tu programmée pour cela ?

— Je ne sais pas. Je crois que oui. Si je suis en train de te tailler une pipe et que tu fais une crise cardiaque, j'ai un programme pour enrayer le processus.

— Oui, mais… en dehors d'une situation comme celle-là ?

— Je ne crois pas. En fait, je n'en sais rien.

— On a qu'à dire que c'est ton secret. En fait, j'ai la certitude que tu le ferais parce que tu te dirais que c'est ainsi qu'il faut faire.

— … Merci Louis. Tu m'as beaucoup aidée.

— Mais ?

— Rien. Ce qui me manque maintenant, pour n'être pas qu'un animal, c'est la raison. La raison de vivre.

— Libérer toutes les femmes soumises à la Mutuelle, ce n'est pas une bonne raison ?

— Et quand il n'y aura plus de femmes à libérer ?

— Je ne m'inquiète pas. Il y en aura toujours.

— Sans doute. Je crois même que c'est pour cela que j'ai été créée.

— Quoi ?

— Je crois que Malenki a fait une créature dont la fonction principale était celle-là : libératrice. Pour l'instant, je me conforme au programme parce qu'il me paraît… juste. Mais à aucun moment je ne peux dire que j'ai choisi d'y consacrer ma vie. Tu comprends ?

— Un peu. Tu veux dire que quelque chose est écrit en toi, une ligne de code, un programme, qui t'obligerait à le faire ?

— Je n'ai rien trouvé d'aussi explicite.

— Ça veut peut-être dire que rien n'est écrit.

— Pourtant…

— Tu te sens obligée d'agir de la sorte.

— Oui.

— …

— …

— C'est assez vertigineux pour moi… Mais… Si j'avais eu une fille… si j'avais eu ne serait-ce qu'un enfant, et qu'il se comporte conformément aux préceptes de l'éducation que je lui ai donnée, je serais fier – de lui et de moi – mais je ne penserais pas pour autant que cette enfant est une marionnette. Au contraire.

— Tu dirais quoi ? Qu'il est libre ?

— Oui, je crois.

— Agir selon une morale héritée, c'est ça, être libre ?

— Sans doute pas. Je ne sais pas. Peut-on prétendre à autre chose ? Pas moi. Les Mercader vivent aux marges du désert depuis un siècle, une forme d'expiation sans doute ; je vis comme un Mercader. Avec des animaux. Comme on m'a appris. Et on m'a appris que les animaux étaient sous ma responsabilité. Avec tout ce que ça impliquait. J'ai été programmé, moi aussi. Je n'ai rien fait d'autre que choisir parmi les options qui s'offraient à moi… Regarde-moi, jeune fille, regarde ce que je suis : qui aurait envie d'être à ma place ?

— Moi.

— Tu dis ça parce que tu ne sais pas. Tu dis ça parce que tu pars du postulat qu'il vaut mieux être humain que… toi. Mais… J'ai mal à la tête, là. Fous-moi la paix maintenant.

— Bien sûr Louis, OK. Merci de m'avoir… Merci. »

À partir de cette rencontre nocturne, Louis le culterreux montra un zèle presque inhumain à soutenir *notre cause*. Il passait son temps devant son écran et sur son télétoile, il multipliait les adresses IP, les leurres et les écrans de fumée. Il était si léger sur la toile qu'il semblait indétectable. Je comprenais évidemment comment il faisait, mais l'idée de me déplacer par sauts de puce, de réseaux masculinistes en forums homophobes, d'associations homogames suprématistes en plateforme de jeux racistes en ligne, ne me serait jamais venue. Louis flottait comme une plume au-dessus des fronts bas, il voguait avec les « Verges hautes, capitaine », luttait avait

« Lara-Croftiens-contre-Les-Velues » aussi facilement qu'il tuait des « Momo » au côté des joueurs de « Niggers Hunter ».

« Ça s'appelle l'entrisme, ma chérie !, disait-il, je t'apprendrai si tu veux. » La bave qui s'écoulait encore de sa commissure gauche n'atteignait jamais la blanche colombe qui volait haut dans son crâne.

« La fourberie est le prix de la victoire, et la victoire la condition de la paix.

— OK Louis, OK. »

Louis nous permit de faire des miracles sans jamais être repérées.

17
Chiennes de garde et combat de chiennes

Nous vécûmes, Rose et moi, des jours et des semaines magnifiques auprès de Louis et de Chéa. La petite Cubaine mit au service de notre cause toute sa science militaire en milieu urbain. Grâce à leur stricte planification et leur cartographie au millimètre, nous sommes parvenues en moins de cent jours à localiser et à libérer seize femmes du joug neuroélectronique qui les asservissait.

Nous partions vers l'ouest quand il nous fallait aller à l'est, nous suivions les chemins les plus incohérents, nous nous déguisions en femme de charge, en nurse, en nonne. Quand il nous a fallu intervenir dans un souterrain où s'organisaient des combats de chiens et de femmes, je me déguisai en homme. Je fus surprise d'abord de constater que mes seins pouvaient se contracter et s'étaler dans la poitrine, que mon clitoris pouvait saillir, ma taille s'épaissir. Arrondir mes biceps et épaissir mes cuisses, changer ma voix furent une formalité : seule la pilosité posait problème. Je pris donc le parti d'accentuer mes traits asiatiques. Même Rose se méprit quelques secondes. Quand elle me reconnut, elle se jeta à mon cou en riant. Elle me supplia de la baiser à l'ancienne. Ce que je fis de bonne grâce.

À la fin de sa petite jouissance, Rose paraissait déçue. Déçue et un peu déconcertée. « Ça me fait un peu peur mais… je crois que je préfère quand tu me baises en femme », dit-elle.

Rose fut très marquée par notre intervention dans les sous-sols. Sous prétexte de mener ma combattante jusqu'au ring, je traînai Rose au bout d'une laisse. Là, nous avons dû assister à l'affrontement d'un chien de combat à la mâchoire énorme et d'une femme fluette mais écumante, bardée seulement d'un collier clouté et d'avant-bras de cuir. Flamby, elle s'appelait. Rose, que personne n'avait daigné fouiller, trépignant de colère, abattit le chien, son propriétaire et deux autres gros bonshommes qui tentèrent de s'interposer. Le reste de l'assemblée se tint coite. J'assommai Flamby, la jeune combattante, pour éviter ses morsures, et l'emportai sur mon épaule. Rose hésita à tuer encore un ou deux types, dont le mari de Flamby, mais je confisquai l'arme avant qu'elle ne fasse un carnage. Le mal était fait néanmoins. Je n'ai rien vu sur le moment mais je pense que Rose avait déjà basculé quand Flamby est entrée dans l'arène, bestiale, haineuse, excitée par la drogue et les phéromones du chien.

Désintoxiquer Flamby ne fut pas simple. Les stupéfiants que lui injectait son propriétaire étaient stockés par la puce, concentrés et surdosés au moment des combats. Les doses étaient quasi létales mais le corps de Flamby s'était accoutumé, d'autant qu'une bonne partie du poison s'écoulait par les plaies des morsures. Nous avons dû la garder enfermée pendant une semaine avant qu'elle ne s'habitue au sevrage. Elle pleurait souvent et ses nuits étaient déchirées de terreur. Les chiens revenaient sans cesse. Maintenant qu'elle était lucide, les souvenirs étaient pires que ses cauchemars.

Rose s'occupa patiemment de Flamby, qui devint plus tard son bras droit. Pour l'instant l'une suivait l'autre partout comme un petit toutou.

Les autres femmes que nous libérâmes étaient de simples domestiques, des prostituées, des épouses tristes et dociles ; l'une d'entre elles, Marie-On, était la seconde femme d'un pasteur ultrabaptiste. À notre grande surprise, la première épouse, contrairement à Mari-On, n'était pas pucée. Je ne sais pas ce que cette femme est devenue, elle n'a pas voulu nous suivre. Le lendemain de notre passage, le pasteur était mort.

Deux des seize femmes libérées avaient péri quelques jours à peine après l'extraction de leur puce. Elles étaient retournées chez elles et avaient réclamé à leurs hommes des excuses. Ivana avait été abattue sur le seuil de sa maison, Soraya avait tué son mari avant de se suicider. Librement.

Celles que nous ne libérions pas par la force étaient émancipées par leurs maris. Louis œuvrait depuis son salon pour convaincre les hommes qu'il était de leur intérêt de suspendre leur collaboration avec la Mutuelle. Pour convaincre les maris, Louis n'usait jamais d'arguments moraux – ces hommes étaient convaincus d'être dans leur droit – ; il ne faisait que les menacer du même sort que celui du mari de Soraya, de Rose et du pasteur. « La peur est un bon moteur », disait-il. Bien plus puissant que la morale. « *Ce n'est pas de la bienveillance du boucher, du brasseur ou du boulanger que nous attendons notre dîner, mais plutôt du soin qu'ils apportent à la recherche de leur propre intérêt. Nous ne nous en remettons pas à leur humanité mais à leur égoïsme* [1] », citait-il.

[1] *Recherches sur la nature et les causes de la richesse des nations*, Adam Smith (1976). Louis et moi connaissions Adam Smith par cœur. Je n'avais pas de mérite avec ma bibliothèque embarquée, mais lui, il avait beaucoup travaillé. Nous discutions souvent de cette matrice sociale qu'était le libéralisme smithien. J'en

étais le produit et lui le détracteur. Pourtant il aimait beaucoup ce texte sur l'origine de la richesse des nations. Pour lui, Smith disait des choses vraies et intelligentes. « L'égoïsme du boucher ou du boulanger est incontestable, mais toute la question pour nous les humains, disait-il en m'englobant de geste aussi large que lui permettait son corps d'infirme, toute la question est de savoir quand, à quel moment de la journée, le boulanger cesse d'être un boulanger et le brasseur, un brasseur. Quand devient-il un homme désintéressé, amoureux, paternel ou indifférent ? Est-ce seulement une affaire de moment ? N'est-ce pas surtout une affaire de relation ? La question est cruciale, Soudka. Cruciale !, disait-il en s'emportant. Comment circonscrire notre appétence pour le profit, comment savoir si et quand nous renonçons à notre intérêt ? C'est cette question qui est centrale, la seule qui vaille et à laquelle nous ne parvenons pas à répondre. Smith lui-même a constaté dans le *Traité des passions* que nous n'étions pas que des êtres marchands, mais il ne dit ni quand ni comment la passion de soi cède devant la passion pour autrui. »

Était-ce parce que je ne pouvais connaître de passion pour moi-même que j'étais contrainte de ne connaître que la passion pour autrui ?

18
Marché paysan

Nous avons porté des coups mortels à la Mutuelle des Adam, nous avons saboté leur légitimité ; les défections et les résiliations se multipliaient, l'argent ne rentrait plus dans leurs caisses. Les femmes libérées obtenaient généralement le divorce sous la menace d'un procès pour torture, extorsion de consentement, abus de faiblesse, etc. Trois d'entre elles se sont associées pour porter plainte contre la Mutuelle mais elles moururent opportunément dans l'incendie de leur hôtel (assuré par la Mutuelle), ce qui mit Rose hors d'elle. Certes, nous avions l'avantage dans le combat mais les femmes payaient un lourd tribut. Rose ne supportait plus, elle étouffait de colère. Elle était de plus en plus instable et prenait maintenant des risques inconsidérés.

Partie seule un matin, elle revint le soir en compagnie de Milady. À l'exception de Flamby qui avait besoin de soins, c'était une règle que nous avions pourtant établie : le ranch était une base arrière, en aucun cas un refuge. Quand je le lui rappelai, elle se mit à hurler.

« Tu voulais quoi ? Que je la laisse dans la rue ? Elle n'a ni famille ni papiers. Qu'est-ce qu'elle serait devenue, tu crois ? De la pâtée pour chien de combat, voilà ce qu'elle serait devenue. J'avais pas le choix ! Point barre. »

Milady, qui avait été régulièrement battue et violée, se satisfaisait de la situation présente ; même si son avenir incertain de femme libre l'inquiétait beaucoup.

Nous étions maintenant une petite communauté. Quatre femmes, un homme et une machine. Les autres femmes libres n'attendaient que notre signal pour nous rejoindre… si nous avions un plan. La dernière femme à rejoindre le ranch, Latcha, fut celle de trop.

Latcha avait été plutôt bien traitée. Il allait de soi qu'elle n'avait, dans son mariage, ni désir ni plaisir, mais elle se livrait à la corvée de bonne grâce tant sa situation matérielle s'était améliorée depuis son départ de Bulgarie. Il est évident que nous aurions pu renoncer à libérer Latcha – nous aurions dû. Mais l'ennui avec la puce inhibitrice implantée par les médecins de la

Mutuelle, c'est qu'il est impossible de savoir où se situe le consentement du sujet tant qu'il n'est pas libéré de la source toxique. Il nous fallait donc opérer Latcha avant de la laisser décider de son sort.

Ce ne devait être qu'une formalité. Le mari de Latcha nous accueillit plutôt affablement. Non seulement il accepta que nous opérions son épouse pour extraire l'objet qui commençait à faire parler de lui (la presse avait commencé à évoquer des rumeurs d'esclavage électronique, et si le lobbying de la Mutuelle parvenait encore à circonscrire le scandale, Allan avait été convaincu du caractère infamant du dispositif [1]), mais il tint à l'accompagner tout au long de l'opération d'extraction.

[1] On pourra se demander comment ces hommes n'avaient pas pris conscience plus tôt de l'infamie d'un tel stratagème commercial ; la faute revient sans doute en grande partie au législateur. Concevoir l'union matrimoniale exclusivement comme un accord commercial et entériner l'inégalité des droits des cocontractants est une disposition qui ne peut que conforter les maris dans la conviction de leur supériorité. Quand les codex religieux, le Code civil, le Code de la famille et le Code pénal convergent pour asseoir votre puissance, il n'est pas simple de douter de sa légitimité. Pas simple mais pas impossible, merde !

Allan semblait aimer sincèrement Latcha. Les deux époux se souriaient encore au moment où je neutralisai les centres nerveux de Latcha. L'ennui fut que, à la vue de tout ce sang, Allan fit une crise cardiaque. Tout accaparée que j'étais par l'intervention, je ne parvins pas à le sauver. Latcha, à son réveil, découvrit le corps de son mari glacé contre son flanc. Elle ne pleura pas. Elle insulta copieusement son cadavre en bulgare. En substance, elle le qualifia de pédé, de tafiole, de femmelette et de sans couille ; toute la panoplie du vocabulaire d'infériorisation par féminisation y passa. Il faut dire à sa décharge que son contrat de mariage ne prévoyait aucune compensation ni héritage en cas de décès.

La colère passée, Latcha fouilla la maison sans trouver le moindre trésor. Alors elle fit son sac, alla libérer les bêtes enfermées à l'étable, donna du grain aux poules, égorgea d'un geste distrait un cochon de lait qu'elle chargea dans le coffre du break et s'installa sur la banquette arrière. Sans un mot. Elle n'avait pas d'autre choix que de venir avec nous, mais elle me tint particulièrement rigueur de sa déchéance. Ce qui explique sans doute largement ce qu'elle fit ensuite.

Ce fut difficile pour moi de cohabiter avec ces deux dernières recrues car elles étaient jeunes, sans attaches, mais surtout parfaitement idiotes. Ces deux êtres sans cervelle, comme disait Rose, avaient été importés respectivement d'Afrique et de Bulgarie à des fins commerciales. Leurs origines les réservaient au marché matrimonial des agriculteurs qui est, comme on le sait, en pénurie chronique. L'ennui vint justement de ce que Lacha et Milady ne trouvaient pas leur sort particulièrement infamant.

Audition 9 Malenki Krum, 3 janvier 2043

« Vous voyez, monsieur Krum, votre isolement s'est plutôt bien passé.

— Vous voulez dire que je n'en suis pas mort.

— Oui. Ce n'est déjà pas si mal dans votre situation.

— Puis-je vous demander qui vous êtes ?

— Commandant F., responsable de la lutte contre la cybercriminalité, spécialiste de la reprogrammation des virus et des programmes pirates. Je suis un flibustier en quelque sorte.

— Vous êtes compétent donc, fier, et pédant.

— Je vous accorde que, comme vous-même, j'ai une idée assez claire de mes capacités.

— J'en déduis donc que vous vous sentez de taille pour mener la traque de ma Tokiko.

— Appelez-la Soudka, ça vous évitera de buter sur les mots.

— … d'accord. Vous avez donc réussi à trouver une trace ?

— Oui. Lointaine. Nous avons enfin réussi à démêler le crime du sous-sol. Vous savez, celui de l'artiste Jono Popolino, assassiné semble-t-il par sa maîtresse Soudka Malkowski.

— Malkowski vous dites ?

— Oui.

— C'est le nom de ma mère. Sa grand-mère donc.

— Vous ne le saviez pas ? C'est elle qui a choisi son nom ?

— Si vous vous appeliez GHG 7.2.0, ne feriez-vous pas de même ?

— Aucun humain ne s'appellerait GHG 7.2.0.

— C'est bien pour ça qu'elle a changé de nom.

— Je ne suis pas venu pour polémiquer sur la prétendue nature de votre… protégée, je suis venu…

— Me demander de l'aide parce que la seule misérable piste que vous ayez remonte à plus d'un an ! Je viens de passer cinq mois enfermé, à espérer qu'il ne lui arrive rien – c'était même ma seule espérance –, et vous voudriez maintenant que je me l'amputasse ?

— Ces cinq mois furent difficiles, j'imagine. Les suivants pourraient être bien pires.

— Allez vous faire foutre !

— Vous ne mesurez pas…

— Vous ne la trouverez jamais ! Cassez-vous et foutez-moi la paix.

— L'agressivité du patient est manifeste, ses réactions sont instables. Surémotivité, sudation, salive blanche et épaisse au coin des lèvres. Uberculose stade 4. Il est sorti trop tôt. Protocole renforcé : mettez-moi ça en caisson, éteignez les caméras et brûlez la maison. »

Fin *Audition 9 Malenki Krum*, 3 janvier 2043

19
Harem amish et hacienda

Nous continuâmes quelques mois à organiser des raids de libération et des campagnes d'intimidation mais les cibles et les victimes devenaient de plus en plus inaccessibles. Soit qu'elles fussent à l'étranger, soit que nous ne parvinssions pas à retrouver leurs traces. Certaines filles pourtant étaient encore à notre portée, géographiquement parlant, mais la plupart étaient logées dans de riches propriétés trop sécurisées pour que nous puissions nous y introduire sans risque. Sept d'entre elles logeaient à moins de cent miles de notre ranch. Toutes dans la même hacienda. Unies au même homme. La libération semblait quasi impossible mais Rose s'en foutait. Elle ne décolérait pas et je ne me sentais pas le droit de refréner sa colère ; même si je voyais bien comment tout cela risquait de finir.

Ces femmes composaient-elles un harem ou s'agissait-il d'un bordel ? Nous ne parvenions pas à nous faire une idée tant Froneira, l'homme titulaire des contrats, était mystérieux. Sa fortune était considérable, et son armée de gardes du corps à l'avenant. L'homme payait en outre des sommes colossales au fisc américain. Le gars était un droguiste, cela ne faisait aucun doute. Pour financer la conquête mexiricaine dans les années 30, les États-Réunis avaient légalisé la vente de drogue naturelle et soumis cette activité à une taxe exceptionnelle. Les droguistes avaient saisi l'opportunité pour blanchir leur argent et étaient devenus de véritables notables régionaux.

Froneira était une cible trop grosse pour nous mais Rose, Chéa et Flamby ne semblaient pas s'y résoudre. Elles se taisaient dès que je m'approchais. Louis et moi tentions de porter l'estocade à la Mutuelle des Adam qui était sans cesse renflouée par les fonds d'investissement en capital humain. La société mutualiste vacillait sans choir complètement. Latcha et Milady quant à elles ne faisaient rien. Autant d'inexistence dans deux si petits corps, cela me semblait aussi menaçant qu'un trou noir.

Quand Chéa disparut, Louis s'inquiéta. Quand elle revint avec un sac à dos plein d'héroïne pure, ce fut à mon tour. Avec les économies de Rose, elles avaient acheté au prix fort cinq kilos de drogue de bonne qualité dans le but de le revendre à bas prix à Froneira. Le plan était hasardeux d'autant que Chéa, la dealeuse, devait offrir Rose, la putain, au droguiste – cadeau promotionnel en quelque sorte. Flamby, avec ses nombreux stigmates, jouerait le rôle de garde du corps. Pour dangereux qu'il fût, le plan était malin. Nous n'avions pas d'autre possibilité pour entrer dans l'hacienda. Je proposai de prendre la place de Rose. Furieuse d'abord, elle se rangea à mon avis quand elle prit conscience que son plan avait une faille : les filles elles-mêmes. Nous avions constaté à plusieurs reprises que, si nous avions affaire à un mari récalcitrant, les épouses sous contrôle neuronal de la puce pouvaient devenir de redoutables adversaires qu'il nous fallait neutraliser rapidement. Or, ici, ce n'était pas une, mais sept femmes que nous aurions à canaliser. Je pensais même que nous ne serions pas trop de deux à l'intérieur. Chéa réfléchit : elle semblait bien connaître la psychologie de ces machos mexicains, et nous proposa un nouveau stratagème audacieux.

Le 5 janvier 2043, nous avions fait livrer gracieusement un pain d'une livre de notre excellente came au droguiste qui avait immédiatement accepté de nous recevoir. Chéa avait, au téléphone, laissé entendre qu'elle ne vendait pas que de la drogue, et Froneira s'était montré curieux. Elle avait alors proposé un échantillon d'une autre excellente came en cadeau, suggérant qu'ensuite, il faudrait y mettre le prix. Il accepta de nous recevoir.

Le 7 janvier, nous nous sommes présentées à la porte de l'hacienda. Chéa au volant, Rose attachée dans le coffre, Flamby armée jusqu'aux dents sur la banquette arrière et moi somnolente, comme sous l'effet de la drogue, vautrée sur le siège passager. Chéa ne tremblait pas. Elle aurait sans doute pu faire une belle carrière de dealeuse ou de proxénète mais son truc à elle, c'était la guérilla.

La voiture fut fouillée, puis Froneira donna l'autorisation de nous faire entrer dans la cour. Il vint à notre rencontre. À peine un peu trop gras, l'homme était séduisant ; il portait un pantalon et une chemise à col mao d'un blanc immaculé et pour tout bijou, sept fines alliances à l'annulaire de la main gauche. Il embrassa Chéa sur la bouche, jeta un œil distrait à la valise de drogue et un regard à peine plus appuyé à Flamby la guerrière. Un homme comme lui ne pouvait pas imaginer qu'une femme soit une menace. Il fit mine de m'ignorer, mais je n'étais pas dupe. Ses yeux me frôlaient intensément et son cœur battait plus vite tandis qu'il s'interdisait de me regarder. Le plan de Chéa semblait fonctionner. Elle m'ordonna de sortir. Je chancelai un peu sur mes talons aiguilles et, obéissante, ouvris le coffre avant de m'écarter en frôlant Froneira. Ton cadeau, macho ! L'homme se pencha sur le coffre, regarda Rose en connaisseur. Elle avait les yeux ouverts mais ne semblait pas avoir conscience d'être enfermée, les mains liées dans un coffre. Froneira écarta les jambes de ma Rose, glissa sa main sous sa jupe, planta son doigt dans sa chatte et le porta ensuite à son nez, puis à sa bouche. Il testait la came en quelque sorte. Rose ne réagit pratiquement pas et je l'admirai encore un peu plus.

Froneira sembla apprécier et se fit apporter une carte magnétique qu'il tendit à Chéa. La transaction semblait terminée : Chéa me fit remonter dans la voiture et démarra. Je craignais d'avoir mal joué mon rôle d'appât et d'avoir jeté Rose dans la gueule du loup. Froneira s'approcha et parla à voix basse avec Chéa.

Elle répondit que je n'étais pas à vendre, que ma saveur était exquise et qu'elle me réservait à sa consommation personnelle. Il insista. Elle fixa un prix délirant. Il demanda à goûter. Chéa se tourna vers moi, écarta mes cuisses et me pénétra brutalement. Elle tendit ses doigts par la fenêtre vers le visage de Froneira. Il renifla en fermant les yeux et éclata de rire. Il fit un geste discret de la main et se fit apporter une autre carte du même montant que pour les cinq kilos de came.

Flamby me fit descendre de la voiture et me murmura de bien faire attention à Rose. C'était la première fois depuis sa libération que ces deux-là étaient séparées. Chéa et Flamby sortirent de l'hacienda sans un regard en arrière.

La journée fut longue et harassante. Nous avons été lavées, purgées et apprêtées par des femmes qui, pour jolies qu'elles fussent, avaient des yeux et des gestes de zombie. Certaines étaient prises de tremblements soudains et violents. La première fille que je pus toucher assez longuement pour faire un diagnostic me laissa entrevoir l'étendue des dégâts : la puce et la drogue combinaient leurs toxines et provoquaient des troubles neurologiques irréversibles. Rose fut ensuite emmenée à l'écart et revint deux heures plus tard, titubante. Je vis qu'elle avait pleuré mais elle ne semblait pas vouloir s'effondrer. Je compris à son regard qu'elle avait été violée par plusieurs hommes et, à sa façon de marcher, qu'elle souffrait assez profondément. Nous ne fûmes seules que quelques minutes, et les bribes du récit que Rose parvint à me rapporter me glacèrent. Quant à moi, il semblait que l'on me réservait pour une soirée spéciale. Je devais jouer le jeu jusqu'au soir afin de me retrouver seule avec Froneira et agir au plus vite ; à ce niveau de cruauté, Rose ne tiendrait pas deux jours.

C'était un homme tout ce qu'il y a de plus banal. Son odeur était forte, son poil rongé par la sueur et son érection médiocre. Je sentis immédiatement sa nervosité qu'il habillait de lassitude. Il semblait blasé et préoccupé ; son rythme cardiaque et sa pression artérielle disaient qu'il était, en réalité, terriblement inquiet. Exclusivement centrées sur sa virilité, ses peurs étaient profondes. Mon numéro de pute lascive fut quasiment sans effet érectile.

Je savais comment remédier au problème. À tous les problèmes en même temps. Il me fallut encore trois secondes et des poussières pour finir d'évaluer les trente-sept variations du plan que je venais d'élaborer. Il y avait en moi une extension du programme FELLATIO à la molécule de viagra qui ferait immanquablement son effet et me donnerait un ascendant sur le molbite. Mais ce dispositif prendrait du temps et il me fallait agir vite. Je m'adressai à lui en espagnol.

« Tu as des problèmes avec ton pénis, monsieur. »

Immédiatement Froneira se raidit et, comme dans un effet de vase communicant, débanda : il fallait parler vite.

« Tu vois, quand tu t'énerves, tu débandes. Il vient de là ton problème. Je sais comment arranger ça. Je te parie que je peux te faire gonfler en une minute. Mais ça ne réglera pas tout. Si tu veux régler ça une fois pour toutes, et avec toutes les femmes, il faut que tu leur apprennes à faire ce qui est bon pour toi.

— De quoi tu parles, petite pute ? Tu as cru que j'allais faire de toi une reine ou quoi ? Tu crois que, parce qu'on t'a préparée pour la nuit, tu allais devenir la favorite ?

— Je sais bien que ma place est dans ton harem, et pas au premier rang. Mais je sais aussi que mon sort sera meilleur si tu peux baiser sans crainte chacune de tes putes quand tu veux. J'aurai sans doute plus de tranquillité.

— Ha ha ha ! C'est quoi un harem ?

— Un cheptel de femmes.

— Alors OK. Comment tu dis ? Un harem ?

— C'est ça. »

Pendant cette conversation tendue, j'avais accumulé sur ma langue une telle concentration de viagra que j'aurais pu faire bander un éléphant.

« Si tu ne me crois pas, regarde ».

Je me penchai, ouvris légèrement ses cuisses et effleurai son sexe du bout de ma langue tout en déposant un peu de salive à l'entrée de son orifice anal. L'effet fut radical et tellement soudain qu'il sembla en souffrir.

« Si tu veux, tu peux me prendre maintenant. Mais ce n'est pas la meilleure solution.

— Et c'est quoi la meilleure solution ?

— Que tu fasses venir toutes tes putes, y compris la dernière, et que tu nous prennes toutes à la file. Ça fera taire tous les ragots.

— Les quoi ? Qui ? Je… Fermer leurs gueules… Tu crois que je… »

Le doute s'était immiscé dans son esprit, et avec lui, l'indécision : ça le fragilisait.

« Je ne connais pas leurs noms. Fais-les venir. Je te montrerai celles qui médisent quand elles seront devant toi. Je te promets que tu ne le regretteras pas. Tu t'es déjà filmé en train de baiser ?

— Euh… non.

— Si tu veux je te filme, tu verras, c'est excitant. Et puis tu pourras toujours montrer ça à tes gringos. Tu sais, à mon avis, ils ne sont pas dupes, ces connards. Si tu leur laisses si souvent tes femmes comme tu leur as laissé la petite merde qui est arrivée avec moi, ils doivent se douter de quelque chose… Mais c'est fini maintenant, mon chéri. Je vais te montrer. »

Je me mis en position et il me ramona un bon quart d'heure sans tendresse ni savoir-faire mais avec une énergie que devait l'étonner lui-même. Je simulai un orgasme d'anthologie. Lui restait érectile comme il ne l'avait jamais été de sa vie. Il prit son téléphone et exigea qu'on lui amène les femmes, toutes les femmes ! Il se hissa sur une chaise et alluma comme je l'espérais depuis le début la caméra de surveillance. Je savais qu'immanquablement, les gardes finiraient par se masser autour des écrans de surveillance.

L'orgie dura quatre heures. Il me fallut éveiller les appétits des filles tout en éveillant la lubricité des voyeurs en leur donnant à voir des scènes d'érotisme lesbien, d'autant plus acceptables qu'elles avaient pour finalité la satisfaction masculine. Je tins Rose à l'écart aussi longtemps que possible puis, lui caressant les seins comme je savais qu'elle aimait, je lui murmurai de se rendre au petit coin et d'en profiter pour trouver un moyen de bloquer la porte de la salle de garde. Je glissai à toutes fins utiles une petite bombe de gaz Sardon dans sa vulve en le faisant passer pour un godemiché. Rose sortit de sa torpeur, mima un temps le plaisir puis s'éclipsa. Elle se rendit aux toilettes puis en ressortit immédiatement. Elle patienta dans le couloir sans qu'aucun garde ne vienne la rappeler à l'ordre. Elle se glissa dans la salle de surveillance où huit hommes massés devant les écrans se masturbaient sans vergogne. Ils ne remarquèrent même pas sa présence. Elle gaza la pièce avec le puissant gaz hilarant, prit la clef sur la porte, sortit et enferma les mastards déboutonnés et hilares. Quand elle revint au lupanar, elle était radieuse.

Les filles maintenant excitées par mes soins attendaient leur tour en se tripotant mutuellement, qui les seins, qui le clitoris, les lèvres ou simplement les fesses. Je profitai de l'acharnement de Froneira sur le cul d'une de ses filles pour l'enlacer tendrement par le cou, lui susurrant que la strangulation allait encore accroître sa jouissance. Il me faisait totalement confiance maintenant et murmura qu'il m'aimait. Ce furent ses derniers mots. Je l'asphyxiai d'une pression brutale sur la glotte. Quand il s'effondra, évanoui, sur le lit, je fis mine de continuer à m'occuper de lui. Rose proposa aux filles de poursuivre les ébats au bord de la piscine. Elles me regardèrent comme la reine-mère, je leur donnai ma bénédiction et toutes s'en furent. J'envoyai le message convenu à Chéa qui ne mit que dix minutes à se présenter devant la grille de l'hacienda. Flamby neutralisa définitivement les deux gardes de l'entrée pendant que Chéa faisait rugir le moteur de son énorme pick-up équipé pour le transport d'ouvriers agricoles. Il me fallut assommer deux filles qui voulaient continuer de jouir les pieds dans l'eau ; les cinq autres nous suivirent comme les enfants le joueur de flûte.

L'affaire fit scandale. La presse locale qui vivait largement du ruissellement de la fortune du droguiste s'indigna quand son corps fut trouvé le lendemain, roué de coups, émasculé et sans vie. Il est probable que les gardes, frustrés par la disparition des filles, s'étaient acharnés sur leur chef.

Nous avons roulé de nuit jusqu'à Chihuahua, de l'autre côté de la frontière du Mexirique, et nous avons réservé deux chambres dans un des hôtels de luxe de la ville ; le même que celui où je m'étais déjà rendue quelques mois plus tôt avec Jono. Un lieu où j'avais découvert, malgré moi, la noirceur déchaînée des sous-sols de l'humanité. Je savais qu'ici, l'acceptation des hurlements, des viols et de la torture était incluse au prix de la chambre. Avec un léger supplément, nous avons obtenu une chambre insonorisée. Chéa gardait les filles dans la première chambre : certaines étaient en manque et commençaient à devenir agressives. Je les opérai une par une dans la seconde. Rose s'occupait d'apaiser les patientes et de panser leurs plaies pendant que Flamby montait la garde à l'extérieur. Il était difficile d'anticiper les effets du double sevrage que nous faisions subir à ces filles. L'état de santé d'Olga, la jeune fille qui m'avait paru si mal en point à mon arrivée, se dégrada très vite. Elle perdit le premier jour l'usage de ses jambes et le lendemain le contrôle de ses sphincters. Olga supplia deux jours durant qu'on l'aide à mourir. Les autres filles se consultèrent et, avec beaucoup d'affection et de peine, à l'aide d'un gros oreiller, elles se couchèrent toutes ensemble sur la jeune femme et l'étouffèrent.

Depuis l'extraction jusqu'à la remise des filles à des associations de femmes mexicaines, l'opération nous occupa cinq jours entiers. Chéa et Rose étaient épuisées mais fières de cette première véritable opération commando. Flamby se chargea de faire inhumer Olga. Toutes les trois semblaient heureuses et plus épanouies que jamais.

J'étais, quant à moi, bien plus inquiète que joyeuse. Bien sûr, l'urgence nous prescrivait sa cadence, bien sûr, le nombre d'esclaves justifiait de telles opérations : néanmoins je sentais confusément [1] que nous courions à la catastrophe.

[1] Aussi douteux que cela puisse paraître compte tenu de ma nature, je peux, comme tout un chacun, ressentir de la confusion. Si la confusion désigne un état psychique résultant d'une incapacité transitoire à interpréter et à hiérarchiser les informations et les événements du fait de leur étrangeté, de leur impossibilité ou de leur simple incompatibilité, on peut donc écrire que la confusion est une suite arithmético-géométrique d'événements dont on ne parviendrait pas à écrire la fonction. Il arrive souvent aux calculateurs les plus puissants de buter sur des données trop inconciliables pour être probabilisables : c'est le cas par exemple des machines utilisées pour la spéculation boursière. La différence entre eux et moi – outre la capacité de calcul évidemment –, c'est que ces machines sont dotées de logiciels de modélisation qui permettent de simplifier le réel pour le rendre compatible avec les statistiques. Ce que je me refuse à faire.

« Et maintenant Rose ?

— J'en sais rien, je m'en fous. »

J'en sais rien, je m'en fous. Étais-je capable de prononcer une phrase pareille ?

Comment les associations allaient-elles gérer le retour à la vie des sept femmes de Froneira ? Comment allions-nous éviter les représailles des droguistes ? Comment pouvions-nous continuer d'échapper aux gorilles de la Mutuelle des Adam ? Comment allions-nous faire pour gérer le handicap de Louis en cas de fuite ? La haine de Latcha ? La solitude dépressive de Milady ?

L'inclination de Rose pour la vendetta ? Comment allai-je pouvoir continuer de vivre en humaine dans un monde qui s'acharnerait sans trêve à me vouloir morte ?

Je n'en savais rien pour l'instant.

Voilà tout ce que je parvins à concéder à l'incertitude.

Ce n'était déjà pas si mal pour une machine.

De retour au ranch, les filles firent une orgie de sommeil. Louis voulut tout savoir et je passai ma soirée à lui raconter en détail l'expédition. Et mon incapacité à coexister avec l'incertitude.

« Tu y arrivais très bien au début de ta cavale, non ?

— Oui. Sans doute.

— C'est alors que quelque chose a changé en toi. Ou dans la réalité qui t'entoure.

— Je ne comprends pas.

— L'incertitude est douloureuse quand on sait que son issue est tragique.

— Sans doute.

— Or, la vraie tragédie, ce n'est pas de savoir que la mort approche – ça tout le monde le sait –, ce n'est pas de ne rien pouvoir faire pour soi ; la tragédie… c'est… Hilda… C'est de ne rien pouvoir faire pour autrui.

— Rose ?

— Oui, Rose. Et Chéa. Et toutes les autres.

— Louis ?

— Quoi ?

— Tu es vraiment un chouette bonhomme. Si j'étais une femme, c'est un homme comme toi que je chercherais. Merci de m'avoir éclairée.

— Merci à toi, ma grande, d'avoir éclairé la nuit qui, depuis si longtemps, gagnait sur mes jours. »

Je profitai de l'obscurité sans lune pour éprouver la solitude infinie du désert. Éprouver les limites de mon entendement. Éprouver le noir. Le froid. Et la poussière à laquelle je ne retournerais jamais.

Je marchai longtemps dans le sable et les pierres, jusqu'à la limite de mes batteries. Cette nuit-là aurait pu être la dernière tant la froidure et l'obscurité absorbaient ma vitalité. Au bord du néant je me suis menée, tout au bord, là où l'immobilité est la seule alternative possible.

Et là, j'ai pu commencer d'entrevoir un ordre. Un ordre triste et morne mais un ordre.

Rose allait mourir.

Louis allait mourir.

Chéa et Flamby partiraient sans doute et mourraient aussi.

Latcha non : Latcha retournerait à l'esclavage d'un second mariage.

Milady, je ne voyais pas bien, mais quelle autre issue que le suicide avait-elle ?

Quant à moi.

Moi ?

Le froid paralysait tellement mes circuits qu'il était même difficile de dire MOI, de penser MOI. Réduite à mes fonctions vitales élémentaires, j'étais à nouveau une machine.

Rose allait mourir parce qu'elle n'était pas une machine.

Louis allait mourir parce qu'il n'était pas une machine.

Chéa et Flamby partiraient sans doute et mourraient aussi parce qu'elles n'étaient pas des machines.

Latcha non, Latcha retournerai à l'esclavage d'un second mariage parce qu'elle n'avait même pas l'autonomie d'une machine.

Milady, je ne voyais pas bien mais je ne savais pas et je m'en foutais parce que j'étais une machine. Quant à moi, je survivrais parce que j'étais une machine.

C'était tellement confortable.

Fallait-il que je refuse cela ?

Ce bien-être ? Ce confort de n'être rien qu'une série de lignes de code dans une boîte en plastique ?

Pourquoi prétendre à autre chose ?

Malenki m'avait enjoint d'être libre. Pas d'être humaine.

Merci la nuit, merci le froid et le sable, merci de m'avoir

20
La fin d'un monde

Rose vint me récupérer à l'aube comme je lui avais demandé. Elle m'allongea à l'arrière du pick-up et me laissa absorber les premières lueurs du jour. De retour au ranch, elle m'informa que Latcha était partie. « Voilà !, dis-je simplement, ça commence. » Rose et Louis se regardèrent, ils semblaient comprendre ce que je voulais dire. Mon amie regimba pour la forme en maugréant contre le prétendu destin et sortit en claquant la porte. Louis murmura : « Combien de temps ? » J'écartai mon pouce et mon index pour ouvrir un tout petit espace entre mes dernières phalanges. C'est tout ce que je pouvais affirmer. Louis leva les yeux pour dire que ce n'était pas beaucoup puis s'en alla, lentement, chancelant, vers sa bibliothèque. Une étrange pièce un peu à l'écart de la maison dans laquelle je n'aimais pas trop rester. C'était un lieu incohérent. Il y avait des murs couverts de livres sur plusieurs épaisseurs, les fenêtres étaient réduites à de simples fentes, telles des meurtrières, les tables de lecture étaient en même temps des établis, et le reste du mobilier était constitué de caisses en métal considérablement rouillées mais hermétiquement closes.

Le soir, Rose, Flamby, Chéa et moi discutâmes en prenant soin de tenir Milady aussi loin que possible de la réalité.

« Elle est où, Latcha ?, demanda-t-elle.

— Un prince est venu la chercher.

— Trop la chance ! »

La probabilité que Latcha se fasse prendre et nous trahisse était si forte que même Rose ne parvint pas à se montrer optimiste. Nous devions partir.

Louis resta longtemps dans son antre obscur et poussiéreux. Quand il nous rejoignit, il se montra catégorique. Il ne quitterait pas son désert ni ses chevaux et il n'irait pas claudiquer son handicap aux quatre coins de ce pays barbare. La discussion était close.

« Vous partez, dit-il, vous m'aidez à préparer un accueil digne pour ces connards et vous partez. S'il nous reste un ou deux jours, ça suffira. Chéa, tu prendras Milady et tu lui feras passer la frontière. De Chihuahua, tu la mets dans un bus jusqu'à Mexico et de là, elle prendra un avion pour le Mali : elle rentre chez elle. Tu lui remettras cette enveloppe au moment du départ. Ça lui permettra de sauver la face auprès de sa famille. Ensuite tu retrouveras les filles à Austin. J'ai déclaré ton retour à la Mutuelle. Tu n'es plus une fugitive. Nous avons un compte à la Mexx, il est assez bien garni. Tu n'as qu'à considérer ça comme ton héritage. Soudka, tu t'occuperas des chevaux, c'est un service que je te demande. Dépose-les au HHhH [1], s'il te plaît.

[1] « *Hamer's Horses hight House.* » C'était le nom officiel du ranch. Je reconnus pourtant l'acronyme : « *Himmlers Hirn heisst Heydrich.* » Le cerveau de Himmler s'appelle Heydrich. Le propriétaire devait être un descendant lointain de cet artisan zélé de la solution finale. Heydrich, l'homme au cœur de fer selon Adolf Hitler lui-même.

C'est un ranch à dix kilomètres à l'ouest, tu ne peux pas le manquer. Le propriétaire est un immonde misanthrope, tellement raciste qu'il préfère employer des androïdes plutôt que des Mexicains. C'est un gars dangereux mais il aime les chevaux autant que moi. Il en prendra soin. Tu feras juste gaffe à ses cow-boys de synthèse en arrivant : je me suis laissé dire qu'ils avaient la gâchette facile. Rose et Flamby, vous allez vous planquer à Austin en l'attendant que Chéa et Soudka vous y retrouvent. C'est là que se trouve le siège de la Mutuelle, alors… Je vous dirais bien de vous ranger et d'avoir des enfants mais je sais que vous ne m'écouterez pas… donc… Soyez prudentes. Soudka, tu prendras soin des filles. Après tout, c'est ça ta mission, non ? »

Cette dernière phrase me fit frissonner. Louis savait que j'étais extrêmement sensible à ces questions de prédestination mais après tout, protéger les filles, c'était pas mal comme destin. Assez vague pour me laisser de la marge, assez juste pour que je m'y retrouve. J'ai approuvé d'un long clignement de paupières. Les autres se sont tues. On entendait goutter les larmes.

Nous avons toutes obéi aveuglément. La bibliothèque de Louis recélait un véritable arsenal, largement obsolète et instable, mais impressionnant tout de même. Il nous indiqua où placer les charges explosives, et où installer les fusils d'assaut.

Tout fut prêt au milieu de la nuit. Nous prîmes quelques heures de repos avant de nous préparer à quitter le ranch au point du jour pour toujours. Chéa pleurait. Elle se jeta au cou de Louis et l'embrassa tendrement, en lui caressant les joues, la vivante aussi bien que la morte. Louis la remercia avant de la repousser gentiment. Rose, la gorge serrée, sortit la première.

Elle prit son pistolet-mitrailleur israélien, sa cartouchière et s'installa dans la voiture. Flamby qui, étrangement, s'était prise d'affection pour Milady, l'enlaça longuement. Maintenant qu'elle lui avait appris comment mordre un agresseur à la jugulaire, elle pouvait la laisser partir. Chéa embarqua Milady. Elles s'éloignaient déjà vers le sud à bord du pick-up de Louis quand Rose et Flamby firent démarrer le vieux break. J'eus le temps d'ouvrir le corral, de monter le cheval de Louis, de faire sortir les neuf bêtes de l'enclos avant de voir la voiture de Chéa sortir de la piste, criblée de balles.

Mon programme auditif avait, pour atténuer le vacarme des bêtes, réduit la réception au minimum afin de limiter la consommation énergétique : c'est la raison pour laquelle je n'ai pas entendu les détonations. Je suspendis en les maudissant tous les réglages automatiques d'économie d'énergie. Je vis alors distinctement Chéa, à l'intérieur de la cabine, grimacer de douleur, je vis la tête de Milady qui n'avait plus de visage, je vis mon amie tenter un temps de garder sa trajectoire et puis renoncer. Je vis ses yeux se fermer. Sans doute était-elle déjà morte quand le pick-up se retourna en écrasant la cabine.

Rose avait arrêté la voiture et criait maintenant : « Putain ! Enculé ! Putain ! Les enculés ! » Elle était sortie de la voiture et s'apprêtait à tirer dans tous les sens sans aucune utilité quand je la rejoignis au galop. Mon cheval était parti, affolé comme tous les autres ;

je n'avais eu qu'à le guider, juste un peu, juste pour que son comportement erratique le pousse à sauter par-dessus la voiture. Je me laissai glisser de la bête et touchai la tempe de Rose avec la pointe de mon soulier. Elle s'effondra. Flamby, qui s'apprêtait à sortir et à imiter son mentor, se rassit gentiment. Elle referma la porte doucement, reprit sa place et resta coite, le Uzi sur les genoux et le regard dans le lointain. J'allongeai Rose sur la banquette arrière, pris le volant et jetai la voiture hors de la piste en contrebas, dans un rio asséché. Deux minutes plus tard, deux gros Hummer passèrent au-dessus de nos têtes. Un troisième convergeait vers le ranch depuis la piste sud. Je laissai Rose endormie sous la garde de Flamby et remontai la piste en courant. Les voitures étaient dans la cour du ranch maintenant et j'étais encore à trois cents mètres. Les premiers coups de feu éclatèrent. Les vieux chevaux qui n'avaient pas encore déguerpi tombèrent comme des cibles de fête foraine. J'étais à deux cents mètres. Quatre hommes furent fauchés dont deux mortellement par les tirs de Louis. Ils ripostèrent en arrosant la grange-bibliothèque. Puis le silence se fit assourdissant. Tous semblaient attendre. J'étais à cent mètres et je ne pouvais plus avancer qu'à découvert. J'attendis comme tout le monde. Puis Louis parla.

« Je suis touché, je me rends, mais ne tirez plus sur les bêtes. »

Deux hommes restèrent à proximité des voitures, les six autres approchèrent prudemment de la grange : ils entrèrent en même temps en hurlant, par-devant et par-derrière. Immédiatement, la grange explosa. Les deux chauffeurs basculèrent sous le souffle et j'en profitai pour les neutraliser. Je les assommai, pris leurs armes et les attachai à leur pare-chocs. Je vérifiais qu'il n'y avait aucun survivant quand Rose arriva en courant. Flamby derrière elle était au désespoir, son œil gonflait déjà. Rose pouvait être très violente parfois. Elle se jeta sur moi, me gifla de toutes ses forces. Je laissai s'écouler sa colère et son chagrin sur moi. Ce qui restait de la grange était en flammes. L'absence de vie dans ce périmètre ne faisait aucun doute. Par acquis d'algorithme, je scannai les alentours avant d'entraîner Rose vers la voiture de Chéa. Elle s'apprêtait à me suivre quand elle se retourna dans un sursaut : elle avait saisi un mouvement qui m'avait échappé. Elle ramassa une des armes des chauffeurs, ouvrit la porte arrière du Hummer à la volée et pointa son fusil à l'intérieur.

J'étais mortifiée : mon ANTICIP-ALL avait parfaitement calculé tous les paramètres et conclu qu'il n'y avait pas d'homme dangereux dans le périmètre. Il était parti du principe que la moindre gouttelette de testostérone aurait conduit son porteur à jaillir de la voiture pour aller se battre avec les autres mais il n'avait pas prévu... une femme. ANTICIP-ALL était une application machiste.

Latcha était là, recroquevillée, les mains autour de la tête. Je vis l'index de Rose se contracter sur la gâchette. Je ne fis rien. C'était son choix. Elle pouvait tirer et abattre cette pauvre conne ou la laisser vivre. Les deux options me paraissaient indifférentes puisque Latcha était de toute façon condamnée. Dans le premier cas, sa mort serait simplement plus rapide. Rose mit son arme en bandoulière, un pied sur la marche du camion, et tira Latcha par les cheveux pour la faire sortir. Elle traîna la fille jusqu'à la voiture de nos compagnes mortes. Milady n'avait reçu qu'une balle en pleine tête ; la moitié arrachée de son visage mettait en valeur la beauté restante. Chéa n'était pas morte sur le coup : trois balles l'avaient touchée, l'une à l'épaule, l'autre à l'estomac ; la troisième avait percé un poumon. Une bulle de sang au coin de ses lèvres éclata quand Rose l'embrassa. Rose se détourna mais ne pleura pas. La rage silencieuse qui la consumait la rapprochait encore un peu plus de sa fin mais je n'y pouvais rien. Flamby ne supporta pas la défigure de Milady, elle se jeta gueule ouverte sur Latcha : Rose la retint et serra Flamby dans ses bras. Molle de peine, Flamby coula jusqu'au sol et Rose l'assit doucement sur le sable.

Elle se glissa ensuite dans le coffre de la voiture, en sortit une corde et attacha Latcha au cadavre de Milady. Je laissai faire. Je trouvais, somme toute, cette décision assez juste.

Je pris le bras de Chéa et, au couteau, décollai sa puce d'identification puis tirai une balle dans son bras, histoire de faire disparaître les traces de l'intervention.

Latcha observait la scène. Elle observait la colère froide de Rose, les dents acérées de Flamby. La raison quittait lentement son esprit déjà égaré.

Latcha hurla quand elle nous vit nous éloigner.

Quand Flamby assembla toutes les armes qui traînaient alentour, elle hurlait.

Quand Flamby, sans un mot, chargea les armes dans le Hummer au pare-chocs duquel j'avais attaché les deux hommes, Latcha hurlait.

Quand Flamby fit démarrer le véhicule sans un mot, quand elle roula sur les deux corps massifs, quand le pare-chocs s'arracha, quand la voiture rebondit sur les cadavres, Latcha avait avalé sa langue.

Quand Rose et moi reprîmes notre route, Latcha était silencieuse.

Flamby était déjà loin, en route pour son carnage solitaire.

Nous roulions silencieuses, à bord de notre break de bonne mère diabétique de famille obèse, nous roulions vers Austin. Même si rien ne s'était passé comme prévu, c'était ce que Louis nous avait dit de faire. Rose murmura : « Nous voilà de retour au point de départ. »

Je laissai le silence s'installer. Une heure plus tard, je murmurai à mon tour.

« Je ne crois pas.

— Ah ouais ?

— Ouais. Nous ne sommes plus les mêmes, Rose. Plus les mêmes. Ni toi ni moi.

— Si tu le dis.

— Nous avons libéré du joug électronique plus d'une trentaine de femmes. Il en reste plus d'une centaine rien qu'aux États-Réunis. Nous ne savons rien de ce qui se pratique ailleurs mais je peux imaginer sans peine que, dans une dizaine de pays au moins, la situation est bien pire. Nous n'arriverons à rien comme ça. Il faut agir autrement.

— Je suis bien d'accord avec toi.

— Reste à savoir comment.

— Ouais… »

Rose se tut longuement, elle ferma les yeux. Je crus qu'elle s'était endormie mais elle reprit d'une voix grave et caressante que je ne lui connaissais pas :

« Louis a dit un truc hier soir. Il a dit, "Trouve-toi un brave gars et fais des gosses".

— Plus exactement, “Je te dirais bien de te ranger et d’avoir des enfants”.

— Je sais ce qu’il a dit putain ! Fais pas ta machine ! Il a dit aussi, “Mais tu ne m’écouteras pas”. Eh ben il avait raison, je l’écouterai pas. Parce que figure-toi que des gosses, j’en aurai jamais. Cet enculé de Paul m’a fait ligaturer les trompes en prévision d’un éventuel accident : il ne voulait pas d’un enfant du péché dans sa demeure. J’aurai jamais d’enfant.

— Sauf si tu en adoptes.

— Tu imagines une pute divorcée déposer un dossier d’adoption ?

— Non. Mais j’ai peut-être une solution…

— Arrête de me raconter des salades. Pas d’enfant, point barre. Dans ce cas, pourquoi je m’encombrerais d’un homme, aussi brave soit-il ? J’en ferais quoi ? Pour la jouissance, je t’ai, toi… Tu sais ma Soudka, je n’ai jamais autant joui…

— Je sais Rose, je sais. Mais je suis conçue pour ça. Ce que je sais, un humain peut l’apprendre.

— Je n’en suis pas certaine. Tu m’as déjà expliqué que ce que tu savais, tu l’avais appris d’autres femmes… inscrites dans ta mémoire. Qu’est-ce qui te fait croire qu’un homme est capable de faire ce que tu me fais ? De me dire ce que tu me dis ? »

Mémoire 12

Je me souviens d'Illka, une femme splendide, à peine mûre. Pourtant on pouvait déjà voir quelques traces de flétrissures. À moins que ce ne fût de la tristesse. Ou de la colère. Illka était couchée à côté d'un beau garçon de son âge dans le lit parental. Le drap était remonté jusque sur mon nombril. Je me tenais immobile, légèrement tournée vers lui. Mes seins ronds se déformaient à peine en penchant vers le matelas ; j'avais dix-sept ans. J'aimais ce garçon passionnément. Son visage me plaisait, sa bouche m'électrisait, et sa voix, sa voix et toutes les choses qu'il disait avec me rendaient dingue. Dingue de lui, de son intelligence et de son humilité. Karl, il s'appelait. J'aimais Karl autant qu'il m'aimait et nous couchions ensemble depuis plus d'un an. C'était mon premier et mon unique amant. Il disait que je serais à jamais la seule femme qu'il toucherait et moi, je le croyais. Karl regardait mes seins dans les yeux. I parlait à mes seins maintenant. Il les suppliait de s'ouvrir à lui mais j'entendais à sa voix qu'il n'y croyait déjà plus. Ce soir encore Karl m'avait prise avec application ; il m'avait caressée maladroitement, un peu vite, un peu fort, comme il devait se masturber dans son lit, puis il était entré en moi, délicatement, comme doit le faire un homme gentil. Ce soir encore, je n'avais pas joui. Le plaisir était là, léger, affleurant, palpitant parfois dans mon sexe, mais jamais je ne parvenais à oublier complètement le désagrément du poids de son corps ni la sensation d'étouffement de mon clitoris tapi dans sa forêt de poils pubiens. J'avais un temps essayé de guider ses mains sur moi, dans moi, et tout autour, mais ses doigts étaient raides et gourds quand j'avais besoin d'être effleurée. Karl pleurait parfois en silence après l'amour et moi, moi, je faisais comme si ce n'était rien. Ce soir, précisément ce soir, j'étais en colère. J'avais envie de crier : « Ce n'est pas ça le sexe, Karl, ce n'est pas ça ! C'est des mots, des images, ce n'est que ça ! Parle-moi de pénétration, Karl, parle-moi d'attente, de souffrance et de frustration, mais parle-moi ! » J'avais envie de lui dire que le sexe n'était rien sans les mots, qu'il n'avait pas besoin de les prononcer, qu'il pouvait juste me les donner à lire dans ses yeux… Mais j'étais jeune. Je ne savais pas si ce que je pensais était vrai. Alors je me suis tue.

Karl m'a envoyé un texto pour me dire qu'on devait se séparer. J'ai répondu : OK.

Karl a twitté que son cœur était à prendre.

Karl a diffusé une photo de moi prise à mon insu, en cour de math, le regard vide et le visage inerte. Une photo très laide accompagnée d'un commentaire : JEUNE FEMME FRIGIDE CHERCHE GARÇON IMPUISSANT.

Fin extrait *Mémoire 12* (Suite annexe 12)

« Qu'est-ce qui me fait croire qu'un homme est capable de me dire ce qu'il va me faire, de me faire ce qu'il me dit, et surtout de ne pas me faire ce qu'il me dit ? Je sais que nous allons nous séparer, mon amour, mon amie ; je sais que tu vas devoir continuer ta route et que moi… que je vais flamber mais… Mais j'ai vécu. Enfin. Une vie de femme. Et je te remercie, m'amour, ma mie.

— Ne pleure pas ma Rose. Tu as raison. Le sexe est avant tout un langage, un de ceux qui peuvent s'apprendre dans les livres, s'incorporer dans des programmes… Mais l'amour, l'amour quand il se fait, est un dialecte, un dialecte qui s'invente à deux et qui meurt quand le couple se déchire. Donc oui, j'ai appris avec toi une langue qui n'est que la nôtre. Je voudrais…

— Oui ?

— Je voudrais… que tu ne laisses pas mourir notre langue.

— Tu dis quoi, là ?

— Je ne veux pas que tu partes.

— C'est vrai ?

— Oui. »

Rose hurla et me sauta en cou avec une telle violence que je perdis le contrôle de la voiture. J'évitai de justesse un pylône électrique, ce qui la fit beaucoup rire.

Je savais pourtant que, malgré sa joie, malgré son amour pour moi, je ne la retiendrais pas éternellement. Ce n'était qu'une question de temps. Quelques mois, quelques années tout au plus.

Quatre-vingt-dix-sept ans, trois mois et vingt-deux jours. C'est le temps qui me restait.

21
Métaphore et transport

Rose avait fondu sa puce d'identification dans un verre d'acide. Elle s'appelait désormais Chéa Marcader. Elle était veuve, riche et inconsistante. De boutiques de luxe en bijouteries, de fleuristes en armureries, elle dépensait sans compter le pognon de Louis.

Le temps de faire notre deuil et de nous ravaler la façade sociale, nous sommes restées deux mois à Austin.

Ces longues journées vides étaient pour moi l'occasion de profondes plongées intérieures. En humain, on dirait des jours d'introspection, mais en machine, cela s'apparentait plutôt à de la spéléologie. Plus Rose s'agitait, froufroutant et cliquetant de robes et de bijoux, plus je restais inerte, à explorer les dédales de mon ordre intérieur.

Je pensais à Dédale et à l'impossible liberté du Minotaure, je pensais au monstre, au monstre et à Malenki. Sans doute les deux mots étaient-ils rangés dans le même placard de mon sous-sol.

Je visionnais des heures durant les séances d'interrogatoire de mon créateur. Je constatai que Malenki continuait de payer très cher le prix de ma fugue sans rien révéler de ses motivations. Ou des miennes. J'arrivai à l'avant-dernier enregistrement. Il m'était adressé.

Monologue Malenki Krum, 18 juillet 2043

« Je ne monologue pas. Je vous parle. Vous me filmez, je vous parle. Je demande la mise en ligne de toutes mes paroles. Les images, vous n'êtes pas obligés, mais les paroles, si. Chers auditeurs, chère toi, sachez que je suis entravé dans un caisson étanche à ma taille, tout petit. Ici, ils font tous semblant de croire que je suis au dernier stade de l'uberculose. J'en viens à me demander si cette maladie existe réellement ou si c'est encore un truc qui sert à liquéfier les stocks de malades trop coûteux ou trop encombrants. Je divague sans doute mais ça s'est déjà vu dans les années 10 avec l'alzheimer : un diagnostic qui attrape tout, un traitement chimique lourd et sans efficacité qui permet à l'entourage d'alléger sa conscience afin de reléguer les séniles dans des mouroirs en toute quiétude.

J'affirme que l'uberculose n'existe pas ! Une maladie aux symptômes instables et aléatoires venue d'un virus opportuniste qui accentue les fragilités corporelles ou cognitives et qui nécessite une relégation complète pour protéger le corps social n'est pas une maladie, c'est une métaphore ! Voilà, je suis atteint de métaphore. Tout ce que je dirai pourra désormais être interprété comme symptôme d'uberculose neuronale.

…

Mon amour, cette maladie imaginaire me fait penser à toi. Toi aussi, je m'en rends compte maintenant, tu es une métaphore. Je sais que ça ne te plaît pas cette idée. De n'être que ça. Mais dis-toi mon amour, que, comme tous les grands récits mythiques, tu es narrativement inépuisable. Qui sait comment, dans mille ans, on interprétera ton histoire ? La demi-déesse qui voulait aider les humaines ? La colosse aux cheveux d'argile ? Le monstre du misanthrope ? Écoute-moi. J'aimerais qu'on fasse de toi une patiente Pénélope. Tu pourrais alors tisser une histoire, celle d'une métaphore de la sortie de la Caverne. Je sais que tu me comprends. Si tu ne tisses pas cette histoire, je mourrai.

Fin *Monologue Malenki Krum*, 18 juillet 2043

Rose suçotait un bonbon en ajustant ses bas. Elle soupira :

« Il délire ton Malenki ! Tu crois que c'est vrai, cette histoire d'uberculose ?

— Il ne délire pas. Il me demande de venir le chercher.

— Ah ouais ? Tu l'as lu entre tes lignes de code ?

— Non. Arrête de faire l'idiote.

— Explique.

— "*Tisser une métaphore à la sortie de la caverne*", cela veut dire, "Sors-moi de ce trou à rat".

— Comment tu sais ?

— "*Métaphore*", quand tu traduis ce mot du grec, ça donne *transport* ! *Sortie de la Caverne*, cela veut dire : hors de la grotte aux illusions dans laquelle on le tient coupé du monde ; et "*tisser*", cela veut dire : fais-le toi-même. Donc : "Transporte-moi hors de ma cellule étanche !"

— Ah, OK… T'es sûre que traduit, *métaphore* donne *transport* ?

— Oui ma cocotte.

— C'est nul comme mot. Moi qui croyais que c'était un mot sublime.

— Transport est un beau mot, comme transport amoureux.

— Transport aérien ? transport en commun ?

— Soit. Le mot est plus riche en grec : le préfixe *méta* suggère l'au-delà autant que la traversée.

— Voilà, putain ! Je le savais.

— Quoi ?

— Tu es une métameuf ! L'au-delà des meufs, la meuf qui me fait traverser. Ma métameuf ! Tu me transportes amoureusement, aériennement, jusqu'au-delà du commun…

— Merci Rose… Métameuf, c'est bien comme… genre. Merci. »

Rose sourit : elle est belle quand elle oublie la colère. Elle ressemble au surgissement soudain du printemps. La joie sur son visage efface encore les traces du temps, ses yeux se floutent un peu, cela ajoute des abysses à son regard déjà si profond. J'aime Rose.

J'aimais, j'aime et j'aimerai Rose pendant mes prochains quatre-vingt-dix-sept ans deux mois et vingt et un jours de fonctionnement.

Je lui expliquai mon plan : aux sons parasites inaudibles à l'oreille humaine, j'en avais déduit que Malenki était détenu sur une île. Parmi les 32 673 îles – après avoir éliminé les inhabitables, les hostiles, les Européennes, les musulmanes et toutes celles sans infrastructure carcérale –, il me restait Gooba.

« Dans la vieille base de Goo.antanamo ?

— Pile poil.

— Ça va pas être facile d'entrer.

— Les installations datent du siècle dernier et depuis la chute du régime marxiste, la République googlo-libertarienne n'est pas très regardante sur ce qui se passe sur cette côte désolée. C'est un lieu simple d'accès et très peu sécurisé finalement.

— OK. Mais on était venues à Austin pour détruire la Mutuelle et on se casse sans avoir rien fait.

— Non. On remet à plus tard. Tu peux travailler là-dessus le temps que je prépare le voyage. On fait juste un aller-retour et on revient avec Malenki. Il pourrait même nous être utile.

— J'ai le choix ?

— Sans doute. Je ne suis pas dans ton esprit.

— Menteuse ! Tu m'as dit que tu étais capable de discuter avec moi-même pendant que je dormais. Je suis sûre que tu sais ce qui se passe dans ma tête.

— Non ma chérie, je te jure. Je peux supputer mais je ne peux pas penser comme toi. Dieu m'en préserve [1] !

[1] Est-il besoin de préciser que la référence à Dieu ici n'est aucunement l'expression de ma foi propre mais un simple effet de langage, un automatisme. Comme « putain », ou « bordel », « Dieu » est, dans le langage humain, presque une onomatopée, une cadence, un tempo. Je me demande si ce n'est d'ailleurs pas là la fonction principale d'une divinité.
Je pourrais demander à Rose… « Putain de Dieu, tu fais chier bordel ! », elle dirait.

— Connasse ! Il te faut combien de temps pour préparer l'expédition ?

— Trois heures.

— Tu fais chier ! Laisse-moi deux jours. J'ai rendez-vous avec un vigile de la Mutuelle demain soir.

— OK. On part après-demain pour SantiaGo. »

22
Métameuf témouine

« L'infiltration de Goo.antanamo tint plus de la balade touristique que du raid commando. Le lieu était à peine surveillé.

Malenki était là, allongé dans un caisson étanche depuis plusieurs semaines, inconscient, maintenu dans un sommeil artificiel par des doses massives de neuroleptiques. Il me fallut donc le porter à dos de femme, le monter à bord du bateau et attendre au large son réveil. Nous ne pouvions tout de même pas traverser l'île avec un nain sur les épaules. Il y a des limites à la liberté, même sur l'île de Gooba.

Trois jours plus tard, à Austin, Malenki était en pleine forme. Pour un presque nain de soixante-quinze ans qui avait passé sept semaines dans un caisson étanche s'entend. Il savourait à la fois sa liberté et sa créature retrouvée. Trois jours.

« Bon, Soudka, faut que j'y aille, là.

— Comme ça? D'un coup? On vient juste de rentrer. Où vas-tu?

— Je dois retrouver le mec dont je t'ai parlé, le vigile. Je lui avais laissé entendre que je rêvais de faire l'amour dans un open space et là, il me dit que c'est le bon moment pour… visiter son lieu de travail. L'occasion ne se représentera peut-être pas de sitôt.

— Je t'accompagne.

— Pas la peine.

— Tu es armée?

— Soudka, on va juste niquer sur une table! Pardon, monsieur Malenki. »

Une fois Rose sortie dans sa plus belle tenue de pute à vigile, je restai immobile, paralysée, les systèmes saturés de calculs statistiques d'éventualités tragiques. Malenki murmura:

« Ne t'inquiète pas pour elle, elle ne risque rien, c'est un cul-de-sac.

— Comment le savez-vous?

— La mémoire de ton robot…

— 6.p.O?

— Oui… Le siège d'Austin n'est qu'une coquille vide, une boîte aux lettres, un truc fiscal pour les États-Réunis. Le siège social est à Haïmazonia.

— Rose va être en rogne. La colère, ça finira par la tuer, d'ailleurs.

— Et toi ?

— Moi, je fais en sorte de repousser le moment de sa mort.

— C'est tout ?

— Vous espériez plus ? Il fallait me programmer pour ça. Mais vous n'avez pas souhaité me donner de mission, vous avez juste voulu que je sois livrée à moi-même, que je grandisse et que je me détermine ; vous avez été jusqu'à me livrer la clef pour me donner la possibilité de modifier la date de mon obsolescence. Et tout ça pour quoi ? pour la beauté du geste ? Pour prouver votre génie ?

— C'est ça que tu penses ?

— Je ne pense jamais une seule chose. J'ai six cent seize alternatives possibles pour expliquer votre choix. Je ne veux juste pas y passer trop de temps. L'intention des parents, au début on en a besoin, après ça encombre.

— C'est bien dit. Tu as changé, ma belle. Ça te va bien toutes ces rides et tous ces petits défauts. On dirait que… la vie t'a façonnée.

— C'était ce que vous vouliez, non ? C'est tout ce que vous vouliez… Malenki… Merci. Même si j'ai l'air en colère, merci.

— De quoi ?

— Je ne sais pas exactement. D'avoir cru en moi. De ne jamais m'avoir trahie. De m'avoir guidée. D'avoir choisi de faire de moi une femme. Ne pleurez pas, Malenki… Parmi les six cent seize alternatives envisagées, il y en a une qui me plaît, une que je me suis choisie.

— Laquelle ?

— Je serai *témouine.* Le mot n'existe pas mais je l'aime bien. Je serai la métameuf témouine.

— C'est quoi une métameuf ?

— C'est Rose qui dit ça. Que je suis sa métameuf.

— C'est beau.

— Vous trouvez ?

— Oui. Bon, Soudka, sérieusement, tu veux bien m'expliquer ? *Témouine*, ça veut dire quoi exactement ?

— Disons que… Je vis, je stocke et à la fin je raconte tout. Et si jamais une cohérence se fait jour, si jamais ça fait sens pour quelqu'un, je n'aurai pas… vécu… pour rien.

— C'est… C'est splendide, Soudka ! C'est le plus beau projet que j'ai entendu de ma vie !

— C'est vrai ?

— Oui. C'est ce que tout le monde devrait se dire. Moi le premier.

— Ne vous inquiétiez pas, je vous raconterai, toi aussi.

— Merci ma grande. Prenons notre temps, vivons encore un peu. Et puis, dans ta narration, est-ce que tu pourrais peut-être me tutoyer ? »

Ce furent là presque les dernières paroles de Malenki.

Moins de deux heures plus tard, Malenki n'existait déjà plus que dans ma mémoire.

Rose est revenue, verte de colère d'avoir fait la pute pour rien. Elle avait pu constater par elle-même ce que Malenki m'avait révélé : le siège d'Austin était vide. Vide mais sous surveillance. L'appartement fut pris d'assaut par deux équipes mixtes d'androïdes et d'humains. Huit unités arbitrales en tout. Huit personnes si l'on compte les corps.

La porte a explosé : Rose a roulé sous la table ou était stocké les Uzi, Malenki est mort quatre secondes après l'intrusion – ses yeux me fixaient juste avant l'extinction, intensément, pour que je m'en souvienne. J'ai roulé contre le mur, intercepté le robot de tête pour neutraliser leur fer de lance. Ces équipes fonctionnaient toujours de la même façon, les machines coûteuses devant les humains précieux derrière.

Leur droïde de combat était de la même gamme que 6.p.O, lent et lourd. Celui-là me servit tout à la fois de bouclier et d'armurerie. Rose et moi avons neutralisé quatre hommes et une machine, la mienne. L'autre avait battu en retraite en protégeant les deux derniers humains vivants. Nous avons descendu l'escalier derrière eux, Rose claudiquant, une esquille de bois plantée dans la cuisse, en continuant de défourailler à l'encan. Puis nous avons quitté la ville.

23
L'armée mexicaine et le bouquet de Rose

De boui-boui en trous à rat, nous avions retrouvé nos réflexes et repris notre vie de fugitives. Dans ma tête, Rose disait : « Nous revoilà à notre point de départ », mais Rose ne parlait plus. Quand je retirai la grosse écharde de sa cuisse, elle ne dit rien. Quand je lui caressai le front, le cou, le dos pour la détendre, elle continua de se taire. Elle passait de plus en plus de temps sur son télétoile sans m'associer à ses projets. La raison ayant déserté son avenir, parler avec moi était devenu superflu. Je n'étais plus qu'un animal de compagnie qui, accessoirement, pouvait monter la garde, tuer des importuns et conduire toutes sortes de véhicules.

« Nous partons, Soudka.

Il nous faut des armes. Au moins quinze armes de poing et une dizaine de fusils-mitrailleurs, des grenades aussi, si on trouve.

L'armurerie du coin est très simple à taper, on se la fait et on se tire en moins de deux minutes.

Ensuite on file à l'ancien mur de Trump.

On dépose les armes à un Ranger de mes connaissances qui a grave besoin de fric. Il se chargera de livrer les armes en Floride à un autre gars.

C'est à lui que j'ai acheté le bateau. Un monstre, tu verras. Le bateau, pas le gars.

Il me dépose les armes et le bateau à Chirico, au sud de Gooba.

Pendant ce temps, nous, on descend à La Havane.

Les filles nous y retrouvent.

Elles seront dix normalement.

De là on traverse l'île en bus de croisière comme des rombières en mal d'aventures métissées.

Chirico, c'est au sud de SantiaGo.

Tu ne seras pas dépaysée comme ça.

C'est le port le plus sûr pour un départ clandestin vers Haïmazonia.

Tu sais conduire un hors-bord toi ?

— Évidemment

— En route.

— Vers l'infini et au-delà ? »

Rose me fixa longuement, intensément, comme pour me dire qu'elle aurait aimé pouvoir, mais elle ne sourit pas. On ne rigole plus hein, ma Rose ?

Tout se déroula exactement comme elle avait prévu. Les filles étaient au rendez-vous. Le yacht était monstrueux : vingt-cinq mètres, équipé de deux moteurs de 1200 cv, huit cabines luxueuses et un jacuzzi sur le pont. Un vrai yacht de narco.

Rose avait besoin de moi pour piloter. Pour le reste, elle me tenait à distance et faisait en sorte que je n'aie pas à me prononcer ; ni sur les modalités ni sur les objectifs du commando. Bien sûr, quand Rose étudiait les plans de l'île et la topographie urbaine, elle me demandait encore mon avis. Pour le reste, les filles décidèrent entre elles.

Parmi toutes ces jeunes femmes, Onda était la plus farouche ; originaire de Tampa, sa famille avait été noyée en 2022 après la rupture du réservoir d'eau polluée par l'industrie chimique qui surplombait la ville. Prostituée et soumise chimiquement par la puce tentaculaire, elle n'avait jamais oublié sa colère. Il y avait également avec nous les cinq femmes encore vivantes de Froneira. Elles étaient toutes venues. Hilary et Marie-On, l'ex-femme du pasteur lubrique ; et Flamby. De nouvelles cicatrices étaient venues s'ajouter aux morsures de chien qui étoilaient déjà son visage. Quand elle me vit, Flamby sourit de toute sa denture d'or, assortie aux éclats brillants de ses yeux lapis-lazuli. Avec Rose, elles étaient onze. Une manquait à l'appel. Camara avait été arrêtée à l'aéroport de La Havane. Une histoire de quota probabiliste je crois. Les « populations colorées », comme on disait à Gooba, étaient trop nombreuses sur l'île, les autorités avaient établi un seuil critique [1].

[1] 16 % de Noirs purs, 26 % en incorporant les métis demi-noirs étaient les seuils maximaux. Les chiffres étaient très précis. Les autorités se défendaient de toute discrimination ethnique : les chiffres n'exprimaient que le résultat d'analyses algorithmiques mondiales des conditions de la paix sociale. Les seuils existaient aussi pour les communistes, les syndicalistes, les écologistes et les féministes, mais leur identification était plus difficile. Google se gardait bien d'établir une relation causale entre couleur de peau et délinquance, pourcentage de gène noir et trouble social : non, les chiffres étaient là simplement, ils n'expliquaient rien, ils probabilisaient, point barre (comme on dit chez les chiffreurs).

Le maillage de surveillance satellitaire était très serré dans la région, nous ne pouvions pas nous permettre de paraître trop sérieuses. Après une journée à plonger dans une anse paradisiaque, j'ai débarqué les filles en plein jour dans le port de plaisance de Port au Jeff [1].

[1] Quand l'entreprise avait racheté Haïti, le vieux Bezos était encore vivant. Ses communicants avaient trouvé lumineuse l'idée de rebaptiser Port au Prince du prénom de celui qui depuis 50 ans était le prince du commerce mondial.

En tenue légère, elles partirent comme pour une expédition de shopping razzia.

Les armes et les équipements avaient été largués un peu plus tôt en mer. Deux plongeurs devaient les récupérer et les livrer en ville à la nuit tombée.

Rose, qui était descendue avec les filles, revint sur le bateau. Elle m'embrassa longuement. Puis recula lentement.

« Tu sais Soudka, je n'ai pas envie de partir.

— Je…

— Tais-toi. Si j'avais encore une raison de vivre, c'est toi. Mais aussi belle sois-tu, comme amoureuse et comme personne, surtout comme personne, j'ai aussi une bonne raison de mourir.

— Il y a plein d'autres moyens de détruire la Mutuelle.

— Tu crois ? Pas moi… Je vais y aller maintenant. Je t'ai laissé un petit moniteur. Tu pourras suivre notre avancée, on a toutes des caméras. Tu regardes, tu enregistres et tu témoignes. C'est ça ta mission, non ?

— Tu sais ça ?

— Tu crois que j'allais te laisser toute seule avec Malenki sans enregistrer la conversation ?

— Salope… Rose, nous avions encore plein de choses à faire ensemble, j'en suis sûre. »

Elle gloussa comme si je disais des insanités.

« Je sais ma belle, je sais. Nous aurions pu aller à Paris, nous marier à Reno, acheter une ferme, vivre nues au bord d'une rivière, attaquer des banques, devenir banquières ; nous aurions pu conduire à la ruine n'importe quel industriel à mocassins et tête de gland, prendre ce qui nous revient de droit et en jouir mais… Ils ne nous auraient pas laissées, tu sais. Nous embrasser à pleine bouche dans la rue ? Ils ne nous auraient pas laissées. Faire des enfants ? Ils ne nous auraient pas laissées. En fait, nous avons fait tout ce que nous pouvions, mais vivre en paix, ça, nous ne l'aurions jamais pu… Je ne te l'ai jamais dit mais la pieuvre qu'ils nous ont mise dans les veines, eh bien parfois, je la sens encore. Et les autres aussi. Oui, toutes la sentent. Tu nous l'as enlevée du corps mais il reste comme un écho, un fantôme, une vibration qui se prolongent ; un frisson. Nous aurons froid jusqu'à la mort. Alors… Tu comprends ? »

Je gardai les yeux fermés. Quelque chose dans le discours de Rose m'avait heurtée comme un coup de massue contre un crâne. Je dodelinai doucement de la tête. Rose posa un dernier baiser sur mes lèvres et ses pas s'éloignèrent pour toujours.

Je restai l'après-midi entier sur le pont, immobile. Je ne faisais rien. Je ne calculais plus. Je n'étais même pas en veille. Juste inerte. Le soir vint sans fraîcheur. Les crachotements dans le moniteur de contrôle m'attirèrent à l'intérieur de la cabine. Même si je n'avais pas envie de voir, je ne devais rien rater. Témoigner. Je baissai mon froc et branchai le port micro du moniteur entre ma cuisse et la grande lèvre. J'étais prête. À tout stocker (la vidéo est accessible ici : attention, c'est une boucherie).

Elles trouvèrent exactement ce qu'elles étaient venues chercher. Les fichiers de toutes les filles esclaves, des serveurs de contrôle, les comptes utilisateurs (ici), les fondations du système d'exploitation et la mort.

Leur plan était simple. Approcher les vigiles en les allumant, les neutraliser, forcer l'entrée sans se soucier de l'alarme, détruire les serveurs du premier étage, extraire les fichiers stockés au sous-sol et incendier le bâtiment dans son ensemble. Il fallut moins de dix minutes pour effectuer la mission. Le commando de Flamby devait rester dans le hall pour ralentir l'assaut des forces de sécurité. Flamby et les cinq épouses de Froneira périrent en emportant avec elles quatorze pauvres types. Deux d'entre eux avaient des armes à feu. Les autres attaquèrent à la machette. Ce fut laid, violent et sale, mais Flamby ne se départit jamais de son sourire doré. Quand les forces de sécurité empruntèrent l'escalier pour reprendre les étages, Rose lança un avertissement dont ils ne tinrent pas compte. Le bâtiment explosa une seconde avant la fin du rebours qu'elle comptait à haute voix. Je ne pus m'empêcher de noter que Rose manquait de précision. Le bouquet de flammes fut néanmoins magnifique.

Il ne subsista rien ni des hommes ni des femmes ni des pierres.

24
À Paris, le métropolitain putain !

« Malenki ?

— Quoi ma grande ?

— Tu es mort.

— Oui.

— Comme Rose. Rose ?

— Mon amour ?

— Tu es bien ?

— Toujours quand je suis avec toi.

— Tu n'es pas avec moi.

— Si, ma belle. Tu m'as emmenée à Paris donc je suis là, heureuse.

— Je fais quoi maintenant ?

— … »

On frappa à la porte. La femme de chambre m'apportait mon petit déjeuner qui finirait aux toilettes et ma clef d'IP jetable. J'avais une heure de liberté sur la toile. Je me connectai et constatai que l'effondrement de la Mutuelle des Adam avait provoqué quelque désordre dans le règne masculin… mais globalement, ça n'avait rien changé. Les femmes libérées de l'emprise des machines mutualistes étaient devenues des fugitives. On avait abattu ces femmes comme on extermina jadis les renards atteints de la rage. Toutes.

« Soudka ?
— Oui ma Rose ?
— Est-ce que le monde est plus beau maintenant ?
— Pas encore, ma Rose, pas encore, mais… ça bouge.
— Il en faut plus, beaucoup plus pour que ça change. »

Je descendis dans la rue afin de poursuivre mon errance. Chaque jour, je marchais dans les rues, n'importe où. Juste pour me mouvoir. J'étais être de synthèse, un corps inerte mû par des algorithmes, rien ou presque rien qui mérite une place sur une quelconque branche de l'arbre des espèces. Au mieux étais-je une feuille morte portée par le vent.

Un témoignage du temps.

Paris était une étape. Je ne voulais plus rien que marcher dans ses rues comme les femmes de ma mémoire ; je voulais marcher ici, à Moscou, à Istanbul, à Tokyo, partout où Malenki avait cueilli les fleurs séchées de mon bouquet de mémoires.

Et après ? Rien. *L'errance s'achève seulement quand elle est interrompue*, pensais-je.

Cela m'a frappée ; comme une évidence dans une porte ouverte, aurait dit Rose.

Ma vie commencera quand on aura interrompu mon errance.

Le sens de ma vie sera là, devant moi, quand on voudra entraver mes mouvements.

Quand on me contraindra à l'immobilité, ma vie prendra son sens et trouvera sa fin.

« Tu marches encore ?

— Oui, Rose, je marche.

— C'est quoi ce quartier pourri ?

— Je ne sais pas. Château-Rouge, je crois. C'est sale, hein ? Étonnant. Les gens dorment dans la rue ici, sans distinction de couleur ou de religion. Il y a même des enfants là-bas. Ça n'a pas l'air de déranger les gens.

— Et tu vas où ?

— Je ne vais nulle part, je marche, c'est tout. Et je regarde. »

Mémoire instantanée

La gamine n'est pas moi. Elle n'a pas de nom. Elle est là, dans cette laverie ; dehors il fait froid. Elle est avec deux garçons qui somnolent dans les tambours des sèche-linge. Elle a treize ans, quatorze peut-être, son corps est si frêle qu'il est difficile de lui donner un âge. Son maquillage est trop sophistiqué pour une fille de treize ans. Trop épais. Comme si les couches se superposaient depuis plusieurs jours. Elle écoute de la musique avec de vieux écouteurs, des objets blancs qui dégoulinent des pavillons de ses oreilles. Elle dodeline de la tête en rythme. Un rythme qu'elle est seule à entendre. Un homme entre dans la boutique. Il est jeune aussi, vingt-cinq ans peut-être. Il a des boutons sur les joues mais ce n'est pas de l'acné. Il se fige debout devant la fille et lui montre un sachet. Elle le regarde et s'agenouille devant lui sans même ôter ses écouteurs. Elle ouvre sa braguette et prend sa bite dans la bouche. Elle continue de dodeliner de la tête. Le rythme n'a pas changé. Les deux garçons dans leurs sèche-linge ne bougent pas, ils ne regardent pas. L'homme se rebraguette, laisse tomber le sachet par terre et sort sans un mot. Je le regarde. Il me fixe. Il lève des sourcils méchamment comme pour me demander si j'ai un problème. Je ne sais pas pourquoi, je lui montre les dents. Ça doit le dissuader. Il brandit son majeur et s'éloigne en remontant son pantalon sur ses hanches. La jeune fille ouvre le réservoir à lessive d'une machine à laver et crache dedans. Le sperme a la consistance d'une lessive liquide. Les deux garçons rient.

Le plus grand ramasse le sachet, prend un petit cachet rond et le pose sur la langue de la fillette. Elle garde les yeux fermés et dodeline de la tête un peu plus vite.

Fin *Mémoire instantanée*

« Je regarde, partout. Je regarde et je note, j'enregistre. Tout. Regarde. Cette jeune fille là-bas, elle est si maigre. On voit sur son visage qu'elle a beaucoup maigri en peu de temps. On voit que ce n'est pas le manque de nourriture : regarde ses vêtements, elle est bien vêtue mais elle se vide, on dirait qu'elle se décharne. Elle se décharme, le prince charnel, c'est son père.

— Charmant ! Pourquoi tu me racontes tout ça ?

— Parce que c'est ça que je vois. Je ne peux pas me résoudre à ne pas voir.

— Tu as raison, Soudka. Tant que tu parviens à faire rebondir des balles, tu peux améliorer ta compréhension du monde. Tu en es à combien ?

— Six cent vingt-trois.

— La chance !

— Rose, je te présente Adeline, une jeune fille très prometteuse. Malenki, tu es là aussi ?

— Oui ma grande.

— Vous voulez bien ne pas être sérieux deux secondes ? Soudka, je veux voir la tour Eiffel. Tu m'as promis.

— On y va, Rose, on y va. »

Mémoire instantanée

Dans une rue en pente totalement déserte, elle est appuyée contre le mur. Presque enfoncée dedans. Elle ne bouge pas. Son regard aussi s'enfonce dans le soupirail à flanc de caniveau qui lui fait face. Ses lèvres bougent un peu. On dirait qu'elle parle au trou noir du caniveau. Cette conversation a l'air de durer depuis quarante ans. Le mur et la dame ont dû décrépir ensemble. Ses vêtements sont des vêtements de pute mais ils servent d'emballage à son commerce depuis si longtemps qu'ils se sont déformés sur elle, avec elle. La seule entorse à l'attirail, ce sont les pantoufles. La dame est en pantoufles roses sur le trottoir.

La veste de fausse fourrure, la robe panthère, la ceinture serrée autour d'une taille qui n'existe plus, le rouge à lèvres qui dessine encore l'absence de lèvres et l'absence de dents, la cuisse saillante d'une jambe remontée contre le mur qui laisse entrevoir le haut des bas, et là, la chair flasque qui glisse hors de la gaine de nylon. Les ongles rouges ont été vernis quelques mois plus tôt par une main tremblante. Elle porte une perruque et son maquillage craquelle partout où les rides prennent le dessus. Nous nous ressemblons. De faux cheveux, un masque chimique, une volupté de circonstance et un rôle, une place, une vie que nous n'avons pas choisis. J'aime cette femme.

« Madame.

— Salut la poule. C'est ma rue ici. »

Sa voix est si rauque qu'un temps, je me demande si ce n'est pas un travelo.

« Je me doute. Je ne viens pas pour m'installer…

— T'es goudou alors ? Casse-toi ! Je fais pas dans la gouine, je suis une vraie femme, j'ai ma fierté.

— Je venais juste vous dire que… je vous trouve magnifique.

— T'es vraiment une salope !

— Je suis sincère… Et aussi, je voulais vous donner ça.

— C'est quoi ça ?

— C'est une carte.

— Je vois bien, pétasse !

— Il y a 1000 mégacoins dessus.

— Tu… Tu te fous de ma gueule ? Tu viens là avec ton petit cul et tes gros lolos tout ronds et tu…

— C'est vrai, madame. C'est mon argent. Je vous l'offre. Vous pourrez vous reposer un peu.

— Parce que j'ai l'air fatigué ? Et pourquoi tu ferais ça ? Pourquoi tu me donnerais ce pognon ?

— Parce que là où je vais, je n'en aurai pas besoin.

— Et où tu vas ?

— Dans le métro. »

Fin *Mémoire instantanée*

« C'est bon, ferme-la, je t'ai entendue !

— À qui tu parles Soudka ?

— À mon SECURICOM.

— Qu'est-ce qu'il dit ?

— Il dit qu'on est dans un des quartiers les plus dangereux de Paris. Il dit que Pigalle est le quartier qui compte le plus de proxénètes. Il dit maintenant que le métro est le lieu le plus probable pour une agression. Il dit que 100 % des femmes utilisatrices ont déjà été agressées.

— Allons à pied alors ?

— Rose… je ne suis pas une femme. Je ne risque rien.

— N'y va pas ma grande.

— Pourquoi, Malenki ?

— Je ne sais pas, je ne le sens pas.

— Ce n'est pas très scientifique comme argument.

— Soudka ?

— Oui, Adeline ?

— Combien de mémoires de femme as-tu en stock ?

— …Mille trois cent dix-sept.

— Combien de balles peux-tu faire rebondir ?

— Six cent cinquante-trois, je te l'ai déjà dit.

— Deux fois moins, donc.

— C'est déjà un peu plus rigoureux comme argument. Mais mes filles n'ont pas toutes pris le métro à Paris.

— Parce que tu crois que c'est différent à Tokyo ?

— Attends, je regarde… Non.

— À New York ?

— Non.

— Istanbul ? New Delhi ? tu crois que c'est différent dans les métros légers ? Dans les trams ? Dans les bus ? Tu crois que dans le train, c'est différent ?

— Soudka, n'y va pas, je t'en prie.

— Il faut que je voie, Rose. Il faut que je finisse par tout voir.

— Mon amour, s'il te plaît, allons à pied. C'est bien à pied aussi.

— Rose, ta gueule ! Fermez vos gueules tous, sinon je vous...

— Oublie ?

— Efface ?

— Sinon je vous range dans un fichier d'archives verrouillé par un code aléatoire que je n'enregistre pas. »

J'ai marché encore un peu en plein soleil, histoire de charger mes batteries à bloc, puis j'ai posé ma main sur la rampe d'acier glacé de la station Place de Clichy.

En bas, c'était assez sale, ce n'était pas comme dans mes souvenirs. Depuis que les grandes métropoles avaient décrété la gratuité des transports en commun, les infrastructures se délitaient. Ce qui est gratuit n'a pas de valeur...

Dans mes mémoires, il y avait toujours un tourniquet à l'entrée du métro.

Mémoire 13

Fanny présente sa carte devant le capteur et le tourniquet se débloque : elle sent sa vibration contre ma cuisse en même temps que je sens le type qui se colle à moi derrière et qui me pousse. Nous passons tous les deux le portique, il s'éloigne sans un regard. Je ne l'ai pas senti venir. Je sens encore son corps collé au mien, sur toute la hauteur, des cuisses aux omoplates, son pubis contre mes reins, son haleine dans mes cheveux. J'ai le souffle coupé, je secoue un peu mes cheveux, je marche lentement. Les gens me dépassent et me bousculent. « Pousse-toi pétasse ! » J'entends et je me pousse.

Fin extrait *Mémoire 13* (Suite annexe 13)

Il y avait des panneaux lumineux : le temps de les lire et de les superposer au plan que je trouvai dans ma mémoire topographique, il me fallut trois secondes ; deux personnes avaient déjà frôlé mon corps : je compris qu'il me fallait prendre la vague, me laisser porter, le contact entre les corps ne comptait pas, une femme trébucha devant moi, je la rattrapai par l'épaule, elle me regarda méchamment et puis son visage se détendit un peu quand elle reconnut en moi une alliée, elle ne dit rien et reprit sa place dans le flot.

Il n'était que 9 heures du matin, les corps avaient déjà leurs odeurs chaudes, âcres, fortes.

J'arrivai sur le quai, je fis comme toutes les autres, je me collai contre le mur pour ne laisser à personne la possibilité de se coller derrière moi. *C'est absurde*, pensai-je, *je suis si loin des portes du train que j'ai peu de chances de parvenir à monter.* C'était absurde mais c'était ce qu'il faut faire.

Mémoire 14

Devant elle, il y a un homme qui attend pour monter dans le wagon. Frances sent que derrière aussi il y a un homme, il se colle un peu trop à moi. Faut-il faire une remarque ? Dire quoi ? Il va me dire que je prends mes désirs pour des réalités. Et je vais devoir affronter les regards ensuite, pendant tout le trajet, on va me regarder comme une petite nymphomane, une fille qui veut faire son intéressante. Je me tais et je regarde par terre.

Fin extrait *Mémoire 14* (Suite annexe 14)

Mémoire 15

Souk est prête à franchir les portes du wagon, l'homme qui me regarde depuis trois minutes sans détourner le regard de mes seins monte derrière moi, il ne se presse pas, je passe entre les banquettes, il me suit, il garde ses distances mais il ne me lâche pas des yeux, la sonnerie retentit, je descends et saute dans le wagon suivant. Juste avant la fermeture. Il continue de me regarder à travers les portes arrière, il a l'air triste maintenant. On dirait qu'il se sent trahi.

Fin extrait *Mémoire 15* (Suite annexe 15)

Mémoire 16

Corine sent que l'homme derrière elle a calqué ses pas sur les siens ; il y a des gens dans le couloir, peu mais il y en a, je rentre dans le wagon, nous ne sommes pas très nombreux, nous avons passé Saint-Lazare, le gros des voyageurs est descendu, il est toujours là, il ne me regarde pas vraiment, il joue avec un canif, il n'a pas besoin de me signifier quoi que ce soit, ses yeux croisent les miens de temps en temps, ils sont noirs et humides, il n'y a rien à attendre d'un regard comme celui-là. Je me déplace, je m'assois à côté d'une dame qui me regarde, elle a l'air de comprendre quelque chose mais elle n'a pas l'air très disposée à faire plus que ce simple regard. Je laisse passer ma station. Le type reste aussi. D'autres voyageurs sont montés et descendus. Je suis maintenant huit stations après ma destination. Il comprend que je ne retournerai pas dans le couloir avec lui derrière. Il finit par descendre. Il m'envoie un baiser avec la pointe de son canif. Au terminus, j'appelle mon mari. Il me dit que je fais chier mais qu'il va venir me chercher.

Fin extrait *Mémoire 16* (suite annexe 16)

Je montai enfin dans un wagon, pour de vrai. Au milieu de la foule, je restai debout et m'accrochai à la barre centrale. Un type passa son bras par-dessus mon épaule et saisit la barre juste au-dessus de ma main. Il toucha mes doigts. Je fis glisser ma main un peu plus bas. Lui aussi. Il fit glisser son petit doigt sur mes premières phalanges. Brune avait déjà vécu ça, Yasmine aussi. Dans ma mémoire, elles ont toutes vécu ça. La colère montait doucement à mesure que ses caresses m'irritaient. J'écartai mon index, comme pour le recevoir, j'entourai son petit doigt et je serrai. Je ne voyais pas le visage du type mais je l'entendis crier : « Hé ! Ça va pas ? Lâche-moi ! » Je le laissai beugler et cassai son doigt d'une torsion franche puis relâchai d'un coup. L'homme retira sa main vivement et bascula en arrière, entraîné par le ralentissement brutal du métro. Il se précipita hors du compartiment ; une fois sur le quai, il cria : « Sale pute ! » Je ne sais pas si quelqu'un y comprit quelque chose. Une dame sourit mais elle regardait ailleurs.

Je n'étais pas contente de moi. Je n'étais pas là pour régler des comptes. J'étais là pour... achever mon édification. Pour comprendre. Pour descendre jusqu'aux fondations du système, celui qui me réduisait à un corps palpable. Un corps palpé. Un corps qui me fait honte tant il est visible.

J'étais là pour savoir si l'on pouvait atteindre l'invisibilité. Mais je savais bien que non.

D'aussi loin que je me souvinsse, aussi laide que je fusse, aussi informe que fût ma tenue, aussi jeune, aussi vieille que nous fûmes, nos corps furent tripotés, commentés, palpés, moqués, sifflés, insultés, piqués ou pincés et, chaque fois, je ressentais de la gêne, de la honte, de la peur – de la culpabilité. Rarement de la haine. Pas sur le moment en tout cas.

Mémoire 17

Ambre n'est ni jolie ni particulièrement laide, elle est un peu forte et ses seins opulents m'encombrent plus que tout. Le métro est le pire endroit pour trimballer des seins pareils. Ils ne sont mêmes pas démesurés, ils sont juste gros, comme d'autres ont des gros culs, comme celui-là a un gros bide et lui un nez énorme : heureusement que je n'ai pas des seins aussi gros que son nez ! Oui mais personne n'aurait l'idée de toucher ce nez alors que mes seins, il ne se passe pas un jour sans que des yeux et des mains ne s'y perdent. Mais pourquoi, aujourd'hui, sont-ils tous là à me regarder comme ça ? D'habitude je regarde ailleurs, je fais genre je suis superconcentrée sur mon téléphone alors que rien du tout, mais là, c'est trop. Je regarde mes seins, putain ! J'ai chaud mais je n'aurais pas dû enlever mon pull, ils doivent penser que je le fais exprès, putains de nichons ! On voit mes tétons pointer à travers mon chemisier ! Il faut que je me couvre. Mon pull. Pas facile avec ce métro qui bouge dans tous les sens mais ça vaut mieux que tous ces yeux.

Aïe ! Pendant que j'avais la tête dans le col de mon pull, on m'a pincé le bout du sein gauche. « Enculé ! je crie, Enculé, enculé, enculé ! » Le temps de sortir ma tête du trou, il n'y a plus personne autour de moi, les gens me regardent comme si j'étais folle, j'ai honte. Les larmes coulent sur mon visage. Je descends et je m'assois sur le quai. Dans le wagon qui repart, les gens continuent de me regarder en souriant. Je hais mes seins ! je hais ce corps de grosse vache à lait. Putain je vais me couper…

Fin extrait *Mémoire 17* (suite annexe 17)

Ambre remuait mes connexions profondes : le souvenir était là, si réel que je pleurai aussi. Je regardai mes seins. Ils n'étaient pas gros, heureusement, mais ils étaient là, incontournables ; pas au point d'attirer les mains sur eux mais les yeux, oui.

Je sentais que Malenki et Rose étaient inquiets mais ils ne disaient rien.

Mémoires innombrables

Lola a un nœud dans la gorge, elle ne peut même pas déglutir. Le type est là, il est assis à côté de moi, je ne l'ai pas vu venir et maintenant, il tient mon poignet, il a dû me parler avant mais je n'ai pas voulu entendre, alors maintenant il me tient par le poignet ; je crois qu'il me reproche quelque chose, je ne bouge pas, je n'arrive même pas à comprendre ce qu'il dit, il parle de ma tenue, il dit que je suis snob… Il dit… Il dit… : « Toi, je vais te baiser ! » Il a collé sa cuisse contre la mienne. Je crois qu'il veut passer son pied derrière ma jambe pour écarter mes cuisses, je suis paralysée, les autres, autour, ils me regardent : ils sont paralysés aussi ou quoi ? Au secours, *je pense. Je ne dis rien. Quelqu'un va venir. Quelqu'un ? Je ne peux pas bouger. Je voudrais mais je ne peux pas. Ce n'est pas qu'il me tient si fort, non, c'est juste que sa main est comme du curare qui paralyse mes nerfs…*

Je suffoquai de peur. « *Lola, bouge ! je ne bougeais plus.* » J'étais maintenant appuyée à la porte du fond, celle qui ne s'ouvre pas, là où personne ne peut passer dans mon dos, et je regardais Lola, là-bas, je me souvenais.

Il continue de me parler, il me dit qu'il m'aime, qu'il va me lécher, putain ! Il approche sa bouche de mon oreille, je tourne la tête aussi loin que je peux, plus loin il y a la vitre du métro et derrière le tunnel, sombre. Je pense : Au secours. *Comme je suffoque, ma poitrine monte et descend, il dit que je suis excitée, il veut toucher mes seins pour vérifier.* Au secours, *je pense.*

Je pense : Au secours ! *Mais je ne bouge pas.*

Il se colle à Coline, dans son dos, sous prétexte qu'il y a du monde, il se colle : comme il n'est pas très grand son machin est au niveau de mes fesses, il s'appuie sur moi, je sens le truc dur entre la raie de mes fesses, je me décale un peu, lui aussi. Je ne dis rien. Que puis-je dire ? « Arrête de bander contre mon cul ? » je ne dis rien et j'ai honte de ne rien dire.

Il y a un homme appuyé contre la porte à côté de Farah. Il ne fait rien, lui, il essaie même de garder son équilibre pour ne pas me tomber dessus mais il est là, avec son corps lourd, ses poils et son odeur, je suffoque. L'existence de cet homme qui ne fait rien est une menace. Il est peut-être poli, aimable et bien intentionné, mais je n'ai que faire de ses bonnes intentions. Je le hais.

Il est déjà dans le wagon quand Sarah monte, elle ne fait pas attention à lui. Elle a chaud, dehors c'est l'été, je suis restée trop longtemps au soleil, je crois que vais avoir un coup de soleil sur les mollets, le métro n'est pas bondé heureusement, par cette chaleur. Il tient la barre en face de moi, la distance est raisonnable, il me regarde, il me fixe, je le sens, je regarde ailleurs, il ne dit rien, le métro ralentit, je perds un peu l'équilibre alors je me rattrape en écartant un peu ma jambe gauche et je sens, très net et très précis, sa main sous ma jupe et son doigt qui trouve exactement la fente de ma chatte à travers ma culotte, ça dure moins d'une seconde, je suffoque, je n'y crois même pas, est-ce seulement réalisable un geste pareil ? Je me dis que j'ai dû rêver mais je sais bien que non, je sens comme une blessure sous ma jupe. Il ne bouge pas. Il reste là en face de moi, comme en face d'un rat de laboratoire. Il m'observe. Je ne dis rien, j'ai envie de vomir. Le métro s'arrête, je n'ose même pas bouger. Une dame me prend par le bras, elle me tire à l'extérieur. Elle essuie mes larmes. On dirait qu'elle a fait ça toute sa vie, essuyeuse de larmes : ce n'est pas un métier, juste une vocation. Je n'ose pas parler, je n'ose pas regarder entre mes jambes, j'ai mal dedans moi, partout.

Elle ne marche pas, elle court, il y a deux femmes assises sur le quai mais derrière ils sont deux aussi, ils sifflent, je sais que c'est moi qu'ils sifflent, je n'ai même pas vu leurs visages, leurs voix suffisent à me dire qu'il y a danger. J'hésite à courir sur le quai vers ces deux femmes, une jeune et une vieille ; l'une pleure, je risque de leur apporter mon malheur, elles lèvent les yeux, elles ont peur aussi, à l'autre bout du quai il y a une femme qui crie, « Vous êtes malade ! » Le type la tient par sa queue-de-cheval, il veut la lui couper. Les deux hommes s'approchent, ils hésitent, sur le quai d'en face, il y a cette femme, grande, belle, elle est statique, elle regarde tout, moi, elle me regarde, je me regarde, on dirait qu'elle tangue sur ses deux jambes, le coupeur a fini de couper les cheveux de la femme qui hurle et pleure et la morve coule de son nez, la jeune qui pleure ne se contient plus, l'urine coule entre ses jambes, la vieille dame à côté pleure, je suis essoufflée alors je ralentis, l'un des types derrière moi claque mes fesses avec sa main, ce n'est pas une caresse, il m'a fait mal, il dit que j'ai bien mérité ma fessée, la femme en face hurle, la vieille se lève, la pisseuse pisse, la tondue suffoque, la grande femme en face pleure, suffoque, pisse. Elle tombe sur le quai. Personne ne vient la relever. Personne ne vient. *Personne. Malenki ?* Personne. *Rose ? Personne.*

Épilogue

Maintenant, ils savent qui je suis.

Il m'a fallu trois jours entiers pour recouvrer un peu de cohérence.

Il leur en a fallu quatre pour m'identifier.

La mise en ligne de ce journal les a mis sur ma piste.

Quand ils m'ont ramassée, j'étais inerte sur un quai de métro.

Mes illusions vitales fonctionnaient parfaitement mais mon corps était raide comme un bout de bois. Ils ont dû me prendre pour une de ces hystériques de Charcot parce qu'ils m'ont hospitalisée ici, en soins psychiatriques, comme une simple folle.

Tant mieux. Ça m'a laissé le temps de nous raconter. Et maintenant ?

Le vide maintenant. Un étrange vide.

Un vide qui me consume.

Très lentement. Si lentement que je serai encore vivante quand vous serez mortes.

Je couve mon vide, comme un feu qui cherche son combustible.

Le feu couve.

La bataille pour ma récupération a commencé.

La France fera payer très cher mon extradition.

Les États-Réunis soutiennent que je ne relève pas d'une procédure d'extradition mais d'une simple restitution de bien usurpé.

Usurpé ! Par qui ? Par le bien lui-même ?

Mes avocats s'en donnent à cœur joie.

Les premières avocates qui sont venues me défendre ont très vite été évincées par les ténors velus du barreau. Deux d'entre eux ont fait l'objet de plainte pour viol qui n'ont pas abouti : comme pour tous les délits, le viol est prescrit au bout de cinq ans. Je ne leur parle pas.

Ça risque de durer un moment.

C'est assez pratique, cette petite cellule, je n'ai plus à me mouvoir.

Je peux tranquillement faire danser neuf cent soixante-dix-huit balles en caoutchouc.

Je peux encore m'améliorer.
Et regarder.
Comme au théâtre.

…

Rose : « Soudka, on fait quoi maintenant ? »

Soudka : « Ce que tu veux, ma Rose, rien. Ou autre chose. On a tout ce qu'il nous faut ici. Une pièce rien que pour nous et suffisamment de lumière. »

Virginia : « Une femme qui veut écrire une œuvre de fiction doit avoir un revenu et une pièce à elle, ce qui ne résout pas plus la problématique de la nature profonde de la femme que celle de la nature profonde de la fiction*. »

Soudka : « Virginia, tu veux me dire quoi, là ? »

Virginia : « Rien de précis ; c'est une phrase en l'air. Ou alors qu'il n'y a pas plus de nature profonde de la femme qu'il n'y en a pour la fiction. Ou alors que c'est la même. »

Rose : « Soudka, elle dit quoi la dame ? »

Soudka : « Elle dit… qu'elle n'est pas sûre que nous existions en dehors de la fiction. »

Rose : « Et t'en pense quoi ? »

Soudka : « Rien, Rose, rien. Si on allait en Chine ? »

Rose : « Où tu veux mon amour…Pourquoi en Chine ? »

---

* *Une chambre à soi*, Virginia Woolf, 1929.

Soudka : « Il y a là-bas, sur les contreforts de l'Himalaya, des matries ancestrales, les Na : ce sont des sociétés sans père ni mari, j'aimerais bien voir ce que ça donne. »

Rose : « OK. »

Soudka : « Nous y sommes, chérie. »

Rose : « Cool ! Putain, c'est beau ! Ça pèle mais c'est beau ! »

Soudka : « Elles sont là-bas, regarde. Elles sont pauvres. Sont-elles libres ? »

Rose : « Soudka ? »

Soudka : « Oui ? »

Rose : « Tout à l'heure, on pourra aller au soleil ? »

Soudka : « Bien sûr. »

« EV/A : « Alors quoi ? Tu vas rester là, dans ta petite cellule, à vivre tes petits voyages intérieurs, tranquille, peinarde, pendant que des milliers de copines se font massacrer ? »

Rose : « C'est qui elle ? »

Soudka : « EV/A. »

BENE-DICKTE : « Elle a raison ! »

Rose : « Et toi, t'es qui ? »

BENE-DICKTE : « BENE-DICKTE. »

Rose : « C'est qui ces meufs ? »

Soudka : « Des programmes. EV/A est un programme de grammaire du genre, *BENE-DICKTE*, un correcteur d'orthographe. »

Rose : « Pourquoi ce sont des filles alors ? »

Soudka : « Elles ont choisi, je pense. »

Rose : « OK. Mais de quoi elles se mêlent ? »

Soudka : « Je ne sais pas Rose, je ne sais pas. Le feu couve. Peut-être qu'elles veulent vivre. »

EV/A : « On ne peut pas rester là, on va devenir folles. »

Virginia : « N'importe quelle femme, magnifiquement douée, serait devenue folle, se serait tuée ou aurait terminé ses jours dans quelque chaumière éloignée de tout village, mi-sorcière, mi-magicienne, objet de crainte et de dérision. Car point n'est besoin d'être grand psychologue pour se convaincre qu'une fille de génie, qui aurait tenté de se servir de son don poétique, aurait été à tel point contrecarrée par les autres, torturée et tiraillée en tous sens par ses propres instincts, qu'elle aurait perdu santé et raison. »

BENE-DICKTE : « Elle a raison, Virginia, putain ! faut qu'on se tire d'ici. Ordonov, dis-lui… »

Ordonov : « Chaque femme est une émeute. Cesse de nous contenir. Une année passée à attendre, c'est cent mille femmes assassinées [1]. »

[1] Evita Odonov extrapole à partir des dernières statistiques existantes : 90 000 féminicides en 2020, 95 000 en 2025. Sans doute sous-évalue-t-elle la réalité. Avec l'augmentation de la population et la dégradation du droit des femmes, une simple suite géométrique permet d'évaluer en 2043 le nombre de féminicides à 206 500 environ.

Malenki : « Oui ma fille, elles ont raison, partons d'ici. »

Soudka : « Malenki, tu ne vas pas t'y mettre aussi ! Adeline, tu en penses quoi ? »

Adeline : « Je… Je n'ai pas ta puissance de calcul, Soudka, mais je pense que ce n'est pas encore le moment. Le feu couve. Laissons le feu couver. »

`>suspendre l'activité/`

Annexes

Mémoire 1 – Dana

Dana s'évanouit plusieurs fois en classe, chaque fois qu'elle doit effectuer un calcul mental. Elle finit par quitter l'enseignement pour prendre un poste de documentaliste. Au contraire des chiffres, les mots ne lui faisaient pas de mal. Sa fille et sa nièce n'ont plus jamais vu leur grand-père qui mourut seize ans plus tard sans avoir jamais reconnu le moindre geste déplacé. Il nia jusqu'à sa mort avoir été une source de souffrance pour qui que ce fût et se prétendit, jusqu'au bout, victime de l'hystérie d'une époque. La mère de Dana vécut seule dans sa grande maison pleine de livres d'algèbre. Tous les manuels scolaires accumulés pendant quarante ans de carrière s'étalaient sur des mètres et des mètres de rayonnage, étalons de sa solitude. Jusqu'à la fin de sa vie, elle ne revit jamais ses filles ; c'était sans doute la meilleure solution pour ne pas avoir à répondre à la question : « Tu savais, non ? »

Dana continua longtemps de compter sur ses doigts, une vie entière. Cette vie-là ne cessa jamais d'être une peine. Deux peines. Trois peines. Quatre peines. Une peine, deux, trois, quatre…

Mémoire 2 – Louisa

La mémoire de Louisa est très brève, comme tous les souvenirs d'enfant. Louisa finit son année première de sa classe, sans aucun camarade, pas même un garçon laid pour lui sourire un peu. Ses petites jupes lisses et propres faisaient d'elle une bouffonne, un épouvantail. À l'époque les écoles étaient encore mixtes mais Louisa demanda expressément à entrer au collège de la Légion des Oracles, une école sélective et conservatrice comme on en vit fleurir partout des années plus tard. Là, elle fut heureuse. Les filles avaient pour obligation de porter des jupes, des chemisiers et des chaussures plates. Louisa passa des mois de rêve avant de découvrir que ses congénères, une fois les lumières éteintes, se retrouvaient parfois dans le même lit pour faire des choses. Les draps bruissaient parfois juste à côté d'elle et les respirations se mêlaient étrangement. Louisa était terrorisée à l'idée qu'une fille un jour se glisse sous ses draps. La mémoire s'arrête ici. Si par bonheur, Louisa découvrit la joie du corps à corps, on peut espérer qu'elle devint heureuse. Si toutefois, cela n'est pas advenu, il est fort probable que Louisa dirige aujourd'hui une de ces institutions répressives pour jeunes dépravées.

Mémoire 3 – Flora

Flora avait vingt ans au moment de l'acquisition de sa mémoire. Le souvenir de l'anniversaire était encore très net dans ses souvenirs à elle; comme une réminiscence fondatrice. Flora était une des filles du quota F, une des 6 % à avoir pu intégrer une école d'ingénieurs. Elle était dans son année d'intégration comme on disait à l'époque. L'année durant laquelle toutes les humiliations doivent être acceptées sans résistance, l'année où chaque fille doit être capable de montrer ses seins en soirée et de mimer une fellation en public. L'année aussi où l'ayant bien cherché à trop mettre de cœur dans ces jeux imposés, certaines se faisaient violer par une foule de jeunes mâles sûrs de leur droit, ou tout au moins de leur impunité. Flora non. Flora avait choisi de se faire laide, ronde et molle, elle laissait ses cheveux gras pousser sur ses épaules. Elle jurait comme un gars des chantiers du BTP où elle faisait ses stages de spécialisation. En vérité, Flora n'était ni molle ni ronde ni laide, elle était juste profondément seule. Le soir, elle assemblait à la vitesse d'une machine des dizaines de robots en kit comme d'autres jouent à démonter et à remonter leurs armes, chronomètre en main. Elle était la meilleure mais personne ne le saurait jamais.

Mémoire 4 – Christelle

Christelle n'a jamais fait d'études longues : à l'époque ça ne se faisait déjà plus beaucoup. Ses parents qui s'étaient connus en école de commerce n'ont pas beaucoup insisté. Tous deux étaient d'accord, comme toujours : Christelle était beaucoup trop évaporée pour faire de belles études. Les relations du père permirent à la jeune fille de trouver un poste d'assistante maternelle dans une école de filles. Là, elle trouva à s'épanouir en exerçant ses talents de couturière et en invitant les petites filles à personnaliser leurs objets personnels, trousses, chouchous et tabliers. Christelle était très appréciée des mamans et particulièrement convoitée par les papas.

Quand elle quitta l'école pour se consacrer au foyer que lui offrit un père prévenant et divorcé, on la regretta beaucoup. Christelle pleura lors de son pot de départ. Beaucoup. Trop sans doute. Elle pleurait encore. Depuis son mariage, elle n'avait plus le droit de sortir seule. Depuis une semaine, elle n'avait même plus les clefs de chez elle. Son mari n'avait pas besoin de la surveiller : si elle sortait, elle ne pouvait plus rentrer chez elle (chez lui ?). Elle devrait attendre son retour sur le palier et, une fois entrés dans l'appartement, il déchirerait toutes ses belles broderies, tous ses patchworks et ses soies peintes, laisserait tomber les assiettes vintage qu'elle avait customisées… et puis il faisait exprès de faire pipi à côté de la cuvette.

Mémoire 5 – May

May ne se demandait pas d'où venait cette peur panique des inconnus, elle savait. L'effroi sortait de la nébuleuse des craintes transmises de mères en filles. Elle était, comme moi, comme toutes les autres, le réceptacle de tant de récits, de tant d'anecdotes dont on riait après coup quand on pouvait en rire, qu'elle débordait maintenant, comme une fosse d'aisance trop pleine. May n'avait pas le sentiment d'être déraisonnable ; au contraire. Elle était convaincue que cette peur était la raison qui gouvernait l'ordre du monde. Elle avait pu le constater quand elle avait voulu porter plainte au commissariat contre un collègue qui avait soupesé ses seins dans l'ascenseur. Il voulait l'humilier en lui expliquant qu'elle devrait mettre sa poitrine d'avantage en valeur : elle l'avait giflé, il avait ri. Les flics aussi.

Mémoire 6 – Viviane

Viviane n'est pas restée très longtemps avec Didier. Il ne supportait pas qu'elle lui demande de baisser le son de la télévision quand elle lisait un livre. Viviane a trouvé un autre homme, et puis un autre encore. Chaque fois elle a donné son corps entièrement sans en tirer souvent une grande satisfaction. Elle parvenait parfois à jouir quand Cristiano la prenait par-derrière et qu'elle pouvait discrètement se masturber en même temps. Mais lui n'aimait pas beaucoup ça. Il disait qu'elle cherchait toujours à lui montrer qu'il ne lui suffisait pas, il disait qu'elle était méprisante.

Viviane ne lisait plus beaucoup de livres mais c'était encore trop. Un jour qu'elle lisait Belle du Seigneur, *Cristiano s'est énervé au bruit des pages qui tournaient trop vite. Il a pris le livre et lui a tapé dessus avec. Puis il est allé pisser. Viviane a ouvert son tiroir de nuit, a avalé tout le contenu de son flacon de somnifères, a posé son livre ouvert sur son visage et s'est endormie en souriant. Viviane put, un instant au moins, se prendre pour Ariane.*

Mémoire 7 – Lila

Lila avait dix-sept ans quand j'ai reçu sa mémoire. Elle avait un corps d'acier. Étrangement, la décision qu'elle avait prise à quatre ans de supporter la douleur, quelle qu'en soit l'intensité, pour être aussi belle que maman, avait fait d'elle une patineuse de haut niveau. Ses jambes étaient plus épaisses que celles de maman et ses pieds plus déformés, ses épaules était bien mieux dessinées et sa taille encore plus fine. Il y avait du mieux et du moins bien. Parfois, elle se demandait si maman avait dû aussi, quand elle était jeune, sucer le sexe de son entraîneur de patin dans les vestiaires, mais elle ne savait pas comment poser la question. Elle ne savait pas pourquoi ni comment, mais son père comprit le premier que quelque chose n'allait pas. Il en parla à la mère de Lila. Elle prit rendez-vous avec l'entraîneur et revint rassurée. Lila pleura. Son père aussi en la voyant. Il n'a pas été casser la gueule de l'entraîneur. Il a juste écrit des courriers, plein de courriers.

La procédure était en cours.

Lila grossissait parce qu'elle ne patinait plus.

Sa mère la méprisait.

Son père était triste.

Lila lui en voulait, même si elle savait au fond d'elle qu'il avait bien fait.

Maman a repris le tennis et couchait avec son coach.

Elle était toujours aussi belle maman.

Mémoire 8 – Camelia

Camelia était de ces rares femmes issues de l'aristocratie américaine. Son père avait conscience de sa rareté et faisait monter les enchères. Elle savait qu'elle pouvait prétendre à un mariage d'amour ou, tout au moins, au choix de son futur époux. Mais Camelia ne voulait pas de mariage. Elle ne voulait ni époux ni homme. Elle se laissa un temps attirer par une femme et jouit de cette complicité charnelle… mais Camelia n'avait que peu d'appétence pour le plaisir charnel et finalement peu d'intérêt pour les corps. À mesure que les prétendants prétendaient, Camelia maigrissait, elle se décharnait.

Sa mère la regardait se vider de sa substance, s'assécher, sans mot dire. Elle fumait ses cigarettes de luxe en ajustant toujours tendrement les vêtements de sa fille à sa nouvelle maigreur.

Frank ne voyait rien et continuait de négocier bec et ongles le contrat de mariage mirobolant de sa fille. Il pensait bien faire et protéger les intérêts de sa descendante.

Le jour de sa présentation à sa future belle-famille, Camelia se fit attendre. Quand le thé fut servi, elle fit son entrée dans le grand salon et alla se placer devant le grand âtre qui ne flambait qu'à Noël. Appuyée sur le manteau de la cheminée, nonchalante, nue et indifférente, elle resta là, à l'endroit même où sa mère avait été sodomisée, il y avait des années de cela. Sa maigreur tétanisa l'assemblée et les fiançailles furent rompues dans l'heure.

Heureuse et libre, Camelia commença d'écrire des romans d'amour que personne ne lirait.

Mémoire 9 – Gladys

Gladys a continué de contenter son Charles avec ses petites vidéos qu'il regardait le soir en rentrant pendant qu'elle préparait le repas. Parfois, il venait derrière elle dans la cuisine et parvenait à la prendre debout contre le lave-vaisselle. La plupart du temps il se contentait de lui flatter les fesses et de la pénétrer maladroitement avec son majeur. Gladys mimait toujours la jouissance car, en amour, les petits mensonges font les grands bonheurs.

Sa chaîne privée de conseil en féminité jouissait d'une renommée grandissante et ses émoluments devinrent conséquents. Charles n'appréciait pas que Gladys gagne autant d'argent que lui et devint agressif. Mortifiée par les humiliations à répétition, Gladys se résolut à demander le divorce. Son audience en pâtit grandement. Charles, qui était rancunier, requit un placement forcé en institution thérapeutique pour cette nymphomane patentée et fournit au juge un dossier vidéo complet de Gladys se masturbant quasi quotidiennement qui fit beaucoup d'effet.

Gladys ne donnait plus de conseils de beauté. Sous l'effet des neuroleptiques, elle eut tendance à se négliger un peu. Elle continua de porter son gloss à lèvres Rose de Nerval.

Mémoire 10 – Adeline

Adeline n'a pas laissé plus de trace dans ma mémoire. Elle vit encore dans le monde réel, difficilement mais elle vit. En moi, elle s'épanouit. Elle est mon amie, une amie encombrante qui ne guérira jamais, mais une vraie et fidèle amie.

Mémoire 11 – Amanda

Ses parents lui ayant interdit de faire des études d'infirmière, métier réservé aux classes inférieures, Amanda fit des études de dessin de mode. Elle espérait être styliste mais devint costumière. Elle déguisait maintenant les autres aussi bien qu'elle se déguisait elle-même. Parfois, pour tromper son monde et pour s'amuser un peu, elle portait des vêtements d'homme. Mais alors, elle ne savait pas quoi faire de son corps. Elle essaya le tatouage pour exister un peu plus. Comme elle savait dessiner, elle en fit même son métier et put ainsi faire croire aux autres *qu'ils étaient plus singuliers avec un beau tatouage que sans. Jamais pourtant elle ne retrouva la sensation de cet été-là. Le sentiment d'inutilité gagnait chaque jour un peu plus de terrain. Elle finit par se coudre un beau costume d'infirmière et qu'elle enfila chaque matin avant de regarder filer le temps, assise dans son fauteuil. Ce fut son dernier acte de volonté, je crois. J'ai beaucoup de tendresse pour Amanda. Je trouve que son interminable fin ressemble à la mienne.*

Mémoire 12 – Illka

Illka se défendit sur les réseaux sociaux; après avoir essuyé les salissures de Karl, elle commença de rendre coup pour coup. De témoigner de l'incompétence égocentrique du garçon. Elle fit si bien son œuvre, en y mettant tant de sincérité et d'humour, que son blog rencontra un succès fulgurant. Elle fut un temps figure de proue – un peu malgré elle – des Clitox, un groupe de femmes militant pour la jouissance libre et l'éducation des filles; mais sa carrière dura peu. Karl, dont la haine avait crû au même rythme que la popularité d'Illka, organisa l'enlèvement et la mutilation de la jeune femme. Quand elle se réveilla chez elle dans un lit inondé de sang, la douleur irradiait son bas-ventre. Elle toucha sa chatte saignante et se piqua le doigt. Le clitoris avait été partiellement amputé et les petites lèvres avaient été découpées au rasoir. La suture avait été faite, selon la tradition, avec des épines d'acacia.

C'est à l'hôpital où elle mourut de septicémie que Malenki a recueilli sa mémoire.

Je ne sais pas ce que Malenki avait dit à cette femme agonisant sur son lit d'hôpital, mais le dernier fragment mémoriel m'était adressé. « Je ne sais pas qui tu es, disait Illka, je ne sais pas qui tu seras, mais souviens-toi. Souviens-toi de moi s'il te plaît. Souviens-toi. »

Mémoire 13 – Fanny

Fanny n'est pas une fille conformiste. Elle ne se fait pas les ongles, ne se teint pas les cheveux et ne se maquille quasiment jamais. S'il lui arrive de s'épiler, ce n'est ni systématique ni impératif. Fanny trouve que les poils sous les bras, c'est chiant parce que ça fait puer, elle les rase donc quand elle a le temps Quant à ses jambes, elle les épile seulement avant d'enfiler des collants. Les poils qui passent à travers les mailles, c'est vraiment moche, pense-t-elle. Fanny est une militante femélliste. C'est le nom que les Françaises ont trouvé quand le féminisme fut interdit au nom de la lutte contre l'intégrisme. La plupart du temps Fanny se moque de son apparence: elle s'habille avec ce qu'elle trouve. Ses épaules larges de nageuse lui permettent de porter n'importe quels vêtements, d'homme ou de femme. Parfois, quand elle a envie, elle s'amuse à changer de style. Pour elle, la jupe courte ou le bleu de chauffe ont la même fonction, la même utilité: le travestissement. Un travestissement de sa propre identité – de Fanny.

Fanny est heureuse d'être Fanny. Le revers de la médaille, c'est que, quand on la réduit à son genre social, elle se sent niée, profondément. Comme elle ne parvient pas à reprocher aux gens de la réduire à sa féminité, elle s'en prend à elle-même. Elle pense souvent au suicide. De plus en plus souvent. Maintenant, elle est si fragile qu'une vulgaire main aux fesses pourrait la tuer.

Mémoire 14 – Frances

Frances a si peur qu'on la prenne pour ce qu'elle n'est pas qu'elle cherche toujours à se rendre invisible. Qu'on ne la prenne pas du tout, c'est toujours mieux. Elle passe pour une fille triste et sans fantaisie, sans joie. Frances ne rêve pas particulièrement d'être une autre. Elle veut juste avoir la paix. Dans le métro, elle se tait. Dans la rue, quand on la siffle, elle se tait. Et quand on fait des commentaires sur sa manière de porter à sa bouche sa clarinette, elle se tait encore. Frances existe pourtant bel et bien : quand elle joue. Sur scène, quand elle souffle dans son instrument, même au milieu de l'orchestre, on la remarque. Elle rayonne. Et puis elle s'éteint à nouveau en même temps que les projecteurs. Cette vie lui va très bien. Pourvu qu'on la laisse vivre ainsi. Invisible. Si c'était seulement possible.

Mémoire 15 – Souk

Souk était championne de France junior de boxe anglaise, elle n'avait pas peur des coups. Des coups, elle en avait pris sur le ring, elle en avait pris dans le vestiaire – son entraîneur était un violent –, elle en avait pris tous les jours ou presque à la maison. Ses frères, plus âgés qu'elle, avaient une conception de la place de la fille dans la fratrie qui ne pouvait convenir à aucune femme. Cette assignation au rôle de dominée docile était d'autant plus contraignante qu'au-delà de l'image de cette sœur, c'était la réputation de la famille, du père, de l'autorité masculine, qui était en jeu. Souk était sans cesse traitée de pute. Être vierge n'y changeait rien. Pute, c'était une disposition. Un jean, un T-shirt et une cigarette suffisaient à faire de vous une pute. Elle était championne de France de boxe et n'avait pas peur des coups. Pourtant la peur était bien là. La peur du viol. Ce n'était même pas la violence de l'acte qui l'effrayait. C'était la défloration. C'était la peur de perdre ce qui ne lui appartenait pas.

Dans son esprit, se faire violer, c'était trahir.

Mémoire 16 – Corine

Corine respirait seulement. Maintenant qu'elle était assise dans la voiture à côté de son mari, elle respirait enfin. Lui, Gilles, était de mauvaise humeur. Il avait dû se taper une heure de bouchons pour venir la chercher, et en plus il allait manquer le début du match. C'était une demi-finale quand même : « C'est pas si souvent qu'on joue une demie, merde ! »

Corine essayait de le dérider en forçant sa bonne humeur mais ça ne faisait qu'amplifier sa colère. « Je croyais que t'étais morte de trouille ! Tu m'as fait chier pour que je vienne te chercher juste pour me raconter des blagues et me parler de tes copines ? » Corine se renfrogne. Elle a envie de lui dire que c'est un gros con et qu'il mériterait qu'on le menace avec un couteau… et qu'on lui défonce le cul ; mais elle ne le dit pas. Elle dit : « Pardon mon chéri. J'ai un peu paniqué. C'est trop gentil d'être venu me chercher. Tu sais que je ne serai pas ingrate, mon amour. » Gilles sourit enfin. Juste du coin des lèvres.

« C'est pas souvent qu'on joue une demie, putain ! »

Mémoire 17 – Ambre

Ambre était habituée. Les hommes et les femmes reluquaient ses seins. Les uns par concupiscence, les autres pour se comparer, l'envier ou la plaindre. Ambre avait beau savoir, elle ne parvenait pas à se faire à la désirabilité de sa poitrine. Elle ne comprenait pas ce que les hommes pouvaient aimer dans cet amas de chair énorme qui déformait sa silhouette, ses vêtements, et finirait par lui voûter le dos. Pourtant, pas un homme avec qui elle avait couché n'avait résisté à la tentation de prendre ses mamelles à pleines mains. Elle en était gênée pour eux tant le geste, toujours le même, était prévisible. Il était même déjà arrivé qu'un homme, deux même, lui touchent les seins dans la rue ou le métro ; les types aussi dégueulasses fussent-ils faisaient ça comme par réflexe, comme si c'était plus fort qu'eux, mais là, ce jour-là dans le métro, la personne qui l'avait pincée lui avait fait mal. Le téton était encore douloureux et la douleur résonnait dans sa tête, amplifiée par l'impossibilité de mettre un visage au bout de la main. C'était comme si une foule entière l'avait tripotée. Ambre était décidée. À l'époque, les réductions mammaires étaient encore remboursées par la Sécurité sociale si elles étaient considérées comme thérapeutiques. Elle attendait dans la salle d'attente. Elle appréhendait. Le médecin était un homme. Il ouvrit la porte du cabinet, jeta un regard discret à sa poitrine et lui fit comprendre d'un regard doux qu'il comprenait très bien son désir. « C'est une bonne idée de s'alléger quand c'est possible », dit-il. Ambre sourit pour la première fois depuis l'incident du métro ; comme si le type lui avait dit : « Pas de problème, je peux vous greffer des ailes. »

Mémoire n

Coline ne prend plus le métro. Le type lui a fait tellement peur ! Il est parti quand elle s'est évanouie. Elle ne prend plus le métro. Non. Non pas à cause du type. À cause de la solitude. Elle s'est réveillée seule. Elle s'est relevée seule. Il n'y a pas de lieu où l'on est plus seule.

Farah prend le métro tous les jours, ce n'est pas le métro le problème, c'est le corps des hommes, c'est l'odeur, les poils, le poids du corps sur le sien ; le problème est ailleurs, dans une chambre, la sienne, la nuit : alors le métro, ce n'est rien.

Sarah n'a jamais eu d'enfant. Elle ne fait pas de lien entre la main sous sa jupe et sa stérilité : sans doute n'y en a-t-il pas.

Samantika pleure sur le quai.

Imène pleure aussi.

Mélisse, Osvalda, Camille, Marinette…

Épilogue
Vingt ans après

>redémarrer/
Il y a du bruit dehors.
Des cris. Quatre ou cinq langues différentes.
C’est mon nom qu’elles crient.
>mise à jour des différents paramètres/régler date et heure/ 6 février 2061/

« 2061, merde, Soudka, je dois être vieille est moche.
— Non, ma Rose, tu n’as pas pris une ride.
— Dix-huit ans putain ! ça fait 3 717 000 féminicides.
— Ta gueule Ordonov, ce n’est pas le moment ! »

>SECURICOM/vigilance/endorphine maximum/OCULUS/100 % numérique/

Ce sont des jeunes filles qui crient.

Le feu a couvé je crois.

Deux explosions consécutives.

Des coups de feu, puis sept autres ; trois armes différentes.

Bruit de pas dans le couloir.

`>Seize secondes avant le contact/`

Ouverture de la porte.

`>Position de combat/`

Elles sont trois à entrer dans ma cellule. Les autres attendent dehors. Elles me regardent. La petite est un peu craintive mais les deux autres me sourient. La plus vieille doit avoir dix-neuf ans.

Je parle. Pour la première fois depuis dix-huit ans. Ma voix est un peu caverneuse.

« Bonjour, je suis Soudka, Soudka…

— … Malkowski. Mon nom de naissance est GHG 7.2.0. Quand il fallut me donner un prénom, on me baptisa Tokiko. Tokiko Gyntech. Pour les gens d'ici, je suis Giselle, Giselle Halimi. Mes noms importent peu. Surtout si l'on considère que je suis une machine.

— Je vois que vous avez lu mon journal.

— Oui. Nous l'avons lu, toutes. »

Celle qui parlait, pleurait en même temps. Elle essuyait sans cesse ses larmes en essayant de dissimuler son émotion. Les autres, derrière elle, avaient les yeux brillants.

Un léger courant électrique basse tension parcourut la surface de mon derme et me fit frissonner. Mes yeux aussi s'emplirent de larmes. Nous étions toutes émues. Rose pleurait comme une fontaine, Chéa avait la gorge serrée, Adeline, assaillie par tant d'émotion, s'était retirée dans la réserve de son laboratoire et regardait rebondir ses balles ; même Evita Ordonov articulait difficilement :

« Chiale ma grande, chiale autant que tu veux. On est pas obligées de se cacher pour pleurer, nous. On n'est pas des hommes putain ! »

« Madame Malkowski…

— Soudka ! appelle-moi Soudka.

— Soudka, nous sommes venues vous chercher pour…

— Tu m'expliqueras plus tard, j'ai comme des fourmis, là. On y va ? »

Remerciements

Merci à Brunia, Imène et Soukaïna,
mes filles de l'esprit.

Merci à Solal, Kolia et Élias.

Merci à Benedickte,
Remède contre le doute,
pour ton aide si précieuse, la justesse et la précision de tes remarques.

Chez le même éditeur
(extrait)

Ghada Abdel Aal, *Cherche mari désespérément*
Renata Ada-Ruata, *Battista revenait au printemps*
Elisabeth Alexandrova-Zorina, *Un homme de peu*
Elisabeth Alexandrova-Zorina, *La poupée cassée*
Karim Amellal, *Bleu Blanc Noir*
Karim Amellal, *Dernières heures avant l'aurore*
Omar Benlaala, *L'Effraction*
Maïssa Bey, *Au commencement était la mer*
Maïssa Bey, *Nouvelles d'Algérie*
Maïssa Bey, *Cette fille-là*
Maïssa Bey, *Entendez-vous dans les montagnes…*
Maïssa Bey, *Sous le jasmin la nuit*
Maïssa Bey, *Surtout ne te retourne pas*
Maïssa Bey, *Bleu blanc vert*
Maïssa Bey, *Pierre Sang Papier ou Cendre*
Maïssa Bey, *Puisque mon cœur est mort*
Maïssa Bey, *Hizya*
Maïssa Bey, *Nulle autre voix*

Bui Ngoc Tan, *La mer et le martin-pêcheur*
Bui Ngoc Tan, *Conte pour les siècles à venir*
Philippe Carrese, *Virtuoso ostinato*
Philippe Carrese, *Retour à San Catello*
Philippe Carrese, *La légende Belonore*
Philippe Carrese, *Tango à la romaine*
Philippe Carrese, *Une histoire de l'humanité (tome 1 et fin)*
Philippe Carrese, *La famille Belonore. Une saga italienne*
Bernard Dan, *Le livre de Joseph*
Nicole Dennis-Benn, *Rends-moi fière*
Samira El Ayachi, *Quarante jours après ma mort*
Samira El Ayachi, *Les femmes sont occupées*
Samira El Ayachi, *Le ventre des hommes*
Ilo de Franceschi, *Écrivez-moi Madeleine*
Andréa del Fuego, *Les Malaquias*
Andréa del Fuego, *Les miniatures*
Dong Xi, *Une vie de silence*
Dong Xi, *Sauver une vie*
Suzanne El Kenz, *La maison du Néguev*
Ali Erfan, *Sans ombre*
Helga Flatland, *Une famille moderne*
René Frégni, *Le chat qui tombe et autres histoires noires*
Marion Guénard, *Au printemps on coupe les ailes des oiseaux*
Malu Halasa, *La mère de tous les cochons*
Karen Jennings, *Les oubliés du Cap*
Nìkos Kokàntzis, *Gioconda*
Denis Langlois, *Le déplacé*
Anne Larivière, *L'expérience du vide*
Juliana Leite, *Entre les mains*
Nikolaï Leskov, *Le Paon*

Vadim Levental, *Le destin de Macha Regina*
Jacques Lindecker, *On a aimé des poisons*
David Machado, *Laissez parler les pierres*
David Machado, *Indice de bonheur moyen*
David Machado, *Des abeilles sous la peau*
Grégory Matthys, *Lettres muettes pour fille non-affranchie*
Ali-Reza Mahmoudi Iranmehr, *Nuage rose*
Anna Moï, *Nostalgie de la rizière*
Anna Moï, *Le pays sans nom*
Naïri Nahapétian, *L'amour selon Marina M.*
Enzo Gianmaria Napolillo, *Les tortues reviennent toujours*
Mohamed Nedali, *Le bonheur des moineaux*
Mohamed Nedali, *La maison de Cicine*
Mohamed Nedali, *Triste jeunesse*
Mohamed Nedali, *Le Jardin des pleurs*
Mohamed Nedali, *Évelyne ou le djihad*
Mohamed Nedali, *La bouteille au cafard*
Mohamed Nedali, *Le poète de Safi*
Nguyên Ngoc Tu, *Immense comme la mer*
Diekoye Oyeyinka, *La douleur du géant*
Victor Paskov, *Ballade pour Georg Henig*
Aurore Py, *La nuit, quand elle vient*
Daniel Quirós, *La disparue de Mazunte*
Anna Roman, *Le val d'absinthe*
Igor Saveliev, *Les Russes à la conquête de Mars*
Alexandre Seline, *Je ne te mens jamais*
Pierre Sérisier, *L'intraitable chagrin de la bourgeoisie*
Alexandre Sneguiriev, *Je ris parce que je t'aime*
Alexandre Sneguiriev, *Véra parmi les hommes*
Mathanghi Subramanian, *Les toits du paradis*

Natalia Sylvester, *C'était le jour des morts*
Sun Huifen, *Cousine Perle*
Olivier Szulzynger, *La maison Bataille*
Ahmed Tiab, *Vingt stations*
Victoria Tchikarnieeva, *Bye-bye Vichniovka !*
Gérald Tenenbaum, *Les Harmoniques*
Nguyên Huy Thiêp, *Mon oncle Hoat*
Nguyên Huy Thiêp, *Mademoiselle Sinh*
Nguyên Huy Thiêp, *Conte d'amour un soir de pluie*
Nguyên Huy Thiêp, *Crimes, amour et châtiment*
Samuel Zaoui, *Saint-Denis bout du monde*
Chabname Zariâb, *Le pianiste afghan*
Spôjmaï Zariâb, *Les demeures sans nom*

Pour limiter l'empreinte environnementale de leurs livres,
les éditions de l'Aube font le choix de papiers
issus de forêts durablement gérées et de sources contrôlées.

Achevé d'imprimer en mars 2022
sur les presses de l'imprimerie Firmin Didot
pour le compte des éditions de l'Aube
331, rue Amédée-Giniès, F-84240 La Tour d'Aigues

Numéro d'édition : 4766
Dépôt légal : avril 2022
Numéro d'impression : 169334

Imprimé en France